江戸川乱歩『悪霊』〈完結版〉

今井K

文芸社

目次

悪霊〈完結版〉

はじめに

小説「悪霊」は、昭和初期に江戸川乱歩によって雑誌連載が開始されましたが、一度中断され、その後も連載が再開されることはなく、乱歩の死によって、未完となった作品です。あの恐ろしい事件の真相は永遠に謎のままになってしまったかに見えました。

そこで、残された乱歩の原文を徹底的に分析し、事件を解明し、小説の補完を試みたのが、この「悪霊〈完結版〉」です。

本書では、前半に江戸川乱歩の未完の原文を置き、後半に私の補完作を載せるという構成をとります。

作者

『悪霊』江戸川乱歩

発表者の附記

二月ばかり前の事であるが、N某《ぼう》という中年の失業者が、手紙と電話と来訪との、執念深い攻撃の結果、とうとう私の書斎に上り込んで、二冊の部厚な記録を、私に売りつけてしまった。人嫌いな私が、未知の、しかも余り風体《ふうてい》のよくない、こういう訪問者に会う気になったのはよくよくのことである。彼の用件は無論《むろん》、その記録を金に換えることの外《ほか》にはなかった。彼はその犯罪記録が私の小説の材料として多額の金銭価値を持つものだと主張し、前持《まえも》って分前《わけまえ》に預り度《た》いというのであった。

結局私は、そんなに苦痛でない程度の金額で、その記録を殆《ほとん》ど内容も調べず買取った。小説の材料に使えるなどとは無論思わなかったが、ただこの気兼《きが》ねな訪問者から、少しでも早くのがれたかったからである。

それから数日後のある夜、私は寝床の中で、不眠症をまぎらす為《ため》に、何気なくその記録を読み初《はじ》めたが、読むに従って、非常な掘出しものをしたことが分って来た。私はその晩、とうとう徹夜をした上、翌日の昼頃までかかって、大部《たいぶ》の記録をすっかり読み終った。そこで、半分も読まない内に、これは是非《ぜひ》発表しなければならないと心を極《き》めた程であった。そこで、当然私は、先日のN某君にもう一度改めて会いたいと思った。会って、この不思議な犯罪事件について、同君の口から何事かを聞出したいと思った。記録を所持していた同君は、この事件に全く無縁の者ではないと思ったからだ。併《しか》し、残念な事には、記録を買取った時の事情があんな風であった為に、私は、某君の身の上について何事も知らなかった。彼の面会強要の手紙は三通残っていた。けれど所書きは皆違っていて、二つは浅草《あさくさ》の旅人《りょじん》宿《やど》、一つのは浅草郵便局留置《とめお》きで返事を呉《く》れとあって所書きがない。その旅人宿二軒へは、人をやったり電話をかけたりして問合せたけれど、N某君の現在の居所《きょしょ》は全く不明であった。

記録というのは、真赤な革《かわ》表紙で綴《と》じ合《あわ》せた、二冊の部厚《ぶあつ》な手紙の束であった。全体が同じ筆蹟《ひっせき》、同じ署名で、名宛人《なあてにん》も初めから終りまで例外なく同一人物であった。つまり、この夥《おびただ》しい手紙を受取った人物が、それを丹念に保存して、日附の順序に従って綴じ合せて置いたものに相違ない。若《も》しかしたら、あのN某こそ、この手紙の受取人で、それが何かの事情で偽名していたのではなかったか。こんな重要な記録が、故《ゆえ》なく他人の手に渡ろうとは考えられないからだ。

手紙の内容は、先にも云った通り、ある一聯《いちれん》の残酷な、血腥《ちなまぐさ》い、異様に不可解な犯罪事件の、首尾一貫した記録であって、そこに記《しる》された有名な心理学者達の名前は、明かに実在のものであって、我々はそれらの名前によって、今から数年以前、この学者連の身辺に起った奇怪な殺人事件の新聞記事を、容易に思い出すことが出来るであろう。おぼろげな記憶によって、その記事とこれと比べて見ても、私の手に入れた書翰《しょかん》集が全く架空の物語でないことは分るのだが、併し、それにも拘《かかわ》らず、ここに記された事件全体の感じが（簡単な新聞記事では想像も出来なかったその秘密の詳細が）何となく異様であって、信じ難いものに思われるのは何故《なぜ》であるか。現実は往々にして如何《いか》なる空想よりも奇怪なるが為《た》めであろうか。それとも又、この書翰集は無名の小説家が現実の事件に基いて、彼の空想を縦《ほしいまま》にした、廻《まわ》りくどい欺瞞《ぎまん》なのであろうか。歴史家でない私は、その何《いず》れであるかを確《たしか》める義務を感じるよりも先に、これを一篇の探偵小説として、世に発表したい誘惑に打ち勝ち兼ねたのである。

一応は、この書翰集全体を、私の手で普通の物語体に書き改めることを考えて見たけれど、それは、事件の真実性を薄めるばかりでなく、却って物語の興味をそぐ虞《おそ》れがあった。それ程、この書翰集は巧みに書かれていたと云えるのだ。そこで私は、私の買取った二冊の記録を、殆ど加筆しないでそのまま発表する決心をした。書翰集のところどころに、手紙の受取人の筆蹟と覚しく、赤インキで簡単な感想或《あるい》は説明が書き入れてあるが、これも事件を理解する上に無用ではないと思うので、殆ど全部（註）として印刷することにした。

事件は数年以前のものであるし、若《も》しこの記録が事の真相であったとしても、迷惑を感じる関係者は多く故人となっているので、発表を憚《はばか》る所は殆どないのであるが、念の為に書翰中の人名、地名は凡《すべ》て私の随意《ずいい》に書き改めた。併し、この事件の新聞記事を記憶する読者にとって、それらを真実の人名、地名に置き替えることは、さして困難ではないと信じる。

今私はこの著述がどうかしてN某君の眼に触れ、同君の来訪を受けることを切に望んでいる。私は同君が譲ってくれたこの興味ある記録を、そのまま私の名で活字にすることを敢《あえ》てしたからである。この一篇の物語について、私は全く労力を費《ついや》していない、随《したが》ってこの著述から生じる作者の収入は、全部、N某君に贈呈すべきだと思っている。この附記を記した一半の理由は、材料入手の顛末《てんまつ》を明かにして、所在不明のN某君に、私に他意なき次第を告げ、謝意を表したい為であった。

第一信

長い間全く手紙を書かなかったことを許して下さい。それには理由があったのだ。数年来まるで恋人の様に三日にあげず手紙を書いていた君のことを、この一月程の間と云うもの、僕は殆ど忘れていた。僕に新らしい話相手が出来たからだなどと思ってはいけない。そんな風の並々の理由ではないのだ。君は僕の「色眼鏡《いろめがね》の魔法」というものを多分記憶しているだろう。僕が手製で拵《こしら》えたマラカイト緑とメチール菫《すみれ》の二枚の色ガラスを重ねた魔法眼鏡の不気味な効果を。あの二重眼鏡で世界を窺《のぞ》くと、山も森も林も草も、凡ての緑色のものが、血の様に真赤に見えるね。いつか箱根《はこね》の山の中で、君にそいつを覗《のぞ》かせたら、君は「怖い」と云って大切なロイド眼鏡を地べたへ抛《ほう》り出してしまったことがある。あれだよ。僕がこの一月ばかりの間に見たり聞いたりしたことは、まったくあの魔法眼鏡の世界なのだよ。眼界は濃霧の様にドス黒くて奥底が見えないのだ。しかしその暗い世界をじっと見つめていると、眼が慣れるにつれて、滲《にじ》み出す様に真赤な物の姿が、真赤な森林や、血の様な叢《くさむら》が、目を圧して迫って来るのだ。

君の少し機嫌を悪くした手紙は今朝受取った。恋人でなくても、相手の冷淡は嫉《ねた》ましいものだ。僕は心にもない音信の途絶《とだ》えを済まない事に思った。と云って、何もそれだから この手紙を書き出したのではない。もっと積極的な意味があってなのだ。君の手紙の中に黒川《くろかわ》先生の近況を尋ねる言葉があったね。君は大阪《おおさか》にいて何も知らないけれど、君のあの御見舞の言葉は、偶然とは思われぬ程、恐ろしく適切であったのだ。僕は先生の身辺に継《けい》起《き》した出来事について君の御尋ねに答えるべきなのであろうが、それは、いくら僕の手紙が饒舌《じょうぜつ》だからと云って、一度や二度の通信では迚《とて》も書き切れるものでない。それ程その出来事というのが重大で複雑を極《きわ》めているのだ。しかも事件はまだ終ったのではない。僕の予感ではこの殺人劇のクライマックスは、つまり犯人の最後の切札は、どっかしら見えない所に、楽しそうに、大切にしまってあるのだ。

実を云うと、僕自身もこの血腥《ちなまぐさ》い事件の渦中《かちゅう》の一人に違いない。なぜと云って、黒川博士《はかせ》の身辺の出来事というのは、君も知っている例の心霊学会のグループの中に起ったことであって、僕もその会員の末席をけがしているからだ。僕がどういう気持で、この事件に対しているか、事件そのものは知らなくても、君には大方《おおかた》想像出来るであろう。黒川先生や気の毒な被害者の人達には、誠に済まぬことだけれど、気の毒がったり、途方にくれたり、胸騒ぎしたりする前に、先《ま》ず探偵的興味がムクムクと頭をもたげて来るのを、僕はどうすることも出来なかった。事件が実に不愉快で、不気味で、惨虐《ざんぎゃく》で、八幡の籔知らずみたいに不可解なものである丈《だ》け、被害者にとっては何とも云えぬ程恐ろしい出来事であるのに反比例して、探偵的興味からは実に申分のない題材なのだ。僕はつい強《し》いても事件の渦中に踏み込まないではいられなかった。

君が僕に劣らぬ探偵好きであることは分っている。僕は君が東京にいてまだ学生だった時分、二人で机上《きじょう》の探偵ごっこをして楽しんだのを忘れることが出来ない。で、僕はこういう事を思い立った。まだ謎は殆ど解けていないまま、この事件の経過を詳しく君に報告して、それを後日の為の記録ともし、又、遠く隔てて眺めている君の直覚なり推理なりをも聞かせて貰《もら》うという目論見《もくろみ》なのだ。つまり、僕達は今度は、現実の、しかも僕に取っては恩師に当る黒川博士の身辺をめぐる犯罪事件を材料にして、例の探偵ごっこをやろうという訳なのだ。これは一寸考えると不謹慎な企てと見えるかも知れない。だが、そうして、若し少しでも事件の真相に近づくことが出来たならば、恩師に対しても、その周囲の人達に対しても、利益にこそなれ決して迷惑な事柄ではないと思う。

今から約一ヶ月前、九月二十三日の夕方、姉崎曽恵子《あねざきそえこ》未亡人惨殺事件が発見された。そして、何の因縁《いんねん》であるか、その第一の発見者はかく云う僕であった。姉崎曽恵子さんというのは僕達の心霊学会の風変りな会員の一人で（風変りなのは決してこの夫人ばかりではないことが、やがて君に分るだろう）一年程前夫《まえ》に死に別れた、まだ三十を少し越したばかりの美しい未亡人だ。故姉崎氏は実業界で相当の仕事をしていた人だが、その人と黒川博士とが中学時代の同窓であった関係から、夫人も博士邸を訪問する様になり、いつの間にか心霊学に興味を持って、心霊現象の実験の集りには欠かさず出席していた。その美しい我々の仲間が突然奇怪な変死をとげたのだ。

その夕方、午後五時頃であったが、僕は勤め先のA新聞社からの帰りがけに、兼ねて黒川先生から依頼されていた心霊学会例会の打合せの用件で、牛込区河田町《かわだちょう》の姉崎夫人邸に立寄った。多分君も知っている通り、あの辺は、道の両側に毀《こわ》れかかった高い石垣が聳《そび》え、その上に森の様な樹木が空を覆っていたり、飛んでもない所に草の生えた空地があったり、狭い道に苔《こけ》の生えた板塀が続いていて、その根元には蓋のない泥溝《どろみぞ》が横《よこた》わっていたりする、市内の住宅街では最も陰気な場所の一つだが、姉崎未亡人の邸《やしき》は、その板塀の並んだ中にあって、塀越しに古風な土蔵の屋根が見えているのが目印だ。

姉崎家の門よりは電車道よりに、つまり姉崎家の少し手前の筋向うに当る所に、今云った草の生えた空地があって、その隅《すみ》に下水用の大きなコンクリートの管が幾つもころがっているのだが、多分その管の中を住《すま》いにしているのだろう、一人の年とった男の片輪乞食が、管の前に躄車を据えて、折れた様に座っていた。僕はそいつを注意しない訳には行かなかった。それ程汚くて気味の悪い乞食だったからだ。そいつは簡単に云えば毛髪と右の目と上下の歯と左の手と両足とを持たない極端な不具者であった。身体の半分がなくなってしまっているといってもよかった。その上痩《や》せさらぼうて、恐らく目方も普通の人間の半分しかないのだろうと思われた程だ。僕は道端に立止まって二三分も乞食を眺め続けたが、その間彼は僕を黙殺して、片方しかない手で折れ曲った背中をボリボリ掻《か》いていた。

僕がこの躄乞食をそんなに長く見つめていたのは、人間の普通でない姿態に惹《ひ》きつけられる例の僕の子供らしい好奇心に過ぎなかったが、併しそうしてこの乞食を心にとめて置いたことが、あとになってなかなか役に立った。いやそればかりではなく、僕とそいつとは、別にはっきりした理由がある訳ではないけれど、何だか目に見えない糸で繋《つな》ぎ合されている様な気がして仕方がないのだ。殊《こと》に近頃になってこの二三日などは毎晩の様に、あのお化けの夢にうなされている。昼間でもあいつの顔を思出すとゾーッと寒気がして何とも云えぬ厭《いや》な気持に襲われるのだ。姉崎家のことを書く前に、僕はなんだかあの片輪者について、もう少し詳しく君に知らせて置き度くなった。そいつの不具の度合は、身体《からだ》のどの部分よりも顔面に最も著《いちじる》しかった。頭部の肉は顱頂骨《ろちょうこつ》が透いて見える程《ほど》ひからびていて、ビカビカ光る引釣《ひっつり》があって、その上全面に一本の毛髪も残っていなかった。木乃伊《みいら》には毛髪の着いているのもあるが、この乞食の頭は、木乃伊とそっくりな上に髪の毛さえも見当らぬのだ。広く見える額には眉毛がなくて、突然目の窪が薄黒い洞穴《ほらあな》になっていた。

尤《もっと》もそれは右の眼の話で、左の眼球丈けは残っていたけれど、細く開いた瞼《まぶた》の中は、黒くはなくて薄白く見えた。僕は左の目も盲目なのかと考えたが、あとになってそれは充分使用に耐えることが分った。目から下の部分は全く不思議なものであった。頬も鼻も口も顎《あご》も、どれがどれだかまるで区別がなくて、無数の深い横皺《よこじわ》が刻まれているに過ぎなかった。鼻は低くて短かくて幾段にも横皺で畳《たた》まれていて、普通の人間の鼻の三分の一の長さもない様に見えたし、鼻の下には幾本かの襞《ひだ》になった横皺があるばかりで、すぐに羽をむしった鶏《にわとり》の様な喉《のど》になっていた。無論その横皺の一つが口なのだけれど、どれが口に当るのか見分けがつかない程であった。つまりこの乞食の顔は、我々とはまるで逆であって、目から下の全体の面積が、額の三分の一にも足りないのだ。これは肉が痩せて皮膚がたるんだのと、上下の歯が全くない為に、顔の下半面が、提灯《ちょうちん》を押しつぶした様に縮んでしまったものに違いなかった。君が若しアルコール漬けになった月足らずの胎児を見た経験があるなら、それを今思い出してくれればいいのだ。髪の毛の全く生えていない、白っぽくて皺くちゃのあの胎児の顔をそのまま大きくすれば、丁度この乞食の顔になる。皮膚の色は、君は恐らく渋紙色《しぶがみいろ》を想像するであろうが、案外そうではなくて、若し皺を引き伸ばしたら、僕なんかの顔色よりも白くて美しいのではないかと思われる程であった。それからこいつの身体だが、それは顔程ではなかったけれど、やっぱり木乃伊を思出す痩せ方であった。

着ていたのは、盲目縞の木綿の単衣《ひとえ》のぼろぼろに破れたもので、殊に左の袖は跡方《あとかた》もなくちぎれてしまって、ちぎれた袖の間から、黒く汚れたメリヤスのシャツに包まれた腕のつけ根が、肩から生えた瘤《こぶ》みたいに窺《のぞ》いていた。その瘤の先が風呂敷《ふろしき》の結び目の様にキュッとしぼんでいるのは、一見外科手術の痕で、この乞食が癩病患者ではないことを語るものだ。胴体は非常な老人の様に全く二つに折れて、ちょっと見ると座っているのだか寝ているのだか分らない程であったが、その胴体に覆い隠された隙間《すきま》から、膝から上丈けの二本の細い腿《もも》が窺いて見えて、それが泥まみれの躄車の中にきっちりと嵌《は》まり込んでいた。年齢はどう見ても六十才以上の老人であった。

例の癖《くせ》で、僕は饒舌になりすぎた様だ。道草はよして姉崎家を訪ねることにしよう。そしてなるべく手取早《てっとりばや》く犯罪事件に入ることにしよう。で、夫人の家を訪ねると、顔見知りの女中が、広い家の中にたった一人でいた。何かしらただならぬ様子が見えたので、僕はその訳を尋ねて見たが、女中の答えた所は次の通りであった。姉崎未亡人は、夫の病死以来召使《めしつかい》の人数も減らして、広い邸に中学二年生の一人息子と書生と女中の四人切りで住んでいた。丁度その日は子供の中学生は二日続きの休日を利用して学友と旅行に出ていたし、書生は田舎に不幸があって帰郷していたし、その上女中は夫人の云いつけで、昼すぎから午後四時半頃まで遠方の化粧品店と呉服屋とへ使《つかい》に出ていたので、その留守の間夫人は全く一人ぼっちであった。いつもはそういう場合には市ヶ谷加賀町《いちがやかがちょう》にある夫人の実家から人を寄こして貰う様にしていたのに、今日はそれにも及ばないということだったので、女中はそのまま使いに出て、つい半時間程前に帰宅して見ると、家の中は空っぽで、表の戸締りもなく、家中を隈《くま》なく探したけれど夫人の姿はどこにも見えなかった。おかしいのは、夫人の履物《はきもの》が一足もなくなっていないことだ。若し夫人がはだしで飛び出す様なことが起ったのだとすれば、それ丈けでもただ事ではない。さしずめ加賀町さんへこの事を知らせなければならぬが、それには留守番がないしと処置に困《こう》じていた所へ、丁度僕が来合せたというのであった。

会話を省略したので、少し不自然に見えるかも知れないけれど、その問答の間に、僕は邸内に女中がまだ探していない部分があることを気附いた。それは先にちょっと書いた往来の塀の外から屋根が見えているというこの家の土蔵なのだ。土蔵が女中の盲点に入っていたのは併し無理はなかった。少くとも女中の知っている限りでは、土蔵の扉《と》は時候の変り目の外《ほか》は殆ど開かれたことがなく、戸前にはいつも開かずの部屋の様に重々しい錠前《じょうまえ》が掛っていたのだから。僕は念の為にと女中を説いて、二人で土蔵の前へ行って見たが、その扉《と》には、女中の言葉の通り昔風の大きな鉄の錠前が、まるで造りつけの装飾物でもある様に、ひっそりと掛っているばかりであった。だが僕は錠前の鉄板の表面の埃《ほこり》が、一部分乱れているのを見逃がさなかった。それは極く最近、誰かが扉《と》を開けて又閉めたことを示すものではないだろうか。僕はふと夫人が第三者の為に土蔵の中へとじこめられているという想像に脅《おびやか》されて、錠前の鍵を持って来る様に頼んだが、女中はそのありかを知らなかった。それでも、僕はどうも断念出来ないものだから、窓から窺いて見ることを考えて、庭に降りて見廻すと、幸《さいわい》、蔵の二階の窓が一つ開いたままになっているのを見つけた。僕は梯子《はしご》を掛けてその窓へ昇って行った。窓の鉄棒につかまって、もう殆ど暗くなっているその土蔵の二階を、僕はじっと窺き込んでいた。猫の様に僕の瞳孔が開いて暗がりに慣れるのに数十秒かかったが、併しやがて、ぼんやりとそこに在《あ》る物が浮上って来た。壁に接して塗簞笥《ぬりだんす》だとか長持《ながもち》だとか大小様々の道具を容《い》れた木箱だとかが、ゴチャゴチャと積み並べてあるらしく、漆《うるし》や金具があちこちに薄ぼんやりと光って見えた。それらの品物は皆部屋の隅へ隅へと積み上げてあるので、板敷の中央はガランとした空地になっているのだが、そこに大きなほの白い物体が、曲りくねって横わっていた。僕の目はいち早くその物体を認めたのだけれど、何だか正体を見極めることを遅らそうとするものの様であった。無論怖がっていたのに違いない。併し、いくら外《そ》らそう外らそうとしても、結局僕の視線はそこへ戻って行く外《ほか》はなかった。見ていると、薄闇の中から、その曲線に富んだ大きな白い物体丈けがクッキリと浮上って、僕の目に飛びついて来る様に感じられた。僕は視力以上のもので、それを白昼の如く見極めることが出来た。

姉崎未亡人は、全裸体で、水に溺《おぼ》れた人が死にもの狂いに藻掻《もが》いている格好で、そこに息絶えていた。僕は血の美しさというものを、あの時に初めて経験した。脂《あぶら》づいた白くて滑《なめら》かな皮膚を、大胆極まる染模様のように、或は緋《ひ》の絹糸《きぬいと》の乱れる様に、太く細く伝い流れる血潮の縞は、白と赤との悪夢の中の放胆な曲線の交錯は、ゾッと総毛の立つ程美しいものだ。僕は夫人とさ程親しい訳ではなかったから、この惨死体を見て悲しむよりは怖れ、怖れるよりは寧《むし》ろ夢の様な美しさに打たれたことを告白しなければならない。

君はこの僕の形容をいぶかしく思うに違いない。そんな縞の様な血の跡がついているなんて、殺人者は一体どういう殺し方をしたのかと。だがそれに答えるのには、窓の外からの朧気《おぼろげ》な隙見丈けでは不充分だ。僕は薄闇の悪夢から醒めて、現実の社会人の立場から、殺人事件発見者として適当の処置をとらなければならない。僕は女中とも相談の上先《ま》ず第一に自動電話によって加賀町の夫人の実家へこの不祥事を報告し、実家の依頼を受けて、所轄警察署その他必要な先々へ通知した。

地方裁判所検事の一行が到着して、警視庁や所轄警察署の人々と一緒に現場《げんじょう》検証を開始したのは、それから一時間程後《のち》であった。君も知っている通り僕のA新聞社での地位はこういう事柄には縁遠い学芸部の記者だから、裁判所の人などに知合《しりあい》は少いのだけれど、幸にもこの事件を担当した検事綿貫正太郎《わたぬきしょうたろう》氏は学芸欄の用件で数度訪問したことがあって、知らぬ仲ではなかったものだから、証人としての供述以上に色々質問もすれば、綿貫氏から話しかけられもした。だがその夜《よ》の検証の模様を順序を追ってここに記す必要はない。ただ結果丈けを正確に書きとめて置けばよいと思う。

先ず最初に土蔵の錠前の鍵に関する不可解な事実について一言しなければならぬ。先にも記した通り、土蔵の扉には錠がおりていたし、仮令窓《たとえ》は開いていても厳重な鉄棒に妨《さまた》げられてそこから出入《でいり》することは出来ないので、現場を調べる為には是非錠前の鍵が必要であった。検証の時分には加賀町の実家から姉崎未亡人の兄さんに当る人が来ていて、女中と一緒になって鍵のありかを探したのだけれど、どうしても見つからぬので、人々は止むを得ず錠前を毀して土蔵の中へ這入《はい》ることにしたが、僕が注意するまでもなく、彼等は錠前の指紋《しもん》のことを気附いていて、錠前そのものには触れず、扉にとりつけた金具を撃ち毀すことによって目的を達した。だが、やがてその紛失した鍵が実に奇妙なことには、未亡人の死体の下から発見された。これは一体何を意味するのであろうか。検査の結果、その土蔵の錠前は開閉ともに鍵がなくては動かぬことが分っているのだ。とすると、蔵の外の錠前を、蔵の中にある鍵でどうして閉めることが出来たのであろう。それともこの殺人犯人は用意周到にも、予《あらかじ》め土蔵の合鍵《あいかぎ》を用意していたのであろうか。

さて、そういう風にして土蔵の二階へ昇った人々は、先ず曽恵子さんの死体を囲んで、裁判医の鑑定を聞くことになった。綿貫氏の許しを得て僕もそこに居合せたが、こんなことには慣切《なれき》ったその筋の人達をさえひどく驚かせた程、この殺人方法は奇怪を極めていた。鑑定によると、兇器は剃刀様《かみそりよう》の薄刃のもので、右頸動脈《うけいどうみゃく》の切断が致命傷だと云うことであったが、素人にも一見してそれが分る程、頸部からの出血は夥しいものであった。未亡人の俯伏《うつぶ》せになった顔は不気味な絵の具で染めた様に見え、解けた黒髪は絞る程もしっとりと液体を含んでいた。併しこの殺人が奇怪だという意味は、そういうむごたらしい点にあるのではなくて、被害者の生命を断つ事に直接の関係はないけれど、併し何かしら意味ありげな、常識では判断の出来ない、非常に不気味な別の事実についてであった。その一つは、姉崎未亡人が丸裸にされて殺されていたことだ。同じ蔵の二階の片隅に彼女の不断《ふだん》着《ぎ》が脱ぎ捨ててあった所を見ると、被害者は蔵の中へ這入るまではちゃんと着物を着ていたことは確かで、その二階へ来てから自から脱いだか、犯人に脱がされたかしたものに相違ないのだが、それがこの殺人事件にどんな意味を持っていたのかちょっと想像がつかないのだ。それからもう一つの点は、(この方が一層奇怪であって、姉崎夫人殺害事件中での最も著しい事実なのだが) 夫人の死体には先に記した致命傷の外《ほか》に、全身に亙《わた》って六ヶ所に、小さい斬り傷があったことだ。鑑定書の口調をまねて詳しく云うと、右三角筋部、左前上膊部《ひだりぜんじょうはくぶ》、左右臀部《でんぶ》、右前大腿部《だいたいぶ》、左後膝部《こうしつぶ》の六ヶ所に、長さ三センチから一センチ位までの、剃刀様の兇器によるものと覚しき軽微な斬り傷があって、そこから六本の血の河が全身に異様な縞を描いていたのだ。誰も皆これらの傷が余り小さ過ぎることを不審に思った。殺人者が六度斬りつけて六度失敗し、七度目《たびめ》にやっと目的を達したと考える為には、傷が不自然に小さ過ぎた。いくらしくじったからと云って、六度が六度ともこんなかすり傷の様なものしかつけ得なかったとは想像出来ない事だ。又斬り傷の箇所が前後左右に飛び離れているのも不自然であって、被害者が逃げ廻ったり抵抗した為だと解釈するにしても、何となく首肯《しゅこう》し難い所がある。しかも不思議はそればかりではなかった。これらの傷口から、流れ出している血潮の河の方向が、傷口の小さ過ぎる事などよりは更《さ》らに一層奇怪な感じを与えるのだ。と云う意味は、それらの血の流れの方向が全く滅茶苦茶《めちゃくちゃ》であって、例えば右肩の傷口からのものは、左肩に向って横流《おうりゅう》し、左腕の傷口からのものは手首に向って下流し、左足からのものは反対に身体の上部に向って逆流し、又ある傷口からのものは斜めに流れていると云う調子で、中にも異様に感じられたのは、右臀部からの（これが一番大きい傷口なのだが）血の流れは横に流れ、腰を通って下腹部の左の端《はじ》近くまで、つまり腰の部分を殆ど一周しているという有様であった。如何に被害者が抵抗し、もがき廻ったにもせよ、こんな滅茶苦茶な血の流れ方があるものでなく、裁判医なども全く初めての経験だと驚いていた。死体の所見は大体以上に尽きている。夫人の絶命した（或《あるい》は兇行の行われた）時間は、医師の鑑定ではその日の午後という程度の漠然とした事しか分らなかった。又後《のち》に取調べられた所によると、近所の人達が夫人の悲鳴を聞いていたという様な事実もなく、結局この殺人事件は、女中が使を云いつけられて家《うち》を出た零時半頃から彼女が帰宅した四時半頃までの間に行われたものだという以上に正確な時間を決定する材料は、今の所発見されていないのだ。なお未亡人の屍体は後に帝大解剖室に運ばれることになったが、その結果についてはいずれ書く機会があると思う。

次に検証の人々は、その土蔵の二階を主として、姉崎邸の室内、庭園を問わず、殺人兇器その他犯人の遺留品、指紋、足跡、犯人の侵入逃走の経路などを発見する為の綿密な捜索を行ったが、その結果は殆ど徒労であったと云ってもよかった。検事や警察官達の心中まで見抜くことは出来ないけれど、少くとも彼等が取交《とりかわ》していた会話や、僕が綿貫検事から聞出した所によって想像すれば、捜索の結果彼等の蒐集《しゅうしゅう》し得た事実は左《さ》の諸点に尽きていた。

剃刀と想像される殺人兇器は土蔵の中は勿論《もちろん》、邸内のどこにも見出すことは出来なかった。尤《もっと》も姉崎夫人の化粧台と書生の机の抽斗《ひきだし》とから剃刀が発見されはしたけれど、それは両方とも殺人の兇器としては使用出来相《そう》もない安全剃刀であって、替刃にも別段の異状を認めることは出来なかった。つまり兇器は犯人自身のものであって、彼はそれを現場に遺棄して立去る程愚かでなかったのに違いない。犯人の足跡と指紋も全く見出すことが出来なかった。庭園の土は軟《やわら》かだったけれど、そこには庭下駄《にわげた》以外の跡はなく、玄関前には敷石が敷きつめてあった。土蔵の板《いた》の間《ま》には薄く埃が積っていて、それがひどく掻き乱された跡は見えたが、明瞭な足跡は無かった。指紋の方は、犯行現場の道具類の滑かな面《おもて》には家内の人々の指紋が僅《わず》かに残っているばかりだったし、又、僕が最初異状を発見した蔵の錠前の鉄板《てついた》の表面にも、これこそはと意気込んで鑑識課へ廻されたが、何の跡も残っていないことが分った。それでは犯人は用心深く手袋をはめていたのであろうか。だが、若しそうだとすると、その手袋は動脈から吹き出した血潮の為にベトベトに濡れていた筈ではないか。それについて僕はふとこんなことを空想した。犯人は兇行に取りかかる前に手袋を脱ぎ、兇行を終って血のりを拭きとったあとで又それをはめたのだと。更らに進んで、彼が脱いだものはただ手袋丈けではなかったのではないかと。これは非常に奇怪な空想かも知れない。そして君は多分、僕の例の癖が始まったと云うかも知れない。だが、被害者の夫人が全裸体であったこと、致命傷以外の傷と血の流れ方が実に異様であったことなどから、僕には何となくそんな風に思われたのだ。実を云うと、今の所僕のこの空想には殆ど賛成者がないのだが、僕自身はまだそれを捨て兼ねている。無駄事の様だけれど、この妙な考えを記《しる》して君に覚えて置いて貰いたいと思うのだ。僕は今犯人が兇行の時の返り血を拭き取ったと書いたが、これ丈けは空想ではなかった。と云うのは、先にもちょっと記した通り兇行現場の土蔵の二階には、死体から遠く離れた隅の方に、姉崎未亡人の不断着が脱ぎ捨ててあったが、それは袖畳《そでだた》みにしたのではなく、ごく乱暴に丸めたもので、僕が一目見てこいつは曽恵子さん自身が丸めたものではないいなと考えた通り、検《しら》べて見ると、その縞銘仙《しまめいせん》の単衣《ひとえ》ものの中には、クシャクシャになった夫人常用の絞羽二重《しぼりはぶたえ》の長襦袢《ながじゅばん》が包みこんであって、それに血を拭き取った跡が夥《おびただ》しく附着していたからだ。若しやそこに指紋が残されているのではないかと思われたが、注意深い犯人にそんな手抜かりはなかった。で、長襦袢の血痕は、人々を一瞬間ハッとさせたばかりで、別に犯人捜索の直接の手掛りとはならなかったが、併しそうして丸めた着物をとりのけた事が、実に奇妙な証拠品らしいものを発見する機縁となった。

同じ板の間の隅っこの、今までは着物の為に隠れていた部分に、小さく丸めた紙切れが落ちていたのだ。その紙切れはこの殺人事件での証拠らしい証拠品の唯一のものであって、その筋の人達もこれには非常に興味を持った様に思われるし、僕自身にも、何となくこれが後に重大な意味を持ってくるのではないかという予感があるので、その紙切れについてなるべく詳しく書いて置こうと思う。最初それを発見した所轄警察の司法主任が、小さく丸められたままの紙切れを注意深く観察して、これは以前からそこに在《あ》ったのではなくて、犯罪の際に落《おと》されたものに違いないと注意した。なぜかと云うと、その部屋は床の上にも、並んでいる道具類の上にも、目に見える程埃《ほこり》が積もっていたのに、丸められた紙切れの皺の中にはどこにも全く埃がなかったからだ。更にそれを拡げて見ると、感心な司法主任の観察が間違っていなかったことが一層はっきりした。というのは、紙切には妙な符号みたいなものが記してあったのだが、それが非常に不可解な秘密めいた性質を持っていて、殺人事件に何かの関係があるらしく思われたからだ。序《ついで》にあとになって分ったことをつけ加えて置くならば、姉崎家の女中を始め書生や子供の中学生などに糺《ただ》した結果を綜合するのに、その紙切れは未亡人が持っていたのではなくて、どうかして犯人が落して行ったものとしか考えられなかった。つまり、これこそ、甚《はなは》だしく難解な材料ではあったけれど、殺人者の素情《すじょう》を探り出す唯一の手掛りに違いなかった。その紙切れは長さも幅も厚味も丁度官製ハガキ程の正確な長方形で、紙質は上質紙と呼ばれているものであって、その中央に、二本の角《つの》の生えたいびつな方形の枠の上に斜《なな》めに一本の棒を横たえた図形が、濃い墨《ぼく》汁《じゅう》で肉太に描いてあるのだ。僕はその形をよく覚え込んでいるので、参考までに次に小さく模写して置く。君はこの異様な符号を見て何を聯想するであろうか。僕は暗号でも解く気になって、色々に考えて見たが、何だか、アアあれだったのかと直《す》ぐ分り相でいて、その秘密が今にも意識の表面に浮かび上り相でいて、だがどうしても分らない。綿貫氏に聞くと、警察の方でもまだこの謎が解けないでいるということだ。若し君がこんな図形をどこかで見たことがあるか、或は図形の意味を解くことが出来たら是非知らせてほしいと思う。

殺人の方法が余り異様なので、これを単なる盗賊の仕業《しわざ》だとは誰も考えなかった様だが、順序として、一応盗難品の有無が調べられた。その結果は、君も想像する通り、邸内には何一品《ひとしな》紛失したものもないことが確められたに過ぎない。それは被害者の左の薬指にはめられた高価な宝石入りの白金《プラチナ》の指環がそのまま残っていた事によっても明かであった。

それから、被害者の実兄と女中と僕とは、型通りの訊問を受けたが、僕の判断する限りでは、検事はこれという捜査上の材料を掴むことは出来なかった。被害者の姉崎曽恵子さんは、一種の社交家ではあったけれど、非常にしとやかな寧ろ内気な、そして古風な道徳家で、若い未亡人に立ち易い噂《うわさ》なども全く聞かなかったし、まして人に恨みを受ける様な人柄では決してなかった。検事の疑《うたがい》深い訊問に対して、彼女の兄さんと女中とは、繰返しこの事を確言した。結局、姉崎家屋内での捜査は、右に図解した奇妙な一枚の紙切れの外には、全く得る所がなかったのだ。そこで、問題は女中が使に出てから帰宅したまでの、つまり被害者が一人ぼっちで家にいた時間、午後一時頃から四時半頃までに、姉崎家に出入りした人物を、外部から探し出すことが出来るかどうかの一点に押し縮められた。これが検事達の最後の頼みの綱であった。

局面がそこまで来た時、僕は当然ある人物を思出さなければならなかった。云うまでもなく、この手紙の初めに書いた躄乞食のことだ。あいつに若し多少でも視力があったならば、そして、今日の午後ずっと同じ空地にいたのだとすれば、あの空地は丁度姉崎家の門の斜向《すじむかい》に当るのだから、そこを出入りした人物を目撃しているに違いない。あの片輪者こそ、唯一の証人に違いない（註）。僕は思出すとすぐ、その事を綿貫検事に告げた。

「これから直ぐ行って見ましょう。まだ元の所にいて呉《く》れればいいが」綿貫氏というのは、そういう気軽な、併し犯罪研究には異常に熱心な、少し風変りな検事なのだ。そこで人々は姉崎家の手提電燈《てさげ》を借りて、ゾロゾロと門外の空地へと出て行った。

手提電燈の丸い光の中に、海坊主みたいな格好をして、躄乞食は元の場所にいた。蚊《か》を防ぐ為に頭から汚い風呂敷の様なものを被って、やっぱり躄車の中にじっとしていたのだ。一人の刑事が、いきなりその風呂敷を取りのけると、片輪者は雛鶏《ひよっこ》の様に歯のない口を黒く大きく開いて、「イヤー」と、怪鳥《かいちょう》の悲鳴を上げ、逃げ出す力はないので、片っ方丈《だ》けの細い腕を、顔の前で左右に振り動かして、敵を防ぐ仕草《しぐさ》をした。

決してお前を叱《しか》るのではないと得心《とくしん》させて、ボツボツ訊《たず》ねて行くと、乞食は少女の様な可愛らしい声で、存外ハッキリ答弁することが出来た。先ず彼の白っぽく見える左眼は幸《さいわい》にも普通の視力を持っていることが確められた。今日はおひる頃からずっとその空地にいて、前の往来を（随って姉崎家の門をも）眺めていたことも分った。「では、おひる過ぎから夕方までの間に、あの門を出入りした人を見なかったか。ここにいる女中さんと、この男の人の外にだよ」と、検事は、その筋の人々に混って立っていた姉崎家の女中と僕とを指さして、物柔《ものやわらか》に訊ねた。すると乞食は、刑事の手提電燈に射られた僕と女中とを白い眼で見上げながら、外に二人あの門を入った人があると、ペタペタと歯のない唇《くちびる》で答えた。

その内の一人は黒い洋服に黒いソフト帽を冠《かぶ》った中年の紳士で、顔はよく見えなかったが、眼鏡や髭《ひげ》はなかった様に思う。その人が女中が出て行って間もなく門内に姿を消した。それから長い時間の後、（乞食の記憶は曖昧《あいまい》であったが、その間は一時間程と推定された）一人の若くて美しい女が門を入って行った。その髪形《かみかたち》と着衣とは、非常にハッキリ乞食の印象に残っていたらしく、髪の方は「今時見かけねえ二百三高地《こうち》でさあ。わしらが若い時分流行《はや》ったハイカラさんでさあ」と云った。君は多分知らないだろうが、二百三高地と云うのは、日露戦争の旅順《りょじゅん》攻撃の記念の様にして起った名称で、前髪に芯を入れて、額の上に大きくふくらました形の、俗に庇髪《ひさしがみ》と云った古風な洋髪のことだ。それから着衣の方は、無論単衣物に違いないのだが、「紫色の矢絣」の絹物で、帯は黒っぽいものであったと答えた。矢絣というのも現代には縁遠い柄《がら》で、歌舞伎芝居の腰元の衣裳などを思出させる古風な代物だが、老年の片輪乞食は、この我々には寧ろ難解な語彙《ごい》をちゃんと心得ていて、さも昔懐しげな様子で、歯のない唇を三日月型にニヤニヤさせながら、少女の様にあどけない声で答弁した。彼はその女が眼鏡をかけていた事も記憶していた。

この二人の人物が姉崎家の門を入った時間は、黒服の中年の男の方は午後一時から一時半頃までの間、矢絣の若い女の方は午後二時から二時半頃までの間と判断すれば大過ない様に考えられた。だが、彼等が門を出て行った時間は、つまり彼等が夫々《それぞれ》どれ程の間姉崎家に留まっていたかという事は、残念ながら全く知る由《よし》がなかった。乞食はそれを見なかったのだ。二人ともいつ門を出て行ったか少しも気附かなかったというのだ。居眠りをしていたか、躄車を動かしてコンクリート管の蔭へ入っていたか、それとも他のものに気を奪われていた隙に、両人《ふたり》とも門を出て行ったものであろう。

来た人が帰って行くのを見逃がしていた程だから、この両人の外に、乞食の目に触れなかった訪問者がなかったとは云えないし、姉崎家への入口は正門ばかりには限らないことを考えると、殺人犯人がその黒服の男と矢絣の女のどちらかであったと極めてしまうのは無論早計だけれど、姉崎家は主人の死亡以来訪問者も余り多くなかったという事だから、その乏しい訪問者の内の二人が分ったのは、可成《かなり》の収穫であったと云っていい。

それから捜査の人達は手分けをして、姉崎家の表門裏門への通路に当る小売商店などを、一軒一軒尋ね廻って、胡散《うさん》な通行者がなかったかを調べたが、別段の手掛りも得られなかった。ただその内の刑事の一人が、電車の停留所から姉崎家の表門への通路に当る一軒の煙草屋で、さい前の躄乞食の証言を裏書きする聞込みを掴んで来た外には。

その煙草屋のおかみさんが云うのには、黒い洋服を着た人は幾人も通ったので、どれがそうであったかは分らぬけれど、矢絣の女の方は、髪の形が余り突飛《とっぴ》だったので、よく記憶しているが、二十二三に見える縁《ふち》なし眼鏡をかけた濃化粧《あつげしょう》の異様な娘さんで、通りかかったのは二時少し過ぎであった。「新派劇の舞台から飛び出して来たんじゃないかと思いましたよ。妙な娘さんでございますね」と、刑事はおかみさんの声色《こわいろ》を混ぜて報告した。そして不思議な一致は、おかみさんも、乞食と同じ様に、その女の帰る所を見ていないことだ。女は来た時とは反対の道を通って帰ったのかも知れない。或は、煙草店の主婦が用事に立っている隙に通り過ぎたのかも知れない。

躄乞食の証言が決して出鱈目《でたらめ》でなかったことが分った。庇髪に矢絣の、明治時代の小説本の木版の口絵にでもあり相《そう》な娘さんが、昭和の街頭に現われたのだ。それ丈けでも何となく気違いじみた、お化けめいた感じなのに、その不気味な令嬢が美しい未亡人の裸体殺人事件の現場に出入りしたというのだから、これが人々の好奇心を唆《そそ》らない訳がなかった。

仮令《たとえ》直接の犯人ではないとしても、この娘こそ怪しいのだと考えないではいられなかった。

綿貫検事は、未亡人の実兄や女中を捉《とら》えて、二人の人物に心当りはないかと尋ねたが、洋服の紳士の方は余り漠然としていて見当がつかぬし、矢絣の娘の方は、そんな突拍子《とっぴょうし》もない風体の女は全く知らない、噂を聞いたことすらないとの答えであった。

以上が当夜捜査の人達が掴み得た手掛りらしいものの凡てであった。僕が現場で見聞し、後日綿貫検事から聞込んだ事柄の凡てであった。この事件の最も奇怪な点丈けを要約すると、被害者が全裸体であった事、致命傷の外《ほか》に全身に六ヶ所の斬り傷があって、その血がてんでんに出鱈目の方向へ流れていたこと、現場に奇妙な図形を記した紙片が落ちていて、それが唯一の証拠品であったこと、時代離れのした庇髪に矢絣の若い女が現場に出入した形跡のあったことなどであるが、しかも更らに奇怪な事は、事件後約一ヶ月の今日《こんにち》まで、これ以上の新しい手掛りは殆ど発見されていないのだ。第一の事件を迷宮に残したまま、第二の事件が起ってしまったのだ。という意味は、姉崎未亡人惨殺事件は、殺人鬼の演じ出した謂《い》わば前芸であって、本舞台はまだあとに残されていた。彼の本舞台は、降霊術の暗闇の世界に在《あ》ったのだ。悪魔の触手は、遠くから近くへと、徐々に我が黒川博士の身辺に迫って来たのだ。

では第一信はここまでにして、まだ云い残している多くの事柄は次便に譲ることにしよう。夜が更《ふ》けてしまったのだ。この報告丈けでは君は、若しかしたら事件に興味を起し得ないかも知れぬ。探偵ごっこを始めるには余りに乏しい材料だからね。だが第二信では、幾人かの心理的被疑者を君にお目にかけることが出来るだろうと思う。

十月二十日

祖父江進一《そぶえしんいち》

岩井坦《いわいたん》君

(註。——本文中「註」と小記した箇所の上欄に、左《さ》の如き朱筆の書入れがある。受信者岩井君の筆蹟であろう)

この躄乞食を証人としてでなく犯人として考えることは出来ないのか。祖父江はその点に少しも触れていないが、この醜怪な老不具者が真犯人だったとすれば、少くも小説としては、甚だ面白いと思う。なぜ一応はそれを疑って見なかったのであろう。

第二信

早速返事をくれて有難う。君の提出した疑問には、今日の手紙の適当な箇所でお答えする積《つも》りだ。この手紙は前便とは少し書き方を変えて、小説家の手法を真似て、ある一夜の出来事を、そのまま君の前に再現して見ようと思う。そういう手法を採《と》る理由は、その夜の登場人物が色々な意味で君に興味があると思うし、そこで取交わされた会話は、殆ど全く姉崎未亡人殺害事件に終始し、随って君に報告すべきあらゆる材料が、それらの会話の内に含まれていたので、その一夜の会合の写実によって、僕の説明的な報告を省《はぶ》くことが出来るからだ。それともう一つは、説明的文章では伝えることの出来ない、諸人物の表情や言葉のあやを、そのまま再現して、君の判断の材料に供し度い意味もあるのだ。

九月二十五日に姉崎曽恵子さんの仮葬儀が行われたが、その翌々日二十七日の夜、黒川博士邸に心霊学会の例会が開かれた。この例会は別に申合せをした訳ではなかったけれど、期せずして姉崎夫人追悼の集まりの様になってしまった。

僕は幹事という名で色々雑用を仰《おお》せつかっているものだから、(二十三日に姉崎家を訪ねたのもその役目柄《がら》であった)定刻の午後六時よりは三十分程早く中野の博士邸を訪れた。

君も記憶しているだろう。古風な黒板塀に冠木門《かぶきもん》、玄関まで五六間もある両側の植込み、格子戸《こうしど》、和風の玄関、廊下を通って別棟の洋館、そこに博士の書斎と応接室とがある。僕は女中の案内でその応接室に通った。いつの例会にもここが会員達の待合所に使われていたのだ。

応接室には黒川博士の姿は見えず、一方の隅のソファに奥さんがたった一人、青い顔をして腰かけていらしった。君は奥さんには会ったことがないだろうが、博士には二度目の奥さんで、十幾つも年下の三十を越したばかりの若い方なのだ。美人という程ではないけれど、瘦型の顔に二重瞼の大きい目が目立って、どこか不健康らしく青黒い皮膚がネットリと人を惹《ひ》きつける感じだ。挨拶《あいさつ》をして、「先生は」と尋ねると、夫人は浮かぬ顔で、

「少し怪我《けが》をしましたの、皆さんがお揃いになるまでと云って、あちらで寝《やす》んでいますのよ」

と云って、母屋の方を指さされた。

「怪我ですって？　どうなすったのです」

僕は何となく普通の怪我ではない様な予感がして、お世辞でなく聞返した。

「昨夜《ゆうべ》遅くお風呂に入っていて、ガラスで足の裏を切りましたの。ほんのちょっとした怪我ですけれど、でも……」

僕はじっと奥さんの異様に光る大きい目を見つめた。

「あたし何だか気味が悪くって、ほんとうのことを云うと、こんな心霊学の会なんか始めたのがいけないと思いますわ。えたいの知れない魂達が、この家の暗い所にウジャウジャしている様な気がして。あたし、主人に御願いして、もう本当に止《よ》して頂こうかと思うんですの」

「今夜はどうしてそんな事おっしゃるのです。何かあったのですか」

「何かって、あたし姉崎さんがおなくなりなすってから、怖くなってしまいましたの。あんまりよく当ったのですもの」

迂闊《うかつ》にも僕はそのことを全く知らなかったので、びっくりした様な顔をしたに違いない。

「アラ、御存知ありませんの。家《うち》の龍《りゅう》ちゃんがピッタリ予言しましたのよ。事件の二日前の晩でした。突然トランスになって、誰か女の人がむごたらしい死に方をするって。日も時間もピッタリ合っていますのよ。主人お話ししませんでして」

「驚いたなあ、そんな事があったんですか。僕ちっとも聞いてません。姉崎さんということも分っていたのですか」

「それが分れば何とか予防出来たんでしょうけれど、主人がどんなに責めても、龍ちゃんには名前が云えなかったのです。ただ繰返して美しい女の人がって云うばかりなんです」

龍ちゃんというのは、黒川博士が養っている不思議な盲目の娘で、恐らく日本でたった一人の霊界通信のミディアムなのだ。その娘は今に君の前に登場するであろうが、彼女が冥界《めいかい》の声によって、予め姉崎未亡人の死の時間を告げ知らせたという事実は、僕をギョットさせた。あのめくらが、いつかの日真犯人を云い当《あて》るのじゃないかな、という恐ろしい考えがチラッと僕の心を過《よ》ぎった。

「それに、昨夜の事でしょう。祖父江さん、主人はただ怪我をしただけではありませんのよ」夫人は僕の方へ顔を近づけて、ギラギラ光る目で僕の額を見すえて、ひそひそと云われるのだ。「何か魂の様なものを見たのですわ、きっと。湯殿の脱衣室の鏡ね、あの大きな厚い鏡を、主人は椅子《いす》で以《も》ってメチャメチャに叩き割ってしまいましたのよ。きっと何かの影がそこに写ったからですわ。尋ねても苦笑いをしていてなんにも云いませんけれど。そのガラスのかけらを踏んだものですから、足の裏に少しばかり怪我をしたんですの」

「では、今夜の会はお休みにした方がよくはないのですか」

「イイエ、主人は是非いつもの様に実験をやって見たいと申していますの。もう部屋の用意もちゃんと出来てますのよ」

そこへ咳《せき》ばらいの声がして、ドアが開いて、黒川先生が入って来られた。君も知っている様に、先生の風采《ふうさい》は少しも学者らしくない。髭がなくて色が白く、年よりはずっと若々しくて、声や物腰が女の様で、先生の生徒達が渾名《あだな》をつける時女形《おんながた》の役者を聯想したのも無理ではないと思われる。

先生は「ヤア」と云って、そこの肘掛《ひじかけ》椅子に腰をかけられたが、僕達の取交していた話題を鋭敏に察しられた様子で、

「大した怪我じゃないんだ。こうして歩けるんだからね。馬鹿な真似をしてしまって」

左足に繃帯《ほうたい》が厚ぼったく足袋《たび》の様にまきつけてある。

「犯人はまだ分らない様だね。君はあれから検事を訪問しなかったの」

先生は、風呂場の鏡のことを僕が云い出すのを恐れる様に、すぐ様話題を捉えられた。あれからというは僕達が姉崎さんの葬式でお会いしてからという意味なのだ。

「エエ、一度訪ねました。併し、新しい発見は何もないと云っていました。その筋でも、やっぱり例の矢絣《やがすり》の女を問題にしている様ですね」

僕が矢絣の女というと、先生は何ぜか一寸赤面された様に見えた。先生が顔を赤らめられるなんて非常に珍らしい事なので、僕は異様の印象を受けたが、その意味は少しも分らなかった。

「お前、今家《うち》に紫の矢絣を着ているものはいないだろうね。女中なんかにも」

先生は突然妙なことを奥さんに尋ねられた。

「単物《ひとえもの》の紫矢絣なんて、今時誰も着ませんわ。あたしなんかの娘の時分には、流行っていた様ですけれど」

「君、非常に極端な霊魂のマティリアリゼーションという事を考えることが出来るかね」

先生は僕を見て、何かためす様な調子で云われた。「例えばクルックスの本にある霊媒《れいばい》のクック嬢は暗闇の中でケーティ・キングという霊魂の肉身を出現させることが出来たが、ああいうマティリアリゼーションをもっと極度に考えると、霊魂は昼日中《ひるひなか》、賑《にぎや》かな町の中を歩くことだって出来るんじゃないか」

僕には先生の声が少し震えている様に感じられた。

「それはどういう意味なんですか。先生はあの紫矢絣の女が生きた人間ではなかったとでもおっしゃるのですか」

「イヤ、そうじゃない。そういう意味じゃないんだけれど」

先生は何かギョッとした様に、急いで僕の言葉を打消された。僕は先生の目の中をじっと見つめていた。

「君は探偵好きだったね。コナン・ドイルの影響を受けて心霊学に入って来た程だからね。何か考えているの」

「あの現場に落ちていた紙切れの符号の意味を解こうとして考えて見たことは見たんです

けれど、分りません。その外には今の所全く手掛りがないのですから」

「符号って、どんな符号だったの。その紙切れのことは僕も聞いているが」

「全く無意味ないたずら書きの様でもあり、何かしら象徴している様にも見える、変な悪魔の符号みたいなものです」

僕が手帳を出して前便に記した図形を書いてお見せした。

黒川先生はその手帳を受取って一目見られたかと思うと、怖いものの様に僕の手に突返《つきかえ》して、椅子の肘掛に頬杖《ほおづえ》をつかれた。それは何となく不自然な姿勢であった。先生は僕の視線から顔を隠す為にそんな姿勢を取られたのではないかとさえ思われた。そして、

「君、それは、あの」

と喉につまった様な声で切れ切れにおっしゃった。確かに狼狽を取繕《とりつくろ》おうとしていらっしゃるのだ。

「ご存知なのですか、この符号を」

「イヤ、無論知らない。いつか気違いの書いた模様を見た中に、こんなのがあったのを思出したのさ」

だが先生の口調にはどことなく真実らしくない響《ひびき》が感じられた。

「ちょっと拝見」と云って奥さんも僕の手帳を暫らく見ていらしったが、

「躄の乞食が証人に立ったのでしたわね」

と突然妙なことをおっしゃるのだ。

「躄車に乗っていたのでしょう。躄車……ねえ、これ躄車の形じゃないこと。この四角なのが箱で、両方の角《つの》が車で、斜《はす》の線は車を漕《こ》ぐ棒じゃないこと」

「ハハ……、子供の絵探しじゃあるまいし」

先生は一笑に附してしまいなすったが、この奥さんの着想は、僕をびっくりさせた。子供だましと云えば子供だましの様だけれど、女らしく敏感な面白い考え方だ。

「そういえば、乞食だとか山窩《さんか》などがお互《たがい》に通信する符号には、こんな子供のいたずら書きみたいなのが色々あった様ですね」

僕も一説を持出した。

「それは僕も考えていた。どうして警察ではその変な乞食を疑って見なかったのだろう。そいつこそ現場附近にいた一番怪しい奴じゃないのかい」

この先生の疑いに僕が答えた言葉は、同時に君の手紙にあった疑問への答にもなるのだ。

「あの乞食を一目でも見たものには、そんなことは考えられないのです。あいつは血腥い人殺しなどをやるには年を取り過ぎています。力のない老いぼれなんです。それに手は片方しかないし、足は両方とも膝っ切りの躄ですから、あいつが土蔵の二階へ上って行くなんて全く不可能なんです。僕は外《ほか》に達者な相棒がいて、贋は見張り役を勤めたのではないかと空想したのですが、それも非常に不自然です。そんな乞食などがどうして蔵の合鍵を拵えることが出来たかということ、犯人が乞食とすれば、何か盗んで行かなかった筈はないということ、贋が何の必要があって危険な現場附近にいつまでもぐずぐずしていたかと云う事などを考えると、この空想は全く成立たないのです」

「それじゃ、この符号は贋車やなんかじゃないのですわね」

奥さんはあきらめ切れない様な顔であった。実を云うと僕自身も、これという理由がある訳ではなかったけれど、贋車説には妙に心を惹かれていた。

三人の犯罪談はそれ以上発展しなかった。先生は煙草をふかしながら何か考え込んでいられるし、奥さんはポツリポツリ姉崎さんの思出話の様なことをお話なすったが、それも途切れ勝ちで、何となく座が白けている所へ、もう時間と見えて次々と会員がやって来た。

一番早く来たのは園田《そのだ》文学士で、この人は僕よりは一年先輩なのだが、卒業以来ずっと黒川先生の研究室にいて、先生の助手の様にして実験心理学に没頭している、度の強い近眼鏡をかけて、いつでもネクタイが曲っている様な、如何にも学者くさい男だ。(黒川博士の専攻は心霊学などには全く縁遠い実験心理学であって、こういう妙な会を主宰《しゅさい》していられるのは、先生の道楽に過ぎないことを、君も多分知っていると思う)

その次には槌野《つちの》君が入って来た。槌野君は大学とは関係のない素人の熱心家で、俗に一寸法師という不具者なのだ。三十五歳だというのに背は十一二の子供位で、それに普通の大人よりは大きな頭が乗っかっている。非常に貧乏な独り者で、二階借りをして筆稿《ひっこう》かなんかで生活して、霊界のことばかり考えている変り者だ。いつも地味な木綿縞の着物に茶色の小倉《こくら》の袴《はかま》を穿《は》いて、坊主頭にチョビ髭を生やした、しかつめらしい顔で黙りこくっている。

その二人が加わって暫く雑談を交している所へ、熊浦《くまうら》氏がやって来た。有名な妖怪学者だから君も名は聞いているだろう。昔妖怪博士と渾名された名物学者があった。あらゆる不可思議現象に現実的な心理学的解釈を加えて尨大《ぼうだい》な著述を残したので知られている。熊浦氏はその人の後継者の様に云われ、同じ「妖怪」という渾名をつけられているが、昔の妖怪博士とは違って、博士の肩書など持たない私学出の民間学者で、妖怪と心理学とを結びつけるのではなくて、妖怪そのものに心酔している中世的神秘家なのだ。

熊浦氏は黒川博士とは同郷の幼馴染《おさななじみ》だと聞いているが、現在では地位も、境遇も、性格もひどく違っている。黒川先生は前途の明るい官学の教授で、親から譲られた資産があって生活も豊かだし、人柄は女性的で如才《じょさい》のない社交家であるのに反して、熊浦氏はただジアナリスティックな虚名を持っている外には、地位もなく資産もなく、妻子さえない全くの孤独者で、僅かに著作の収入で生活しているのだ。性格も陰欝で厭人的《えんじんてき》で、広い荒屋《あばらや》に召使の老婆とたった二人で住んでいて、人を訪ねたり訪ねられたりすることも殆どない様な生活をしている。この心霊学会に出席するのが同氏の唯一の社交生活ではないかと思われる。

心霊学会の創立者は実を云うと黒川博士ではなくて熊浦氏であったのだ。熊浦氏の熱心と、同氏が発見した珍らしい霊媒とが、つい黒川博士《せんせい》を動かして、こういう会が出来上ったた。その珍らしい霊媒というのは、先にちょっと触れた龍ちゃんという盲目の娘のことで、三月程前までは熊浦氏の手元で養われていたのを、黒川先生が引取って世話をしているのだ。

熊浦氏の容貌風采は、変り者の多い会員の中でも殊更《ことさら》に異様だ。氏はいつも色のさめた、併し手入れの行届いた折目正しいモーニングを着用して、夏でも白い手袋をはめて、よく光った靴を穿いて、骸骨《がいこつ》の握りのついたステッキをついて、少しびっこを引きながらやって来る。カラーは古風な折目のない固いのを使用しているが、そのカラーの上に一団の毛髪の塊《かたま》りが乗っかっている様に見える。熊浦氏はそれ程毛深いのだ。頭は三寸程も伸びた毛をモジャモジャと縮らせ、ピンとはねた口髭、三角型に刈込んだ顎髯《あごひげ》、それがずっと目の下まで密生して、顔の肌を埋《うず》め尽している。その毛塊《もうかい》の真中に鼈甲縁《べっこうぶち》の近眼鏡がある。

それが園田学士以上に強度のものだ。

　熊浦氏は会合に出ると、光線が怖いという様に、いつも電燈から最も遠い椅子を選ぶ癖がある。今日もその為に態《わざ》と残してあった隅っこの椅子に一人離れて腰かけて、暫く黙って一同の会話を聞いていたが、突然太い嗄声《しわがれごえ》で喋り出した。

「どうも、今度の、犯罪は、この心霊研究会に、深い因縁があり相だわい。臭い。わしにはその匂《におい》が、プンと来る様な気がする。霊魂不滅を、信仰して、あの世の魂と、遊んでいると、生命《いのち》なんて、三文の、値打もなくなるんだ。ウフフフフ……、どうだい、槌野君、そうじゃ、ないか」

　熊浦氏は、ゆっくりゆっくり地の底からでも響いて来る様なザラザラした声で云うのだ。彼の積りではこれが一種の諧謔《かいぎゃく》らしいのだが、迚《とて》も常談《じょうだん》などとは思えない重々しい喋り方だ。

　呼びかけられた一寸法師の槌野君は、彼の癖でパッと赤面して、広いおでこの下から、上眼使いに一座をキョロキョロ見廻して、居たたまらない、様子をした。彼は常談に応酬するすべを知らないのだ。

「実に、絶好の、実験だからね。心霊信者が、死ねば、すぐ様、霊界通信の、実験が、始められるのだからね。みんな、姉崎夫人のスピリットを、呼び出したくて、ウズウズして、いるんじゃ、ないかい」

いつも実験の時の外は全く沈黙を守っている熊浦氏が、どうしてこんなにお喋りになったのかと不思議であった。何かよほど昂奮しているのに違いない。

「止し給え。つまらないことを」

黒川先生が、不愉快で耐《たま》らないのをじっと我慢している様子で、作った笑顔でおっしゃった。

「これは、常談だ。だが、黒川君、今度は、真面目な、話だが、僕は、昨夜《ゆうべ》、非常に遅く、十二時頃だった。この裏の、八幡《はちまん》さまの、森の中を、歩いていて、あいつに出くわしたのだよ。二百三高地に、矢絣のお化けにさ」

それを聞くと会員達は皆ハッとして話手の鬚面《ひげづら》を見たが、殊に黒川先生は顔色を変えてビクッと身動きされた。僕も真青《まっさお》になる程驚いていたに違いない。

熊浦氏の荒屋は同じ中野《なかの》の、黒川邸から七八丁隔った淋しい場所にあって、丁度その中間に森の深い八幡神社がある。僕もその八幡神社へは行ったことがあって、よく知っていた。この妖怪学者は、天日《てんじつ》を嫌って昼間は余り外出しない癖に、深夜人の寝静まった時などを歩き廻る趣味を持っていると聞いていたが、昨夜もその夜の散歩をしたのであろう。

「それは本当ですか」

　僕が聞返すと、熊浦氏は鬚の奥で幽《かす》かに笑った様に見えたが、

「本当だよ。僕が歩いていると、ヒョッコリ、社殿の、横の、暗闇から、飛び出して、来たんだ。常夜燈の電気で、ボンヤリ、庇髪と、矢絣が見えた。だが、僕が、オヤッと、気がついた時には、そいつは、もう、非常な勢《いきおい》で駈け出していたんだよ。わしは、足が、悪いもんだから、到底、かなわん。追っかけたけれど、じきに、見失った。恐ろしく、早い奴だったよ。女の癖に、まるで、風の様に走りよった。あとで、境内《けいだい》を、念入りに、歩き廻って見たが、もうどこにも、いなかったがね」

「ですが、その変な女は、案外犯罪には何の関係もない、気違いかなんかじゃないでしょうか。気違いなら知合でなくったって、どこの家へでも入って行くでしょうし、夜中に森の中をさまよう事もあるでしょうからね。僕達は少し矢絣に拘泥《こうでい》し過ぎてるんじゃないかしら。犯罪者が態々《わざわざ》、そんな人目に立ち易い風俗をする謂《いわ》れがないじゃありませんか」

　僕がそういうと、熊浦氏は僕の方へ、近眼鏡をキラリと光らせた。

「それは君、ひどく、常識的な、考え方だよ。そりゃ、気違い女かも、知れない。だが、気違い女なら、二三日もすれば、捕まって、しまうだろう。若し、幾日たっても、捕まらなんだら、そいつは、気違い女やなんかじゃないのだ。それから、黒川君、」と顔の向きを変えて、「僕は、一つ、不思議に、思っている、ことが、あるんだが、あの日に、姉崎

の後家《ごけ》さんは、誰か、秘密な客を、待ち受けて、いたんじゃあるまいか。書生も、子供も、留守の時に、どんな急ぎの、用事だったか、知らんが、女中を、使に出して、一人ぼっちに、なるなんて、偶然の様では、ないじゃないかね」

「ウン、そういう事も考えられるね。併し、そんなことを、ここで論じ合って見たって、始まらんじゃないか。餅《もち》は餅屋に任せて置くさ」

黒川先生はさも冷淡に云いはなたれたが、僕の見る所では、先生は決して、言葉通りこの事件に冷淡ではなかった。

「餅は、餅屋か。それも、そうだな。ところで、祖父江君、君は、死体解剖の、結果を、聞かなかったかね」

「綿貫検事から聞きました。内臓には別状なかった相です。姉崎さんはあの日十時頃に、遅い朝食を採られた切りだそうですが、胃袋は空っぽで、腸内の消化の程度では、絶命されたのは、一時から二時半頃までの間ではないか、という程度の、やっぱり漠然としたことしか分らなかった相です」

「精虫は？」

「それは、全く発見出来なかったというのです」

「ホホウ、それは、どうも」

この対話によって、熊浦氏が何を考えていたかが、君にも想像出来るだろう。同氏は僕の明確な否定に、ある失望を感じたに違いないのだ。ここに至って、僕はこの変物の妖怪学者に一種の好意を感じないではいられなかった。彼も亦《また》僕等と同じミステリィ・ハンタァズの一人であったのだ。日頃陰鬱で黙り屋の同氏が、この夜に限って、かくも雄弁であったのは、全く犯罪への好奇心に由来していたのだ。僕はここに一人のよき話し相手を得たことを、私《ひそ》かに喜ばしく感じた。

「ホホ……、まるで刑事部屋みたいね。それともファイロ・ヴァンスの事務所ですか」

突然美しい声が聞えたので、振向くと、ドアの前に二人の少女が手をつないで立っていた。一人は黒川博士のお嬢さん鞠子《まりこ》さん、もう一人は先《さ》っきから話題に上っていたミディアムの龍ちゃんだ。鞠子さんが現在の夫人の娘ではなくて、十年程前になくなられたという先夫人のお子さんであることは云うまでもない。この二人の少女は同年《おないどし》の十八歳で、殆どお揃いと云ってもいい不断着のワンピースに包まれていたが、その容貌の相違は、実に際立った対照を為《な》していた。

鞠子さんは髪を幼女の様なおかっぱにして、切下げた前髪が眉を隠さんばかりの下から、絶えず物を云っている大きな目が、パッチリ覗いて、すべっこい果物みたいな唇が、いつでも笑う用意をして、美しい歯並《はなみ》を隠している様な、非常に美しい人であるのに比べて、手を引かれている龍ちゃんの方は、両眼とも綴じつけられた様な盲目だし、その上ひどく標緻《きりょう》が悪いのだ。色が黒くて、おでこで、鼻が平べったくて、頬が骨ばっていて、唇は蒲団《ふとん》を重ねた様に厚ぼったくて、それが異様に赤いのだ。彼女が笑うと印度人の様だ。若し目が開《あ》いていたら、その目も印度人の様に敏感で奥底が知れなかったことだろう。

これで心霊研究会の会員がすっかり揃った。時によって飛入りの来会者はあるけれど、常連は今この部屋に集った五人の男と二人の女と一人の霊媒、合せて八人のささやかな会合なのだ。前月までの例会には、それに姉崎未亡人が加わって、女性会員は三人であったのだが。

「龍ちゃん、今夜気分はどう?」

黒川夫人が、いたわる様に盲目の少女に呼びかけなすった。

「分らないわ」

龍ちゃんは十歳の少女の様にあどけなく、ニヤニヤと笑って、空中に答えた。

「いいらしいのよ。さっきから御機嫌なんですもの」

鞠子さんが側《そば》からつけ加えた。この娘さんはお父さんには勿論、継《まま》しいお母さんにでも、まるでお友達の様な口を利くのだ。

「では、あちらの部屋へ行きましょう」

黒川先生は立上って、先に立って書斎のドアをお開きなすった。一同は、そのあとから足音を盗む様にして、もう緊張した気持になりながら、実験場の設備をした先生の書斎へ入って行った。だが、それから間もなく、霊媒の口からあんな恐ろしい言葉を聞こうとは、そして、会員の一人残らずが、まるで金縛りの様な身動きもならぬ窮地に陥ろうとは、誰が想像し得ただろう。

君は恐らく降霊会というものに出席した経験がないであろうが、それは一般に軽蔑されている程つまらないものではない。暗闇の中で、幾人かの人間が死の様に静まり返って、どこからともなく聞えて来る幽冥界《ゆうめいかい》の声を聞く時、或は朦朧《もうろう》と現われ来《きた》るエクト・プラスムのこの世のものならぬ放射光を目にする時、人は名状し難き歓喜を味うのだ。如何なる科学者も、唯物論者《ゆいぶつろんしゃ》も、一度この不可思議な声を聞き、光を見たならば、彼等の科学を裏切って、冥界の信者とならないではいられぬのだ。

アルフレッド・ラッセル・オレース、ウィリアム・ジェームス、ウィリアム・クルックスの様な純正科学者をさえ冥界の信者たらしめた力が何であったかを考えて見なければならない。奇術師的な降霊トリックの如きものと混同してはいけない。あれは霊界交通の外《げ》道《どう》に過ぎないのだ。そんな子供だましのトリックが、トリックの専門家である探偵小説家を——コナン・ドイルを欺《あざむ》き得たとは考えられないではないか。

先生の書斎は、四方の書棚も窓も壁も黒布で覆い隠して、一つの大きな暗箱の様にしつらえられていた。一方の壁に近く小円卓《テーブル》と一脚の長椅子が置いてあって、それを中心にして、七脚の椅子がグルッと円陣を張っている。机などはすっかり取りかたづけられ、室内にはその外《ほか》に何もない。小円卓の上に小さい卓上電燈がついていて、それがボンヤリと異様な舞台を照らしている。

一同は全く無言で、夫々の位置に着席した。正面のソファには霊媒の龍ちゃんが長々と横たわり、その右隣の椅子には黒川博士、左隣には妖怪学者の熊浦氏が腰かけ、外の一同も思い思いの椅子を選んで腰をおろした。

閉め切った部屋は、空気のそよぎさえなく、少しむし暑い感じであったが、じっと気を澄ましていると、温度に無感覚になって行く様に思われた。

余りに静かなので、一人一人の呼吸や心臓の音までも聞取れる程であった。

黒川先生はやや十分ほども、姿勢を正して瞑目《めいもく》していらしったが、霊媒の呼吸が寝入った様に整って来た時、ソッと手を伸ばして卓上燈のスイッチをお廻しなすった。部屋は冥界の闇にとじこめられた。

それから又五分程の間、実験室には死の様な沈黙が続いた。じっと目を凝らしていると、全く光のない密閉された室内ではあったが、何かしらモヤモヤと、物の形が見分けられる様に思われた。中にも、長椅子に横わっている龍ちゃんと、丁度僕の向側《むかいがわ》に腰かけている鞠子さんの服装が、闇をぼかして、薄白く浮上って来た。

「織江《おりえ》さん、織江さん」

突然、闇の中に人の声がして、その部屋にはいない人物の名を呼ぶのが聞えた。黒川博士が霊媒の龍ちゃんのコントロールを呼び出していらっしゃるのだ。コントロールというのは、謂《い》わば龍ちゃんの第二人格であって、盲目の少女の声を借りて、幽冥界からこの世に話しかける霊魂のことだ。龍ちゃんの場合は、その霊魂は織江さんという女性に極まっている。いつの世いかなる生活を営んでいた女性なのか、誰も知らない。ただ織江さんという名を持つ、一つの魂なのだ。

黒川先生の陰気な声が、二三度その名を繰返すと、やがて、いつもの様に、闇の中に苦しげな呼吸が聞えて来た。殆どうめき声に近い荒々しい呼吸。龍ちゃんの肉体の中に、全く別の魂が入《い》り込んで、それが龍ちゃんの声帯を借りて物を云おうとする。痛ましい苦悶なのだ。僕はこれを聞く度に、降霊実験は外科手術と同じ様に、或はそれ以上に残酷なものだと感じないではいられぬ。

併しこの苦悶は長く続く訳ではなかった。今にも死に相な息遣いが、突然静かになると、喰いしばった歯と歯の間から漏《も》れる様な、シューシューという異様な音が聞え始める。まだ言葉になり切らない魂の声だ。

彼女は何か云おうとあせっている。時々人の言葉の様な調子にはなるけれど、熱病患者の譫言《うわごと》の様に、舌がもつれて意味がとれぬ。真暗な部屋で、全く理解の出来ない、しかも意味ありげな声を聞くのは、決して気味のよいものではない。聞いている方で、ふと俺《おれ》は気が違ったんじゃないかしらという、変てこな錯覚を起すことさえある。

だが、それを我慢している内に、声が段々意味を持ち始める。異様に低い嗄声《しゃがれごえ》ではあるけれど、充分聞分けられる程度になる。

「わたし、いそいで、お知らせしなければならないのです」

暗闇の中に、ゆっくりゆっくりと、全く聞覚えのない、低い無表情な声が、まるで井戸の底からでもある様に、不思議な反響を伴って響いて来る。

「織江さんですか」

黒川先生の落ちついたお声が聞える。

「そうです。わたし、執念深い魂の悪だくみをお知らせしたいのです。……その魂が、一所懸命にわたしの口を押えようとして、もがいているのですけれど、わたしはそれを押しのけて、お知らせするのです」

言葉がとぎれると、暗闇と静寂とが、一層圧迫的に感じられる。誰も物を云わなかった。

何かしら恐ろしい予感に脅《おびや》かされて、手を握りしめる様にして、おし黙っていた。

「一人美しい人が死にました。そして、又一人美しい人が死ぬのです」

ギョッとする様なことを、少しも抑揚《よくよう》のない無表情な声が云った。

「あなたは、姉崎曽恵子さんのことを云っているのですか。そして、もう一人の美しい人というのは誰です」

黒川先生が、慌《あわただ》しく聞返された。先生のお声はひどく震えていた。

「わたしの前に腰かけている、美しい人です」

余りに意外な言葉であったものだから、咄嗟《とっさ》にはその意味を掴むことが出来なかった。だが、考えて見ると「織江さん」が、私の前というのは現実のこの部屋のことに違いない。霊媒の龍ちゃんの正面に腰かけている人という意味に違いない。

「止して下さい。もうこんな薄気味の悪い実験なんぞ。どなたか、電気をつけて下さいまし」

突然、耐りかねた黒川夫人が、上ずった声で叫びなすった。無理ではない。今霊魂が喋ったのは、黙って聞いているのには、余りに恐ろし過ぎる事柄であったのだから。この席で「美しい人」と云えばさしずめ鞠子さんだ。でないとしたら、黒川夫人の外には、そんな風に呼ばれる人物はない。いずれにしても、夫人の身としては、黙って聞いてはいられなかったに違いない。

「イヤ、お待ちなさい。奥さん。これは、非常に、重大な予言らしい。我慢して、も少し聞いて、見ましょう」

熊浦氏の特徴のある吃り声が制した。

「むごたらしい殺し方も、そっくりです。二人とも、同じ人の手にかかって死ぬのです」

無表情な声が、又聞え始めた。滑稽《こっけい》な程ぶッきらぼうで、冷酷な調子だ。

「同じ人？　同じ人とは、一体、誰のことだ。あんたは、それを、知っているのか」

熊浦氏がいつの間にか、黒川先生に代って、聞き役になっていた。彼のは魂の声を導き出すというよりは、まるで裁判官の訊問みたいな口調であった。

「知っています。その人も、今私の前にいるのです」

「この部屋にいると、云うのですか。我々の中に、その、下手人《げしゅにん》が、いるとでも、云うのですか」

「ハイ、そうです。殺す人も、殺される人も」

「誰です、誰です、それは」

そこでパッタリと問答が途絶えた。「織江さん」はこの大切な質問には、急に答えることが出来なかった。問う方でも、それ以上せき立てるのが躊躇《ちゅうちょ》された。魂は七人の会員の内の誰かが殺されると云うのだ。しかも、その下手人も会員の一人だと明言しているのだ。

それから、あの恐ろしい出来事が起るまで、ほんの数十秒の間が、どんなに長く感じられたことだろう。じっと息を殺していると、余りの静けさに、僕はその広い闇の中に、たった一人取残されている様な、妙な気持になって行った。目の前に赤や青や紫の、非常に鮮かな煙の輪の様なものが、モヤモヤと浮上って、それが、見る見る、血の縞に、あの姉崎夫人の白い肉塊を縦横に彩《いろど》っていた、むごたらしい血の縞に変って行った。

ふと気がつくと、闇の中に何かしら動いているものがあった。ぼんやりと白い人の姿だ。龍ちゃんがソファから立上ってソロソロと歩き出している様に思われた。

「龍ちゃん、どうしたんだ。どこへ行くのだ」

黒川先生のびっくりした様な声が聞えた。

白いものは、併し、少しも躊躇せず、黙ったまま、宙を浮く様に進んで行く。そして、おぼろに見える二つの白い塊りが、龍ちゃんと、鞠子さんとの白っぽい洋服が、段々接近して行って、やがて、ピッタリ一つになったかと思うと、

「この人です。執念深い魂が、この人を狙っているのです」

という、声が聞えた。と同時に、ワワ……と、笑い声とも泣き声ともつかぬ高い音が、

暗闇の部屋中に拡がった。鞠子さんが死もの狂いの悲鳴を上げたのだ。

僕はもう我慢が出来なくなって、椅子を離れると、声のした方へ駈け寄った。あちらからも、こちらからも、黒い影が、口々に何か云いながら、近づいて来た。

「早く、電気を、電気を」

誰かが叫んだ。黒い影がスイッチの方へ走って行った。そして、パッと室内が明るくなった。

五人の男に取り囲まれた中に、鞠子さんは黒川夫人の胸に顔を埋める様にして、取組《とりすが》っている。その足下に、霊媒の龍ちゃんが長々と横わっていた。彼女は気力を使い果して、気を失ってしまったのだ。

今はもう降霊術どころではなかった。黒川先生と奥さんとは、真青になって震え戦《おのの》く鞠子さんを慰めるのにかかり切りであったし、外の会員達は、黒川家の書生や女中と一緒になって、失神した龍ちゃんの介抱《かいほう》に努めなければならなかった。

斯様《かよう》にして、九月二十七日の例会は、実にみじめな終りを告げたのだが、騒ぎが静まって、龍ちゃんは失神から恢復《かいふく》するし、鞠子さんも笑顔を見せる様になっても、会員達は一人も帰らなかった。帰ろうにも帰られぬ羽目になってしまったのだ。というのは「織江さん」の魂が、姉崎夫人の下手人は、そして又、鞠子さんを同じ様に殺害するという犯人は、心霊研究会の会員の中にいると明言したからだ。

　黒川先生御夫婦と鞠子さんを除いた四人の会員、熊浦氏と、園田文学士と、一寸法師の槌野君と、僕とが、応接室に集って、気拙《きまず》い顔を見合せていた。

「わしは、あの娘の、予言は、十中八九、適中すると、思う。あいつは、わしの家に、居る時分から、一度も出鱈目を、云ったことは、ないのだ」

　熊浦氏が沈黙を破って、例のザラザラした吃声で始めた。彼はそんな際にも、日頃の癖を忘れないで、他の三人からはずっと遠い、隅っこの椅子に腰かけて、電燈がまぶしいという様に、額に手をかざしていた。

「僕はどうも信じられませんね。それに下手人がこの会員の内にいるなんて、実に馬鹿馬鹿しいと思う。今夜は龍ちゃん、どうかしてたんじゃありませんか。姉崎さんの事件が、あの子の鋭敏な心に、何か暗示的に働きかけて、さっきの様な幻影を描かせたんじゃありませんか」

　僕が反駁《はんばく》した。僕は君も知っている様に常識的な男だ。霊界通信についても、他の会員達の様な盲目的な信仰は持っていない。無論会に加わっている位だから、一応の理解はあるのだけれど、信仰というよりは、寧ろ好奇心の方が勝《かち》を占めている程度だ。自然、こういう異常な場合になると、つい常識が頭を擡《もた》げて来る。

「イヤ、それは霊媒自身については云えるか知れませんが、コントロールは無関係です。『織江さん』の魂が、あの事件に影響されて、嘘を云うなんてことは、考えられません」

槌野君が思切った様に、顔を赤くして主張した。この一寸法師は、前にも記した通り、会員中でも第一の霊界信者なのだ。彼は社交的な会話では、はにかみ屋で、黙り勝ちだけれど、霊界のこととなると、人が違った様に勇敢になる。

「ウン、そうだ。わしも、槌野説に、賛成だね。現に、我々の『織江さん』は、姉崎未亡人の、惨死を、ちゃんと、云い当てて、いるじゃないか。あれは、嘘を、云わなかった。だから、今度の、予言も、嘘でないと、考えるのが、至当《しとう》だ」

熊浦氏は、人一人の命にかかわる事を、不遠慮に断言する。

「併し、少くとも、我々の中に犯人がいるという点丈けは、どうも合点《がてん》が出来ませんよ。第一、我々会員には、姉崎さんを殺す様な動機が皆無じゃありませんか。姉崎さんが生前例会に顔出しをしていたということ丈けで、あの殺人事件と、この会とを結びつけて考えるのは、少し変だと思いますね」

僕が云うと、熊浦氏は皮肉な笑声を立てて、ギラギラ光る眼鏡で僕を睨みつけながら、

「動機がないって？　そんな、ことが、分るもんか。なる程、あの人は、表面上は、ただの、会員に、過ぎなかった。だが、物の裏を、考えて、見なくちゃ、いかんよ。裏の方で

は、会員の内の、誰かと、あの未亡人と、どんな深い、かかり合いが、あったかも知れん。あの人は、若くて、美しい、未亡人だったからね」

と意味ありげに云った。

誰も反対説を唱《とな》えるものはなかった。僕も未亡人が美しかったという論拠には全く同感であった。僕は曽恵子さんの顔ばかりでなく、身体の美しさまで、まざまざと見せつけられていたのだから。それにしても、若し「織江さん」の魂が云った様に、会員の中《うち》に下手人がいるのだとしたら、あの美しい身体にむごたらしい血の縞を描いた奴は、あのか細い喉を無残に刳《えぐ》った奴は、一体この内の誰だろうと、三人の顔を見比べないではいられなかった。

「すると、僕達の内の誰かが、殺人者だということになる訳ですね」

無闇にスパスパと両切煙草をふかし続けていた園田文学士が、青い顔をして、少し声を震わせて、口をはさんだ。

「そうです、龍ちゃんが、気絶さえ、しなければ、犯人の、名前も、分ったかも知れん。併し、肝腎《かんじん》のミディアムが、病人に、なってしまっては、当分、『織江さん』の魂を、呼出す、見込がない。実に、迷惑な話だ。僕等は、お互に、疑い合わねば、ならん様なことに、なってしまった。どうだ、諸君、ここで、銘々《めいめい》の、身の明りを、立てて、サッパリした、気持で、別れる、ことにしては」

熊浦氏が提案した。

「身の明りを立てるというのは？」

園田文学士が聞き返す。

「訳のない、ことです。アリバイを、証明すれば、いいのだ。あの、殺人事件の、起った時間に、諸君がどこに、いたかということを、ハッキリ、させれば、いいのです」

「それはうまい思いつきですね。じゃ、ここで順番にアリバイを申立てようじゃありませんか」

僕は早速、熊浦氏の提案に賛成して、先ず僕自身のアリバイを説明した。それに続いて、槌野君、園田氏、熊浦氏の順序で、九月二十三日の午後零時半から四時半頃までの行動を打開《うちあ》け合った。

先ず、僕自身は、先便にも書いた通り、姉崎家を訪問するまでは、午後からずっと、勤先《つとめさき》の新聞社にいたのだし、槌野君は、朝から、二階借りをしている部屋に座りつづけて、一度も外出しなかったと云うし、園田文学士は大学の心理学実験室で、ある実験に没頭していたと云うし、熊浦氏もあの日は昼間一度も外出しなかった、それは婆《ばあ》やがよく知っている筈《はず》だとのことで、一応は皆アリバイが成立した。その席に証人がいた訳ではないのだから、疑えばどの様にも疑えたけれど、兎も角も一同の気やすめにはなった。

「だが、ちょっと待って下さい」

僕はふと、あることを気づいて、びっくりして云った。

「僕たちは、飛んでもない思い違いをしているんじゃないでしょうか。姉崎さんの事件で一番疑わしいのは、紫矢絣の妙な女でしたね。仮令あれが真犯人でないとしても、先ず僕たちは、犯人が男性か女性かという点を、先に考えて見なければならないのじゃありませんか」

それを云うと、園田氏と槌野君とは、何とも云えぬ妙な顔をして、僕を見返した。云ってはいけない事を云ってしまったのかしらと、ハッとする様な表情であった。

熊浦氏の大きな鼈甲縁の眼鏡も、詰《なじ》る様に僕の方を睨みつけた。

「女性といって、君、会員の内には、鞠子さんと、霊媒を、除けば、たった、一人しか、いないじゃないか」

如何にも、そのたった一人の女性は黒川夫人であった。僕はうっかり恐ろしいことを云ってしまったのだ。

「イヤ、決してそういう意味じゃないのですけれど、矢絣の女があんなに問題になっていたものだから。つい女性を聯想したのです」

「ウン、矢絣の、女怪か。少くとも、今の場合、あいつは、濃厚な嫌疑者だね」

熊浦氏は思い返した様に相槌《あいづち》を打って、

「矢絣の女と、今夜の、『織江さん』の、言葉とを、両立させようと、すれば、犯人が、女性では、ないかという、疑いが、起るのは、無理もない。女性なれば、矢絣の着物を、着ることも、廂髪《ひさしがみ》に、結うことも、自由だからね」

彼はそこまで云うと、プッツリ言葉を切って、異様に黙り込んでしまった。疑ってはならない人を疑ったのだという意識が、一同を気拙く沈黙させた。

「それはそうと、姉崎さんの死骸のそばに落ちていたという、証拠の紙切れには、一体何が書いてあったのですか。祖父江さんは御承知でしょうが」

園田文学士が、白けた一座をとりなす様に、全く別の話題を持出した。

僕は、まだこの人達には、それを見せていないことに気附いたので、さい前《ぜん》黒川先生に描いて見せた手帳の頁《ページ》を開いて、先ず園田氏に渡した。

「これですよ。奥さんは、턻車を象徴した記号じゃないかとおっしゃったんですが、女って妙なことを考えるものですね」

近眼《ちかめ》の文学士は、僕の手帳を、近々と目によせて、一目見たかと思うと、実に不思議なことには、黒川先生と同じ様に、何かギョッとした様子で、急いでそれを閉じてしまった。

「祖父江さん、本当にこんな記号を書いた紙が落ちていたのですか。全くこの通りの記号でしたか、思い違いではないでしょうね」

園田氏は驚きを隠すことが出来なかった。

彼はこの記号について、何事かを知っているのだ。

「エエ、間違いはない積りです。ですが、あなたは、それに見覚えでもあるのですか」

「待って下さい。そして、その紙切れはどんなものでした。紙質や大きさは」

「丁度端書《はがき》位の長方形で、厚い洋紙でした。警察の人は上質紙だと云っていました」

園田氏の眼鏡の中のふくれた眼球《めだま》が、一層ふくれ上って来る様に見えた。青い顔が一層青ざめて行く様に見えた。

「どうしたんです。この記号の意味がお分りなんですか」

僕は詰めよらないではいられなかった。

「実は知っているんです。一目見て分る程、よく知っているんです」

彼は正直に打開けてしまった。

「フン、そいつは、耳よりな、話ですね。ドレ、僕にも、見せてくれ給え」

熊浦氏も自席から立って来て、手帳を受取ると、記号の頁を眺めていたが、

「こりゃ、わしには、サッパリ、分らん。だが、園田君、この記号を、知って、いるから

には、君は、犯人が、誰だと、いうことも、見当が、つくのだろうね」

と、まるで裁判官の様な調子で尋ねる。

「イヤ、それは、そういう訳じゃないのです」

園田氏は、非常にドギマギして、救いを求める様に、キョロキョロと三人の顔を見比べながら、

「仮令、僕に犯人の見当がつくとしても、それは云えません。……少し考えさせて下さい。僕の思い違いかも知れません。多分思い違いでしょう。……そうでないとすると、実に恐ろしい事なんだから。……」

彼は青ざめた顔に、ブツブツと汗の玉を浮べて、乾いた脣《くちびる》を舐《な》めながら、途切れ途切れに云うのだ。

「ここでは、云えないのですか」

「エエ、ここでは、どうしても、云えないのです」

「さしさわりが、あるのですか」

「エエ、イヤ、そういう訳でもないのですが、兎も角、もう少し考えさせて下さい。いくらお尋ねになっても、今夜は云えません」

園田氏は、三人の顔を、盗み見る様にしながら、頑強に云い張った。

結局僕達は、記号の秘密を聞出すことが出来ないまま、黒川邸を辞することになった。先生は会員を見送る為に玄関まで出ていらしったが、その心配にやつれたお顔を見ると、誰も殺人事件のことなど話し出す気になれなかった。奥さんは、気分が悪いといって寝んでいるから、失礼するとのことであった。

その帰り途、熊浦氏は程遠からぬ自宅へ、僕は省線の停車場へと別れる時、この奇妙な妖怪学者が、ソッと僕に囁《ささや》いた一言は、俄《にわ》かにその意味を捉えることは出来なかったけれど、実に異様な印象を与えた。

「ね、祖父江君、君に、いい事を、教えてやろうか。黒川君の、奥さんはね、娘の時分に、着たのだと、云って、箪笥の、底にね、紫矢絣の着物を、持って、いるのだよ。僕は、ずっと前に、それを、見たことが、あるんだよ」

熊浦氏はそう云ったかと思うと、僕が何を尋ねるひまもない内に、サッサと、向うの闇の中へ消えて行ってしまったのだ。

以上が九月二十七日の夜の出来事のあらましだ。僕はこういう小説体の文章には不慣れだし、今日は何となく疲れているので、粗雑な点が多かったと思う。判読して下さい。

第三信は引続いて、明日にも書きつぐつもりだ。

十月二十二日

祖父江生

岩井大兄

＊　　＊

【注】初出：「新青年」博文館（昭和八年十一月〜昭和九年一月）

江戸川乱歩の描いた小説はここで中絶されました。「第三信」以降が今井Kの補完作です。

「悪霊」　今井K

第三信

僕の手紙を読んで、君はこの事件に興味を持ってくれたようだね。

この話も、いよいよ佳境に入る。

前回の手紙で、龍ちゃんが犯人を知っている、少なくとも、本人は知っていると確信している様子を伝えたが、それは真犯人にとっても、相当な打撃だったようだ。

その後、僕はまた黒川博士邸へ行った。あの「降霊会」での出来事について、博士と話し合いたいと思っていたからだ。そして黒川邸の別棟の応接室で、僕は博士から恐ろしい出来事を聞かされたのだ。その話を伝える。

僕たちが参加した「降霊会」の二日後、つまり九月二十九日の深夜のことだ。

黒川夫人は母屋の一階の寝室でぐっすり眠っていたが、隣のベッドで寝ていた黒川博士は眠りが浅かったようで、ふと目が覚めた。そして、何気なく窓の外を見ると、庭園を何か白いものが動いているのが見えた。博士は最初それを幽霊かと思ったが、よく見ると、それは人だった。龍ちゃんが白い寝間着を着て、歩いているのだと分かった。前回の手紙では伝えていなかったが、彼女は時々、何かに取り憑かれ、夜中に夢遊病者のように、さまよい歩く癖があるのだ。あれだけの霊感を持っている少女なら、当然そのようなこともあり得る。僕も以前、龍ちゃんをかつて預かっていた熊浦氏から、龍ちゃんの夢遊病のことを聞いていて、知っていた。「龍ちゃんは盲目なのに、歩けるのか？」と君は思うだろう。しかし、そもそも夢遊病というのは、目の見える人間でも、夢の中で歩いているわけで、「自分が歩いている」という感覚はなく、翌朝起きた時も、「自分が昨夜、歩いていた」という記憶すらもない。したがって、目の見える人間も、見えない人間もあまり変わらないのだろう。それに、龍ちゃんは盲目の生活を長く続けているし、黒川博士邸にも長年住み続けていたので、屋敷内はもちろん、庭園の地理感覚も熟知しているはずだ。黒川博士も当然、龍ちゃんの夢遊病のことは知っていたので、最初はそれほど不審には思わなかった。

しかし、この少女が庭園から門の外へ出て行くのを見た時は、博士もさすがに心配になった。彼は慌てて洋服に着替え、玄関から外へ出て、龍ちゃんを追おうとした。博士は屋敷の門を出ると、左右を見回したが、左側の前方五十メートルほど先を龍ちゃんが歩いている後ろ姿が見えた。博士はそのまま彼女のもとへ走り寄り、家へ連れ戻そうとしたが、その途端、「キャーッ!!」という大きな少女の悲鳴が聞こえ、次の瞬間、何と龍ちゃんが消えたのだ！

黒川博士は慌てて、彼女が消えた辺りまで走って行ったが、実は何のことはない。あの界隈は空地も多く、龍ちゃんは通り沿いの横の空地へ入って、見えなくなっただけなのだ。夜で暗かった上に、彼女の動きが素早かったので、消えたように見えただけさ。そこで博士は、通りの左横の空地の中に入って行った。すると、そこで龍ちゃんが仰向けに倒れているのを見つけた。彼女は自分の両手をあちこちに向け、手探りをしながら、まだ激しく悲鳴を上げていた。

博士は戸惑いを覚えながらも、明らかに非常事態が起きたと確信し、「一体どうしたんだ？」と彼女に問い詰めた。

すると、龍ちゃんは、

「誰かが、あたしの腕を掴《つか》んで引っ張ったの！　そして、あたしの頭を何か硬いもので叩いたの！　そいつはあっちへ逃げたみたい。向こうへ走って行く足音を聞いたわ」

と泣き声になりながら、博士が入って来たのとは反対側の方向を指さしていた。彼女は、とっくに夢遊病から覚めており、正気に戻っていた。

黒川博士は、彼女が指さした方角を見た。暗闇で分かりづらかったが、不審者は見当たらなかったそうだ。空地の反対側も、通りに面した出口があるため、博士が来る前に、曲者はそちらから逃げたのだろう。一足、遅かったのだ。ちなみに、博士が龍ちゃんを追って道を歩いている時、前方で誰かが龍ちゃんの腕を引っ張る姿を見ていない。これは恐らく、深夜で暗かったため、白い寝間着を着た龍ちゃんの姿はおぼろげに確認出来たが、犯人は黒い服を着ていたため、暗闇の中に隠れてしまい、見えなかったからだろう。夜に犯行を行う場合、犯人が黒っぽい服を着るのは常識だ。その時、博士は敢えて犯人を追わなかった。なぜなら、自分がその場から離れることにより、盲目の少女を深夜の空地にたった一人で残すわけにはいかないからだ。とりあえず、博士は龍ちゃんを抱き起し、彼女の頭を触ってみた。暗くて分からなかったが、何かベットリとしたものが付着している。あとで、それは血だと分かった。つまり、何者かが、歩いている龍ちゃんを空地の中へ引っ張り込み、彼女の頭を硬い凶器で殴り、殺そうとしたが、黒川博士の足音が聞こえたため、曲者は慌てて反対側の出口から逃げ去ったと考えられる。

黒川博士はすぐに龍ちゃんを自邸へ連れ帰り、介抱した。もちろん、この事件のことは黒川夫人にも伝えた。ただし、娘の鞠子さんには、深夜だし、眠っていると思われたので、翌日になってから伝えたそうだ。博士は警察に被害届を出したが、この事件は新聞には載っていない。その理由は後述するが、君もこの事件は知らなかったはずだ。

龍ちゃんが降霊会の時に、別人格の声とはいえ、「私は姉崎未亡人を殺した犯人を知っており、なおかつ、その人物がこの中にいる。そして、その人物がまた別の人を殺そうとしている」という意味のことを口走った。だから、龍ちゃんの宣告をその場で聞いた犯人は、この予言者を生かしておくわけにはいかない、と思ったのだろう。もっとも、霊感少女が犯人を宣告しても、警察はその人物を逮捕することは出来ないし、法廷でも有罪には出来ない。しかし、次の殺人まで予言されたとなると、降霊会に参加していた連中は予言を信じる人ばかりなので、その中にいた犯人からすれば、自分が疑われ、犯行が困難になると思ったはずだ。また、殺される人間も警戒する。だから、龍ちゃんが前回の降霊会で、犯人を明言する前に力尽きてしまったのを幸いに、そのまま龍ちゃんの口を永遠にふさごうとしたのだ。空地での龍ちゃんへの殴打事件が、降霊会のわずか二日後に起きたことを考えても、この二つの出来事が無関係であるはずがない。これは、黒川博士も同意見だった。

龍ちゃんの頭の怪我は重症ではあるが、幸い致命傷にはならず、彼女はその後は落ち着きを取り戻したそうだ。あの夜、黒川博士が龍ちゃんの夢遊病に気づき、彼女のあとを追っていたから、殺人を未然に防ぐことが出来たのだ。ただし龍ちゃんは、医師からはしばらく安静にするよう命じられ、エネルギーを使う「降霊術」をするなど、言語道断だと言われた。

ところで、龍ちゃんは盲目なので、当然自分を襲った人物の顔を見ていない。犯人はそこまで計算していたのだ。となると、犯人は龍ちゃんが盲目であることを知っている人物で、なおかつ、龍ちゃんが深夜に夢遊病で外を徘徊する習慣があることも知っていた人物ということになる。なぜなら、この少女が夢遊病であることを知らない人物は、彼女が深夜に屋敷から外へ出ることを予見出来ず、誰にも見つからない空地で彼女を殺す計画も立てないはずだし、この少女が盲目であることを知っている人物だからこそ、仮に殺人に失敗しても、彼女は自分を襲った人物の顔を見ることが出来ず、そこから足が付くことがないことを犯人は知っていたからだ。つまり、降霊会に参加していた、龍ちゃんの事情をよく知る人間たちの中の誰かが怪しい。やはり、降霊会における龍ちゃんの「犯人の宣告」を恐れた人物が犯人だ。これは、とりもなおさず、龍ちゃんの「姉崎未亡人を殺した人物は、この部屋の中にいる」という言葉が的中していたことを意味する。なぜなら、彼女の予言を聞いて、犯人が恐れたからだ。

黒川博士から、今のような話を聞いたあと、僕は博士と共に屋敷の別棟から母屋へと移動し、二階へ上がり、自室のベッドで寝ている龍ちゃんを見舞った。彼女は頭に包帯を巻いていた。博士が、「龍ちゃん、祖父江さんがお見舞いに来てくださったよ」と言うと、彼女は起きていたらしく、「ありがとうございます」と言って、ニッコリ笑った。

僕が、「大変な目に遭ったね。傷口はまだ痛む？」と言って、龍ちゃんに顔を近づけると、なぜか、彼女は急に笑顔を引っ込めた。

僕は、「傷が治っても、しばらくは家からは出ないほうがいいですね」と、黒川博士と龍ちゃんの両方に向けたメッセージを伝え、その部屋を出た。そして廊下を進み、階段を一階へ下りる途中、下から上がって来る黒川鞠子さんと鉢合わせした。彼女はすれ違いざまに、僕にこんなことを言ったのだ。

「龍ちゃんの予言では、『美しい人が死ぬ』ということでしたわね。そして、龍ちゃん自身が何者かに襲われたわ。でも、彼女が『美しい人』と言えるかしら?」

鞠子さんと龍ちゃんは同い年の十八歳なのに、容貌が対照的であることは前にも伝えていたが、性格も対照的だ。大人しい龍ちゃんに比べ、鞠子さんはとても積極的で、自分の美しさに自信を持っている。今の彼女の言葉は、龍ちゃんが不美人であるという皮肉の意味だったのか、それとも、探偵小説好きの鞠子さんが、単に謎解きに挑戦し、論理的に矛盾があることを指摘しただけなのか、僕には分からなかった。

いずれにしても、この屋敷には、邪悪なものが潜んでいる気配が漂っている。僕は、今後も何か不吉なことが起きそうな、嫌な予感を抱きながら、黒川邸を辞した。

以上の話は、降霊会における龍ちゃんの予言が、間違いなく犯人を刺激したことを物語っている。つまり、姉崎未亡人を殺した犯人は、あの降霊会の席にいたのだ。こうなると、龍ちゃんの「また一人、美しい人が死ぬ」という予言が的中する可能性も高くなった。どうだい？　ますます探偵小説らしくなってきたじゃないか。僕の推理はのちに書くとして、これまでのデータから、君の推理も是非聞いてみたい。返事を待っている。それを聞いて、僕はまた「第四信」を書こうと思う。

祖父江進一より

十月二十七日

岩井坦君へ

第四信

岩井君、君の返事を読ませてもらった。

「龍ちゃん襲撃事件」における、君の奇想天外な推理には全く仰天したよ。なになに？この事件を伝えた黒川博士の話が、そもそも狂言だって？　博士の前方を歩いていた龍ちゃんが、何者かに空地に連れ込まれたという話は、全部、博士の「作り話」だと君は言うのかい？　なるほど……、つまり、黒川博士が夢遊病で歩いていた龍ちゃんを尾行し、空地のそばまで行くと、博士自身が彼女を空地の中に引っ張り込み、そのまま彼女の頭を殴り、その後、助けに来たフリをしたというのか。「黒川博士が夜中にふと目覚めると、龍ちゃんが庭園を歩いているのが見えた」という話も、タイミングが良すぎると言うんだね。

確かに、あの空地には黒川博士と龍ちゃんの二人しかおらず、ほかに誰も証人がいない。だとすれば、君の言うように、黒川博士の「自作自演」の可能性もあるな。そうか！　龍ちゃんは盲目なので、犯人の顔を見ていないのだ。これは面白くなってきたぞ！　しかし、この盲目少女は耳は聞こえるから、曲者が逃げ去る足音を聞いていた。ならば、それは黒川博士の「演技の足音」だったことになる。うーん、君の推理は実に鋭い。すると、こう考えられるな。前回の手紙で、空地には二つの出入口があることを伝えていたが、黒川博士は龍ちゃんを空地へ連れ込み、彼女の頭を殴ると、入って来たのとは反対側の出口へ走って行き、わざと龍ちゃんに自分の逃げ去る足音を聞かせる。そして道路へ出た博士は道を迂回し、また最初に入って来た入口から空地に入り、あたかも、たった今、龍ちゃんを発見したかのように振る舞う。こうすれば、盲目の龍ちゃんは完全に騙《だま》されるだろう。龍ちゃんは博士の実子ではないし、博士も彼女にそれほど愛情を持っていなかったかも知れないね。では、君の推理を基《もと》に、さらに深く追求しよう。黒川博士が犯人なら、例の空地から逃げ去った曲者は最初から存在しなかったわけで、空地には黒川博士と龍ちゃんの二人しかいなかったことになる。ならば、黒川博士は龍ちゃんを確実に殺すことが出来たはずだ。にもかかわらず、黒川博士は敢えて龍ちゃんを殺さず、傷を負わせただけで、すぐに助けに来たフリをした理由とは何だろう？　恐らく、こうだ。本当に殺してしまうと、同じ屋敷内に住んでいる自分が疑われる。一番近い場所で生活していたし、家族なら龍ちゃんが盲目であることも、彼女が夢遊病であることも当然知っているからだ。しかし、殺人未遂にして、助けるフリをすれば、別人が犯行を犯したと判断される。ちなみに、龍ちゃんの「霊感」は犯人を知っているが、それは「織江」という別人格になった時だけだ。しかし、龍ちゃんが、いつまた降霊会で別人格になり、犯人を宣告するか分からないので、黒川博士は口封じのため、いずれは、彼女を本当に殺すつもりだった。つまり、龍ちゃんが降霊会の時、霊感で宣告した犯人は黒川博士だったのだ。彼の計画は、龍ちゃんを襲う時、まず一回目は「未遂」にし、「黒川博士が助けてくれた」と龍ちゃんに証言させる。そうすれば、二回目の「殺人」では、自分は疑われない。なるほど、緻密な計画だ。

ちなみに、龍ちゃんは降霊会の夜、「最初の犠牲者も、次の犠牲者も、同じ人の手にかかって死ぬのです」と予言した。ということは、姉崎未亡人を殺したのも黒川博士だったことになる。その動機は今のところは分からないが、黒川博士は間違いなく降霊会に参加していたし、龍ちゃんの「犯人はこの部屋の中にいる」という宣告とも合致する。姉崎未亡人をどのようにして殺したかは分からないが、龍ちゃん襲撃事件に関しては、確かに君の「黒川博士＝犯人」説も理論上は十分にあり得る。「第二信」で、僕は姉崎未亡人殺害事件の犯行時刻における、園田氏、槌野氏、熊浦氏、そして僕のアリバイを説明したが、「黒川博士のアリバイの説明がない」と君は手紙で言っていたね。確かに、そうだったな。さすが君は探偵小説の愛好家だ。僕の手紙を隅々までじっくり読んでいる。でも、僕は目上の黒川博士に対して、アリバイを確認することなど出来なかったんだ。僕の立場だって分かってくれた。それに、あの博士は社会的地位のある立派な学者だよ。僕自身も博士を尊敬している。あの人が姉崎未亡人をあんな残酷な方法で殺したり、盲目の不憫《ふびん》な少女を硬い凶器で殴ったなんて、僕には到底信じられない。犯人はほかにいるよ。僕はある人物を確信しているんだ。

ところで、頭を殴られた龍ちゃんは、二週間後には傷口も大分癒《い》えて来て、包帯もようやく取れた。そして彼女自身も元気を取り戻した。本当によかった。

余談だがね、岩井君に一つ質問がある。同い年である十八歳の龍ちゃんと、黒川鞠子さんの二人だけど、君はどっちが好みかい？「いい歳《とし》をして、何を考えているんだ？」とは言わないでくれ。我々大人だって、十八歳の少女といえば、十分に恋愛感情を持つ対象だ。決して変質者ではない。だから僕の話を聞いて欲しい。まず、黒川博士の娘の鞠子さんは誰が見ても美少女だ。それに比べ、龍ちゃんはお世辞にも綺麗とは言えない。しかし、僕はどちらかというと、龍ちゃんのほうに魅力を感じる。彼女が持っている「雰囲気」や「霊感」も、その原因だろう。鞠子さんは見た目には美しいが、ただ「綺麗なお人形さん」というだけで、ゾクッとするものを全く感じないんだ。あっ、これは、ここだけの話だよ。誰にも言っちゃ駄目だぜ。いずれ、君の好みも聞かせて欲しいよ。

今日は、君の推理に対する僕の反論と、余談だけになってしまった。しかし、これだけ書くだけでも、かなり楽しかった。文章を書くのって、結構快感だね。君にずっと手紙を書いているうちに、僕は作家に転身しようかと思ったほどだ。だって、新聞記者だって、作家だって、同じ「物書き」には違いないだろ。だけど、僕には想像力がないかも知れない。そこは、過去に取材した犯罪事件を「実録」としてまとめることも考えているんだ。

では、「第五信」を楽しみにしていてくれ。

今度は僕のほうから多くの事実を伝えることになるだろう。

祖父江より

十一月一日

岩井君へ

第五信

岩井君、君の返信を読むと、君はまだ僕の反論に納得していないようだね。君が黒川博士を疑うなら、それで結構。

実はその後、僕も「龍ちゃん襲撃事件」について、別の可能性を考えたんだ。それは、あの事件は龍ちゃん自身の狂言ではなかったか、ということだ。つまり、彼女が頭を殴られたのは「自作自演」だよ。と言っても、彼女に悪意があったという意味ではない。あの夜、龍ちゃんには例によって、「織江」の霊が降りて来て、別人格となって、さまよい歩いていた。そして龍ちゃん（別人格の織江）は後方から黒川博士が追っているのを承知の上で、空地に近づくと、「キャーッ!!」という悲鳴を上げ、そのまま自分で横の空地に素早く入り込んだ。そしてこの少女は、自分で自分の頭を凶器で殴り、流血させ、そのまま自分で仰向けに倒れた。その後、やって来た黒川博士に、彼女は「誰かがあたしを空地に連れ込んで、頭を殴った」と虚偽の説明をした。もちろん、これらの龍ちゃんの言動は、全て別人格「織江」がさせたことだ。それに黒川博士は、「空地には不審者の姿は見えなかった」と証言している。つまり、あの空地にいたのは最初から龍ちゃんだけだったのだ。彼女は目が見えないのに、歩いている時に空地の場所が分かったのか、という疑問もある。しかし、この少女は盲目の生活を長く続けているので、黒川邸の周辺ぐらいの地理感覚ならあったのかも知れない。考えてみれば、龍ちゃんは自分が襲撃された時の様子を、「誰かがあたしの腕を掴んで、引っ張った」と説明しているが、黒川博士は「前方を歩いていた龍ちゃんが、空地の付近で消えたように見えた」と言っているだけで、犯人が龍ちゃんの腕を掴んで、引っ張る姿を見ていない。辺りが暗かったということもあるが……。今の説が正しいと仮定すると、龍ちゃんが自分の頭を殴った凶器は、偽装工作の直後、まだその空地に落ちたままになっていたはずだ。黒川博士は凶器を発見したという話はしなかったが、深夜で暗かったため、博士はその凶器に気づかなかったと思われる。もちろん、博士は龍ちゃんの言葉を信じていたため、わざわざ凶器を探そうともしなかった。仮に空地で凶器が見つかっても、犯人が落としていったものと判断されただろう。別人格「織江」が、なぜ龍ちゃんにそんな行動をさせたのかは分からない。恐らく、龍ちゃん（または織江）が姉崎未亡人を殺した犯人で、第二の殺人も計画している。そして、彼女は第二の殺人を遂行する前に、別の事件で、「自分は誰かに殺されかけた」という場面を第三者に目撃される。そうすれば、犯人は龍ちゃん以外の人物だと認識される。その結果、龍ちゃんがその後に犯す「本当の殺人」では、自分は疑われない。要するに、我々が探偵小説でよく見かける「被害者を装う犯人」の典型だよ。この可能性は十分にあると思う。しかし、これはあくまで僕の仮説だ。君と同様、僕も探偵小説のファンだから、君に対抗して、僕は単に自分の考えた推理を披露したかっただけなのかも知れない。「第一信」でも書いたが、僕ら二人が学生時代にお互いに推理合戦をしたのを思い出してしまった。あの頃が懐かしい。

ただし、あの盲目の少女は実に頭が良い。心霊学会で彼女と話すたびに、それを感じていた。だから、彼女は別人格ではなく、意識的に「自作自演」をした可能性も排除出来ない。いずれにしても、あの龍ちゃんというのは一筋縄ではいかない少女だ。

この事件については、あらゆる可能性を視野に入れ、検討していきたいと思う。

ところで、去る九月二十七日の夜に黒川博士邸で行われた「降霊会」は、そこに参加した人々に多大な恐怖を与えた。あそこにいた連中は、みんな龍ちゃんの予言を信じているからだ。なにせ、心霊学会の会員だからね。ただし、僕は例外だ。新聞記者という仕事柄、僕は「霊感」より「事実」を追い求めている。その「事実」が金になるからだ。そんな僕が、なぜ心霊学会の会員になったのか、君は不審に思うだろう。それは、僕はかねてから黒川博士と親交があり、彼から降霊会の話も聞いていたので、新聞記者としての好奇心から、その降霊会に一度だけ参加してみたんだ。すると、そこに姉崎曽恵子という美しい未亡人がいた。彼女も心霊学会の会員で、のちにあの土蔵で全裸死体となって発見された女性だが、僕は彼女を一目見た途端、その魅力に惹かれてしまった。だから、そのまま僕も心霊学会の会員になってしまったというわけだ。僕は「第一信」で、姉崎曽恵子という女性が心霊学会の中でも風変わりな会員の一人だと伝えたが、具体的に言うと、彼女はその美貌からは想像も出来ないほど、気性が激しいんだ。例会の時、会員同士で議論していると、それまで清楚な佇《たたず》まいだった姉崎曽恵子が、心霊現象に関する他の人の主張に対し、急に席から立ち上がり、相手を指さし、大声で反論し、罵倒《ばとう》したのを見たことがある。また、人から聞いた話だが、この美女が何と、嫌いな人間に見立てた藁《わら》人形を作り、それに釘を打ち込んだことが何度もあるそうだ。霊感の存在を確信しているんだ。彼女は上品な落ち着きと、攻撃的な情熱の落差が激しい女性だよ。僕は彼女のそういう不思議な魅力に惹かれたのかも知れない。他の男性会員たちにとっても、姉崎曽恵子はマドンナ的な女性だったんだ。だから、彼女の死は僕も含め、会員全員にとっても、大きな悲しみとショックだった。彼女の夫である故・姉崎氏は相当な実業家で、その名は世間に広く知られていた。だから、姉崎氏の美しい夫人が全裸死体となって発見されたというニュースは大々的に報じられた。それは君も知っての通りだ。僕は新聞記者として、彼女のそんな残酷な、そして羞恥的な姿をあからさまに記事に書くのは本当に辛かったんだ。ただし、僕は死体の第一発見者であったため、他の新聞社では知り得ない貴重な情報も知ることとなった。それは既に「第一信」で君に伝えた。

ちなみに僕は、姉崎未亡人の事件のあとに行われた「降霊会」のことも、「龍ちゃん襲撃事件」のことも記事には書いていない。霊感少女の記事は読者に受けるかも知れないが、心霊学会の会員達は容疑者の可能性もあるので、警察から「今のところは、彼らの個人的な記事は書かないように」と口止めされていたのだ。龍ちゃんが襲撃された事件も、それを記事に書くと、別の模倣犯が深夜に夢遊病で外を歩いている盲目の龍ちゃんを襲う可能性があるので、極秘になっている。あの事件は、君にだけこっそり教えたんだ。

ところで、我々の予言者たる龍ちゃんが襲撃された事件については、当然ながら心霊学会の会員たちも黒川博士から聞かされ、全員知ることとなった。だから、その後は余計にお互いを疑っている妙な空気になってしまったよ。あのあと、また黒川博士邸で心霊学会の例会が行われたが、みんな口数が少なくなってしまったんだ。ただし、襲撃された当の龍ちゃんは元々無口だし、顔の表情からは彼女の心の中が読めなかった。黒川鞠子さんは、別の意味で複雑な心境だったようだ。降霊会の夜、龍ちゃんが鞠子さんに近づき、「執念深い魂が、この人を狙っている」と予言したもんだから、鞠子さんは、「次は自分が殺される」と思い、ずっと脅えていた。しかし、意外にも襲われたのは龍ちゃんだった。だから、鞠子さんは龍ちゃんの負傷をいたわる一方で、「自分は助かった」と、やや安堵しているようにも見えたのだ。

その黒川鞠子さんは龍ちゃんの事件には触れず、僕にこんな事を聞いて来た。

「祖父江さんは姉崎夫人の死体の第一発見者でしたわよね。その時の状況を覚えていて？」

僕は美しき未亡人の全裸死体を見た時の多大な衝撃を思い出しながら、それを語って聞かせた。

「あの時は、目の前にある光景が信じられなかった。しばらく唖然《あぜん》としていたと思う。姉崎曽恵子さんの死を実感し、悲しみが込み上げて来たのは、しばらく経ってからだった」

それを聞いた鞠子さんは、脅えたような表情で黙ってしまったが、次にこんな質問もしてきた。

「新聞には、犯行現場は完全な密室状態で、しかも暗号まで残されていた、と書かれていましたね。まるで西洋の探偵小説のようですわ」

鞠子さんは、降霊会の夜にファイロ・ヴァンスの名前を持ち出したことからも分かる通り、相当な探偵小説ファンなのだ。

彼女は続けた。

「その記事には暗号の絵柄や、密室の状況も具体的に書かれていましたが、私にはさっぱり意味が分からなかったわ。今度また降霊会を開いて、龍ちゃんの霊感で、『密室』と『暗号』の謎を解いてもらいましょうよ」

そう言って、彼女は隣に座っている龍ちゃんの手を取った。

僕は反論した。

「龍ちゃんは頭の怪我が治ったばかりだし、エネルギーを使う降霊術は当分はしないほうがいいよ。それに、密室の謎も、暗号の謎も、人間が作り出したものだ。だから、その謎は人間が絶対に解けるはずだ」

我々が話している間、龍ちゃんはずっと表情を変えずに、黙っていた。

ちなみに、降霊会での龍ちゃんの予言が、次の犠牲者が黒川鞠子さんであることを示唆していたからといって、警察が鞠子さんに護衛をつけることはなかった。当然だ。警察が「霊感」なんか信じるものか。

ところで岩井君、君は僕に劣らぬ探偵小説の愛好家だ。龍ちゃんの霊感なんかに頼らずに、我々だけで、警察でも解決できなかった「密室」と「暗号」の謎について、じっくり推理してみようじゃないか。

姉崎邸の土蔵の二階の部屋で姉崎未亡人の死体が発見された。それも血まみれの全裸死体が。そして、一階の唯一の出入口である扉には外側から錠前が掛かっていた。今さら言うまでもなく、錠前とは「錠」と「鍵」を合わせたものだ。「錠」は「鍵」がなければ開かないが、閉めるだけなら、ものによっては、「鍵」がなくても閉めることが出来るものもある。しかし、この土蔵の扉につけられた錠前に関しては、開閉ともに鍵がなければ動かないタイプのものだ（「第一信」を参照）。ここが文字通り、キーポイントになる。しかも、土蔵の扉には外側から錠が掛かっていたのに、その錠を動かす「鍵」は何と土蔵内にある未亡人の死体の下から発見されたのだ。二階には窓が一つだけあり、なおかつ開いていたが、その窓には鉄棒が何本かはまっていて、その狭い隙間からは、人間は通過出来ない。

こうなると、他殺にしても、自殺にしても、明らかに不可解だ。もし自殺なら、未亡人は扉の外から錠に鍵を掛けたあと、土蔵の中に入ることが出来ない。仮に、彼女が鍵を持って土蔵の中に入り、自殺し、彼女の体が鍵を下敷きにして倒れたとしても、死人が起き上がって、土蔵の外へ出て、外側から錠に鍵を掛けることが出来ない。それに、未亡人が自分の体を傷つけた凶器が土蔵内のどこからも発見されていない。仮に、未亡人が鍵の掛かっていない土蔵内で自殺したあと、別人が外から土蔵の扉の錠に鍵を掛けても、その人物は鍵を土蔵内に持ち込むことが出来ない。一階の扉からも、二階の窓からも、土蔵内に入ることが出来ないからだ。

他殺だとして、犯人と被害者が二人で土蔵の中に入り、犯人が姉崎未亡人を殺したあと、土蔵の外へ逃げたとしても、扉の鍵は土蔵内の死体の下から発見されたので、鍵を持たないまま土蔵の外に逃げた犯人は、外から扉の錠に鍵を掛けることは出来ない。だとすれば、こうは考えられないか？　まず、犯人は土蔵内の二階で未亡人を殺したあと、扉の鍵を持ったまま一階の扉から外に出て、その鍵で扉の錠に鍵を掛ける。僕が最初に未亡人の死体を発見した時にも伝えていたが、土蔵の外には梯子《はしご》があり、なおかつ二階の窓が空いていた。だから、犯人も僕と同じように、梯子《はしご》で外伝いに土蔵の二階の窓まで登り、開いている窓にはめられた鉄棒の隙間から、その鍵を室内に投げ込んだ、というものだ。しかし、この説もすぐに却下される。なぜなら、鍵は姉崎未亡人の死体の下から発見されたからだ。

少し見方を変えよう。犯人と被害者が共に土蔵内に入った後、何者か（恐らく共犯者）が外から錠前の「鍵」を掛け、閉じ込める。そして、土蔵内に閉じ込められた中で、犯人が未亡人を殺す。そして二人を閉じ込めた共犯者が二階の窓にはめられた鉄棒の隙間から「鍵」を中へ投げ入れれば、室内にいる犯人はその「鍵」を未亡人の死体の下に置くことが出来る。しかし、警官が扉を壊して土蔵内に突入した時は、被害者だけしかいなかった。

犯人だけが煙のように消えたのか？

最後の可能性としては、最初から土蔵の扉には外側から錠前が掛かっており、犯人が別の場所で姉崎未亡人を殺したあと、その死体を二階の窓から土蔵内へ入れた、というものだ。前にも書いた通り、土蔵の扉には錠前が掛かっているものの、二階の窓は開いており、なおかつ、梯子《はしご》もあったので、犯人は死体を担《かつ》いで梯子《はしご》で外伝《そとづた》いに土蔵の二階まで登り、その二階の窓から死体を土蔵の中に入れたのだ。しかし、この説も打ち砕かれる。前述のように、その窓には鉄棒がはまっていたので、その狭い隙間からは、犯人が通過出来ないのと同様に、死体も通過出来ないからだ。

こうなると、君、まさに探偵小説で言うところの「密室」というやつじゃないか！　ミステリ・ファンなら闘志が湧いて来るだろう。ところで、犯人は何だって、こんな不可解な状況を作らなきゃいけなかったんだろう？　そもそも、密室というのは、「建物の外から犯人が内部へ入り込む余地がなかった」と思わせることにより、他殺を自殺に見せかけるための工作だ。しかし、さっきも言ったが、あの状況じゃ、自殺もあり得ないということになってしまう。要するに、土蔵内を「密室」にした理由が全く分からないのだ。だとすれば、犯人はよっぽどの〝トリック偏執狂〟か、単に警察を困らせてやろうという愉快犯にしか見えない。こんな風変わりな犯罪者が本当にいるのかね。

それに、例の「暗号」も分からないし。あれは、被害者が書いたダイイング・メッセージなのか？　それとも、犯人が迂闊にも落としていったものなのか？　あるいは、犯人が意図的に落としていったものなのか？　今の段階では、まだ何とも言えない。

仮に、あの暗号が被害者の書いたメッセージだとする。

あの絵柄を見ると、棒のような物が四角い空間を通過しているように見える。僕は、「四角い窓から、棒が室内に飛び込んで来た」という場面を連想した（図を参照）。姉崎未亡人を傷つけ、殺した凶器は、「剃刀用の薄刃」であることが分かっているが、あの暗号の「棒」はその凶器の剃刀だろうか？　確かに、二階の窓には鉄棒が何本かはまっているので、その狭い隙間からは人間は通過することが出来ないが、凶器だけなら投げ込める。すると、こう考えられる。姉崎未亡人は土蔵の二階で寝ていた。その土蔵の扉には、外側から錠前の鍵が掛けられていた。つまり、未亡人は土蔵内に閉じ込められていたのだ。犯人は梯子で外伝《そとづた》いに土蔵の二階の窓まで登って行き、窓にはめられた鉄棒の狭い隙間から凶器の剃刀をいくつも投げ込んで、姉崎未亡人の体に何ヶ所も傷を負わせ、殺そうとした。実際、僕が未亡人の死体を発見した時、彼女の体には、いくつもの傷から血が流れていた。しかし、僕が見た時、彼女がいた土蔵の二階の部屋には凶器の剃刀が全くなかった。仮に犯人が二階の窓の鉄棒の隙間から室内に剃刀を投げ込んでも、犯人はその剃刀を持ち去ることは出来ないのだ。前にも言ったように、窓には鉄棒がはまっていて、あの狭い隙間から犯人は室内に入ることが出来ないからだ。室内が暗かったため、仮に僕が部屋に落ちている剃刀を見落としていたとしても、その後に警察が犯行現場を検証した時も、犯行現場である二階の室内のどこにも剃刀は落ちていなかった（「第一信」を参照）。しかも、僕が通報し、警官たちが土蔵内に突入し、二階の部屋で未亡人の死体を発見するまでの間に、誰も部屋から凶器の剃刀を持ち去る時間はなかった。第一、被害者の致命傷は「右頸動脈《みぎけいどうみゃく》の切断」だ。状況としては、被害者のすぐそばにいる犯人にしか、あのような致命傷を負わせることは出来ない。したがって、窓から剃刀を投げ込んで、未亡人を殺したという説も成り立たない。それに、「鍵」が死体の下にあった理由が依然として不明。犯人が第一発見者を装って、死体発見時に「鍵」を死体の下に置いた、という説も無理だ。警官たちが土蔵内に突入したあと、最初に未亡人の死体を検証したのは警官だからだ。また振り出しに戻ってしまった。

しかし僕は、あの暗号の絵柄が「窓からなら、何かが土蔵の中に入ることが出来る」と訴えかけているように感じてならないのだ。二階の窓には鉄棒がはまっており、その狭い隙間からは人間は通過出来ないことは何度も書いた。しかし、それは「普通の人間ならば」という条件つきだ。例えば、両足と片手のない人間なら、身体の体積が小さい分、無理をすれば、窓の鉄棒の狭い隙間を通過出来るのではないか？ 君は「窓」と「鉄棒」の実物を見ていないから、分からないかも知れないが、実際に犯行現場に立ち会い、土蔵の二階の窓を見た僕なら、「両足と片手のない人間なら、二階の窓にはめられた鉄棒の狭い隙間からでも室内に侵入出来る」と断言出来る。もう気づいただろう。そうだ、僕が姉崎未亡人の屋敷に入る直前に、その近くの空地で見かけた、例の「ホームレス」のことだよ。僕が「第二信」でも書いたように、黒川夫人はあの暗号の絵を見て、「これ、躄車《いざりぐるま》の形じゃないこと？」と指摘していた。そう、まさに身体障害者が乗る躄車《いざりぐるま》ではないか！ あの暗号は、やはり被害者が書いたダイイング・メッセージであり、「犯人は身体障害者のホームレスだ」という意味だったのだ。だが、あの不自由な体では、それ以前に梯子《はしご》をよじ登ることが出来ない。しかし、もし共犯者がいて、その人物が身体障害者を担ぎ、梯子で二階の窓まで登れば、その障害者を窓の鉄棒の隙間から土蔵の中へ入れることは出来る（その障害者は両足と片手がない分、体重も軽かったはずだ）。当然だが、室内に入った障害者は、同じように窓の鉄棒の隙間から外に出ることも出来る。そして、窓から出て来た障害者のホームレスを共犯者が受け止め、彼を担《かつ》いで、また梯子《はしご》を下りる。要するに、犯行の状況は次のような展開ではなかったか。

その共犯者が主犯で、彼は歩いている未亡人を、隙を見て襲い、麻酔薬を嗅がせ、気絶させる。その主犯は眠っている未亡人を腕に抱え、土蔵の中へ入る。「第一信」で、僕は「被害者の検死の結果について、いずれ伝える」と書いたが、全裸で発見された姉崎未亡人の死体は、やはり死ぬ直前に男と性交していたことが分かっている。主犯は土蔵の二階で、全裸の彼女を強姦《ごうかん》し、彼女の体の至る所を剃刀で切り、最後に右頸動脈を切断し、殺す。そして外へ出た主犯は、外側から土蔵の扉に錠前の「鍵」を掛ける。そして、その「鍵」を身体障害者のホームレスに持たせ、先ほどの方法で、彼を担いで、梯子で二階まで登り、窓の鉄棒の狭い隙間からホームレスを土蔵内へ入れ、そのホームレスに、死んだ未亡人の体の下へ「鍵」を置かせる。そしてホームレスは、また入って来た窓の鉄棒の隙間から外部に出る。こんな事をしても何の意味もないと思われるが、一応これで密室の謎は解けるのだ。

この方法なら、今の説以外にも、別の可能性もある。あくまで主犯はホームレスで、まず共犯者が先程のように未亡人を薬で眠らせ、眠っている未亡人を土蔵内に入れ、二階まで運び、彼女を全裸にする。そして彼は一階へ下り、土蔵を出ると、扉に錠前の「鍵」を掛ける。つまり、未亡人を完全に土蔵内に閉じ込めたわけだ。そして共犯者は、その「鍵」をホームレスに持たせ、先程言ったように、二階の窓の鉄棒の狭い隙間からホームレスを土蔵に侵入させる。そのホームレスは、よっぽど姉崎未亡人に恨みがあったため、未亡人を強姦し、体中に傷を負わせ、最後に右頸動脈を切断し、殺したのだ。僕が見たホームレスは両足はないが、片手はある。もし未亡人が麻酔薬で眠らされていれば、体力のない身体障害者にも犯行は可能だ。そして犯行後、そのホームレスは「鍵」を未亡人の死体の下に置く。そして彼は窓の隙間から外へ出て、共犯者に担いでもらい、梯子で下ろしてもらう。

ここまで書くと、君は「ホームレスなんかに、資産家の未亡人を殺す動機なんてあるのか？」と反論するだろう。確かに、この二人は社会的には何の接点もない。しかし、「第一信」でも書いたように、僕が姉崎未亡人に会いに行った時、そのホームレスは姉崎邸のすぐそばの空地で座っていた。恐らく、彼はいつもそこで路上生活しているのだろう。当然、彼は姉崎未亡人を見かけることが多かったはずだ。未亡人が屋敷から出て来たり、彼女が帰宅するのを何度も目撃していたと思われる。そのホームレスは「あれだけ立派な屋敷に住んでいる女なら、きっと相当な金持ちだろう」と推察したはずだ。しかし、ホームレスから見れば、自分は体が不自由な上に風貌も醜く、なおかつ貧乏だ。それに対し、あの女は体に障害もなく、美貌で、しかも金持ちだ。そこで、ホームレスは姉崎未亡人に対し、大いなる嫉妬を感じても、何ら不思議ではない。一方、姉崎未亡人のほうも、自邸のそばでいつも座っているホームレスを何度も見かけたはずだ。その度に、未亡人はホームレスを見下すような、胡散臭い目で見ていた可能性もある。だからこそ、そのホームレスは烈火のごとく怒りが燃え上がり、姉崎未亡人への殺意が生まれたのだ。そのホームレスは、お高くとまっている資産家の夫人を強姦した上で、体中に傷を負わせ、とどめを刺し、殺した。殺す前に彼女を強姦したのは、自分が絶対に結ばれることのない上流階級の夫人をモノにしたという達成感を味わうためだ。その時のホームレスの気持ちは、天下を取ったほどの絶頂感と幸福感に浸っていたに違いない。それは同時に、自分を見下していた女に対する復讐でもあったのだ。

いずれにしても、土蔵の二階で眠っていた姉崎未亡人がふと目が覚めると、目の前の窓の鉄棒の狭い隙間から、両足と片手のないホームレスが不気味にこちら側に侵入して来たら……。その状況を見た未亡人の恐怖はいかばかりであっただろう。

つまり、あの「暗号」は、やはり被害者・姉崎未亡人が残したダイイング・メッセージだったのだ。しかし、そうなると、黒川博士邸で行われた降霊会で、龍ちゃんが姉崎未亡人を殺した犯人が「この部屋の中にいる」と宣告したのは間違いだったことになる。そのホームレスは降霊会にはいなかったからだ。だとすれば、心霊学会にいた会員たちは龍ちゃんの霊感を信じている人たちばかりなので、「ホームレス＝犯人」説は絶対に認めないだろう。しかし、僕は霊感なんて最初から信じていないから、ホームレスが未亡人を殺した可能性があると思っている。

しかし、さっきも言った通り、そんな手の込んだトリックをこしらえても、犯人にとっては、一文の得にもならないわけだが、一応、密室トリックと犯人は、これで何とか説明出来る。これが、あの暗号の本当の意味だったと言うと、君は納得しないだろうね。実は、あの暗号の意味については、僕は別の解釈も持っているんだ。そちらのほうが有力かも知れない。しかし、今はまだ言いたくない。

とりあえず、「密室」と「暗号」の話はこれくらいにして、例の龍ちゃんの襲撃事件のあと、何が起きたかを話そう。

姉崎未亡人殺害事件を捜査している警察は、「降霊会」にも「予言」にも全く興味がない。

しかし、降霊会に参加した会員たちは龍ちゃんの予言を信じている人ばかりだし、なおかつ、彼らは多かれ、少なかれ、被害者の姉崎未亡人と関係があったので、警察は、心霊学会の会員の中の誰かが、姉崎曽恵子を殺し、なおかつ龍ちゃんの「犯人の宣告」を阻止するために、この霊感少女を殺そうとしたと断定した。かつて僕が龍ちゃんに忠告したように、警察も龍ちゃんに対して、「決して一人では外出しないように」と忠告した。ただし、龍ちゃんにそのつもりがなくても、彼女は別人格になり、夢遊病で外に出歩く癖があるので、そのあたりは、同じ屋敷内に住む黒川博士夫妻や鞠子さんに、龍ちゃんを注視するよう、警察が伝えた。

ところで、一応確認しておくが、例の「降霊会」の夜に龍ちゃんが出した予言では、また新たに犠牲者が出るということだったね。犯人はまだ分からないが、僕は次の犠牲者は龍ちゃんではないと思う。確かに彼女は空地で襲われたが、それは彼女が「次の犠牲者」だという意味ではなく、犯人が龍ちゃんの予言を阻止するために襲ったに過ぎない。それに龍ちゃんの予言では、「又一人、美しい人が死ぬのです」と言っているので、龍ちゃん自身を指しているとは言えない。これは、龍ちゃんが不美人だから、という皮肉の意味ではない。「美しい人が死ぬのです」という言葉自体が、他人を指していると考えるのが自然だ。それに、龍ちゃんは次の犠牲者を「私の前に腰かけている美しい人」とも言っているので、龍ちゃん以外の人物ということになる。

僕は「第二信」で、降霊会の夜、龍ちゃんが「美しい人が殺される」と予言した十数秒後、暗闇の中で、二つの白い影が徐々に近づき、やがてピッタリ一つになり、「この人です。執念深い魂が、この人を狙っているのです」と予言している場面を伝えた。あれは、龍ちゃんと鞠子さんが、偶然にも同じ白っぽい服を着ていたため、暗闇の中でも、この二人の少女の姿がぼんやりと確認出来たので、我々は、白い服を着た龍ちゃんが、白い服を着た鞠子さんを指して、「この人を狙っているのです」と言ったのだと思った。だから、その場にいた全員が、次の犠牲者は鞠子さんだと思った。鞠子さん自身も、そう思った。しかし、よく考えてみると、あの夜、この二人の少女以外の人間は白い服を着ていない。だから、電気が消された、あの真っ暗な部屋の中では、誰かが二人の少女のそばに立っていたとしても、暗闇の中に隠れてしまい、誰も気づかなかったはずだ。ちなみに、あの時、黒川博士は黒い服を着ていたので、僕には博士が部屋のどこにいるのかも分からなかったほどだ。もちろん、他の人物も殆《ほとん》ど見えなかった。だとすれば、あの状況では、白い服を着た龍ちゃんが、白い服を着た鞠子さんのそばに立っていた「もう一人の人物」を指して、「この人を狙っている」と意味した可能性も浮上するのだ。したがって、次の犠牲者が鞠子さんだとは断定出来ない。

さらに「美しい人」と言った場合、言葉だけなら、男性も除外出来ないが、前回、美しい未亡人が死に、「又一人、美しい人が死ぬ」と言えば、当然次の犠牲者も女性だろう。なおかつ、次の犠牲者が「この場にいる」と断言したのだから、かなり範囲が狭まるではないか！　あの夜、「降霊会」が行われた博士の書斎に、女中はいなかった。それは僕が証言出来る。あの時、室内にいた女性は、黒川夫人、黒川鞠子さん、龍ちゃんの三人だけ。龍ちゃんでないとすると、黒川夫人と鞠子さんに絞られる。このうち、前回の犠牲者・姉崎未亡人と年齢や境遇が近いのは黒川夫人だ。二人とも三十代であり、二人とも社会的地位の高い男性の妻だ。しかも、前者は美しく、後者も人を惹きつける魅力がある。このような大人の女性なら、密かに「男関係」があってもおかしくない。そこから、何らかの「怨恨《えんこん》」または「利害関係」が生まれることは珍しくない。前回の姉崎未亡人殺しの動機も、そのあたりにありそうだし。やはり、黒川夫人が次の犠牲者の最有力候補だ。ちなみに、黒川夫人の義理の娘・鞠子さんは「美しい人」という条件に当てはまるが、まだ十八歳の無邪気な少女を殺す動機のある者などいるだろうか？　あの年齢では、人から殺されるほどの恨みを買うほど、人生経験をしていない。せいぜい、同級生から「お金持ちの美少女」と羨《うらや》ましがられる程度だ。おや、まてよ……。この単純な嫉妬も、あながち無視出来ないかも知れない。人間は単純な動機で人を殺すことも数多くある。ちなみに、龍ちゃんは鞠子さんと同い年の十八歳なのに、自分は盲目で、しかも、それほど綺麗ではないことも自覚していただろう（彼女が盲目になったのは数年前からで、それ以前は目が見えていたから）。自分のすぐそばに、周りからチヤホヤされる美少女がいたら、龍ちゃんはその少女に多大な嫉妬を感じる可能性は十分にある。先ほど僕は、龍ちゃんの「又一人、美しい人が死ぬのです」という言葉は、被害者が龍ちゃん自身ではないことを意味する、と言った。しかし、犯人が龍ちゃんの可能性はある。「自分で自分の犯行を予告するものか」と君は反論するだろう。確かに、そんなことをしたら、犯行を自白するようなものだし、被害者となる人にも警戒されてしまう。しかし、よく考えてみてくれたまえ。予言をしている時の龍ちゃんは、「織江」という別人格として語っているのだ。その別人格が、「龍ちゃんが犯人である」と宣告していると思えば、不思議はない。その時の龍ちゃんは、自分で何を語っているのかも分からないのだ。こうなると、新たな可能性も生まれる。先ほど、僕は、龍ちゃんの「又一人、美しい人が死ぬのです」という予言の「美しい人」とは、他人を指しているようだ、と言った。さらに、龍ちゃんが次の犠牲者を「私の前に腰かけている美しい人」と言ったので、龍ちゃん以外の人物を指していることになる、と言った。しかし、その舌の根が乾かぬうちに自分の説を覆すようで申し訳ないが、よく考えたら、龍ちゃんに降りて来た別人格が語ったことならば、その別人格が龍ちゃんを他人のように、「美しい人」と形容しても不自然ではないし、龍ちゃんの別人格が龍ちゃんを指して「私の前に腰かけている美しい人」と言ったという解釈も成り立つ。そう、幽体離脱した別人格「織江」が、自分の言葉を、離れた位置にいる龍ちゃんに言わせたのだ。僕は先程、真っ暗な部屋で、白い服を着た龍ちゃんが、白い服を着た鞠子さんに近づき、「執念深い魂が、この人を狙っているのです」と予言した場面を伝え、「この人」とは、実は鞠子さんではなく、鞠子さんの影に隠れた「もう一人の人物」を指している可能性もあると指摘した。しかし、それとは全く別の解釈も可能なのだ。つまり、白い服を着た龍ちゃんが部屋を移動したのは、単にトランス状態に陥り、その辺りをさまよっていただけであり、その龍ちゃんの行き先に、たまたま白い服を着た鞠子さんがいただけなのだ。要するに、龍ちゃんのいた位置は一切関係なく、龍ちゃんは自分自身を指して、「執念深い魂が、この人を狙っているのです」と言った可能性だってあるのだ。以上の点から、次の犠牲者には龍ちゃん自身も含まれるのだ。

そうなると、龍ちゃんは「加害者」と「被害者」の両方の可能性があることになる。

そこで、僕はハッとした。そもそも、龍ちゃんが深夜に夢遊病で歩いていて、空地で何者かに襲われた時、僕は「犯人が龍ちゃんの予言を阻止するために殺そうとした」と指摘した。しかし、この時に龍ちゃんが命を狙われたこと自体は事実であり、「また犠牲者が出る」という龍ちゃんの予言が当たっていたことになるではないか！　つまり、彼女の予言は「自分が殺される」という予言だったとも解釈出来るのだ。そうなると、龍ちゃんは犠牲者ではあるが、犯人ではない。しかし、龍ちゃんが空地で襲撃された事件について、僕は「別人格の霊が、龍ちゃんに自分で自分の頭を殴らせた」と指摘した。ということは、龍ちゃんに降りて来た別人格の「織江」が、龍ちゃん自身を殺そうとしたことになる。つまり、物理的には龍ちゃんが自分で自分を殺すのだ。だとすれば、龍ちゃんの別人格「織江」が犯人ではないか！　何と、龍ちゃんは「加害者」であると同時に「被害者」でもあったのだ。その龍ちゃんの予言では「殺す人も、殺される人も、この部屋の中にいる」ということだった。そして、龍ちゃんは間違いなく、あの部屋の中にいたのだ！　ちなみに、その予言では「姉崎未亡人も、次の犠牲者も、同じ人の手によって殺される」というものだった。ならば、姉崎未亡人を殺した犯人も龍ちゃん（または織江）ということになる。しかし、盲目の少女が鍵の掛かった土蔵に侵入したり、そこから脱出したり出来るのか？　まして、殺す相手は目の見える人間なのに、下手人は目が見えない。これでは犯行の際、明らかに犯人のほうが不利だ。しかし、先程も言ったように、あくまで別人格「織江」が龍ちゃんに殺させたわけで、その「織江」という女はとてつもない魔力を持った霊である。だから、彼女は不可能な犯罪も可能にしてしまったのではないか！　しかし、ここで一つ引っかかる。姉崎未亡人は殺される直前に男と性交していたことが分かっているので、犯人は男だと思われたからだ。もし龍ちゃんが犯人なら、姉崎未亡人は見知らぬ男に強姦されたのではなく、単に土蔵内で恋人と「営み」をしていただけであり、その後、その恋人が姉崎未亡人と別れ、土蔵から普通に帰ったあとに、龍ちゃんがその土蔵にやって来て、姉崎未亡人を殺したのか？　謎は深まるばかりだ……。

仮に、第一の事件では、龍ちゃんが姉崎未亡人を殺し、第二の事件では、龍ちゃん（織江）が龍ちゃん自身を殺そうとしたとする。しかし、第二の犠牲者は「美しい人」でなければならない。確かに龍ちゃんは客観的に見れば、鞠子さんほど美しくはない。しかし、前回の手紙でも言ったように、僕は鞠子さんより、龍ちゃんという少女のほうに惹かれる。「美しい人」という定義も人によって違うのだ。龍ちゃんが被害者候補なら、犯人は別人格「織江」以外の可能性ももちろんある。その場合、龍ちゃんを殺す動機とは何か？　彼女の境遇や容姿に嫉妬する人はいないと思う。男女関係のもつれもないだろう。だとすれば、犯人は龍ちゃんの「霊感」を恐れたからにほかならない。第一の犠牲者・姉崎未亡人の死も、龍ちゃんは予言しており、犯人も確信していた。犯人から見れば、龍ちゃんは油断出来ない存在だ。前にも書いた通り、「降霊会」に参加した人々は、皆が霊感を信じているからだ。

いずれにしても、龍ちゃんが実際に命を狙われたことを考えると、次の犠牲者の「美しい人」は、三人の女性のうち、やはり龍ちゃんだろう。しかし、犯人候補は、黒川夫人、黒川鞠子さん、龍ちゃんにまで広がる（龍ちゃんの場合は、別人格の可能性もある）。なぜなら、「犯人はこの場にいる」という予言が出たからだ。黒川夫人と鞠子さんは義理の母子だし、龍ちゃんも赤の他人だ。この三人は、お互いにどんな感情を持っていたか分からない。人の集団というのは、外から見ただけでは分からないような、複雑な人間関係があったりするものなんだ。もちろん、犯人の可能性は降霊会に参加していた男性たちにもあることは言うまでもない。要するに、降霊会で龍ちゃんの予言を聞いた全員が疑わしいのだ。これは、その場にいた全員が、龍ちゃんが「盲目」であることを知っており、そのうちの何人かは龍ちゃんが「夢遊病」であることも知っていたため、「深夜に空地で龍ちゃんを襲うことが出来た人物」という犯人像とも合致する。

そして龍ちゃんの予言を基《もと》に考えると、僕の「ホームレス＝犯人」説は危なくなってきた。黒川邸での降霊会の時、龍ちゃんは「犯人はこの部屋の中にいる」と断言したが、例のホームレスはその部屋にいなかったからだ。ただし、予言を度外視すると、龍ちゃんが深夜に空地で何者かに襲撃された事件に関しては、あのホームレスが動機もなく、無差別に、ただ偶然見かけた龍ちゃんを襲った可能性もある。なぜなら、あのホームレスの風貌と身体、そして極貧の状態であることを考えると、あの男に恋人がいたとは思えないし、女に飢えていたとしても不思議ではないからだ。しかし、龍ちゃんが悲鳴を上げた直後に、黒川博士が空地に駆け付けたが、博士は「空地に犯人の姿はなかった」と証言している。あの両足と片手のない不自由な体のホームレスでは、龍ちゃんを殴ったあと、黒川博士がやって来る前に、空地から素早く逃げ去ることは不可能だ。したがって、例のホームレスは犯人ではない。

やはり、龍ちゃんを襲ったのは、降霊会に参加していた心霊学会の会員たちのうちの誰かだ。そして、その人物は姉崎未亡人を殺した犯人と同一人物だろう。その犯人は「第二の殺人」は失敗したが、再び、誰かを襲う可能性がある。また龍ちゃんが狙われるのか？それとも、別の女性が狙われるのか？　龍ちゃんが予言した次の犠牲者とは誰か？　そして犯人は誰なのか？　二つの殺人は同一人物によって遂行されると、霊感少女は宣告した。

ところで、龍ちゃんを襲った犯人については、君は黒川博士を疑っていたが、僕は先程の別人格「織江」以外にも、ある人物を疑っている。というより、確信しているが、それが誰かは今は言いたくない。

降霊会の夜、僕は真っ暗な室内で、すぐそばにいる龍ちゃんが、「また一人、美しい人が死ぬのです」と予言した不気味な声が、今でも忘れられない。あの時は実に恐ろしかったよ。そして、未遂には終わったものの、実際に殺人行為が行われた。つまり、龍ちゃんの予言が的中したのだ。いずれにしても、この一連の出来事は、事件全体が重みを増したことを意味する。それを知った時、霊感を信じない僕でも、「畏《おそ》れ」を感じてしまった。

今日のところは、これぐらいにしよう。では、また。

十一月七日

祖父江進一より

岩井坦君へ

第六信

ひと月ぶりの手紙だ。

今日は、前回の僕の推理が外れていたことを告白しなければならない。次の犠牲者は龍ちゃんではなかったのだ。

順を追って話す。

姉崎未亡人の惨殺事件から既に二ヶ月以上が経過していたが、警察の捜査に進展はなかったようで、その間に、龍ちゃんの襲撃事件を除けば、第二の殺人事件も起きていなかった。しかし、十二月九日の深夜二時半頃、僕が自宅で眠っている時、黒川博士から電話が掛かって来たのだ。夜中に電話で叩き起こされることは新聞記者としては珍しくないことだが、博士の話を聞いた時は、さすがに仰天してしまったよ。彼は慌てた様子で、「鞠子が殺されてしまった!!」と叫んでいたからだ。興奮状態で要領を得ない口調だったので、僕はとりあえず、服を着て、黒川邸へ向かった。

邸宅の前にはパトカーや救急車が留まっており、非常線も張られていた。僕が屋敷の中に入ろうとすると、警官に止められたが、「僕は黒川博士の御家族とも親しい者で、『降霊会』に参加したメンバーの一人だ」と告げると、捜査の力になると判断したのか、屋敷内に入れてくれた。すると、別棟の一階の応接室では警察官らが数名いたが、そのそばで黒川博士と夫人、そして龍ちゃんが激しく泣いていた。

彼らから聞いた事件の状況をここに記す。

死体の第一発見者は黒川夫人である。「第二信」で、黒川邸には母屋と別棟があることを伝えたが、夫人は深夜に母屋の一階の寝室で眠っている時、若い女の叫び声を聞いたような気がして目が覚めたと言っている。その時、隣のベッドで寝ていた黒川博士はぐっすり眠っていたそうだ。夫人は、その叫び声が娘のものではないかと心配になり、起き上がった。そして彼女は二階へ上がり、鞠子さんの部屋に行ってみたが、ドアが開けっ放しになっている。夫人は慌てて部屋に入ってみるが、そこに鞠子さんはいなかった。トイレに行ったのかも知れないと思い、トイレも調べたが、誰もいない。一応、龍ちゃんの部屋も調べたが、そこには龍ちゃんも、鞠子さんもいない。いよいよ心配になった夫人は二階の部屋を全て探し、誰もいないことを確認すると、また一階へ下りて、全ての部屋、そして台所も探したが、やはり鞠子さんの姿はどこにもない。母屋にいないということは、別棟にいるのか？　黒川夫人は廊下を渡って、別棟に行った。そして一階のいくつかの部屋を探していると、かつて「降霊会」をした黒川博士の書斎のドアの中からかすかな人声が聞こえて来た。夫人はゾッとした。彼女はしばらく動けなかったが、やがて意を決し、恐る恐る書斎のドアをそっと開け、中を覗いた。すると、真っ暗な部屋にロウソクを一本だけを灯した薄暗い状態の中で、誰かが立っていた。すぐに、それは龍ちゃんだと分かった。外《ほか》には誰もいない。彼女は目を閉じ、両手を上に向け、「シュー、シュー」と低い不気味な呻《うめ》き声を上げていた。この少女は明らかにトランス状態に陥っており、体全体から〝気〟を発散しているように見えた。黒川夫人は、この時の龍ちゃんの威圧感を、「鬼神といえども、避けて通るほど凄まじかった」と形容している。知らない人がこの様子を見たら、恐怖におののくだろうが、黒川夫人は龍ちゃんの霊感を知っているし、この少女は時々、何の前触れもなく、突然こういう状態になることを知っていたので、すぐに「意味」が分かった。するど龍ちゃんは突然、別人のような声で、「鞠子さんが危ない!!」と叫んだのだ。黒川夫人は慌てて龍ちゃんのもとへ行き、彼女の両腕を掴んで、「それは一体どういうこと?鞠子は今どこにいるの!?」と問いただした。しかし、龍ちゃんは別人格になりきっており、夫人の質問には答えず、「あぁ、何とむごたらしい殺し方!!」と叫ぶばかりだ。夫人は「殺し方」という言葉を聞いて、ギョッとした。鞠子が殺される？　夫人は慌てて書斎を飛び出すと、応接室を始め、使用人部屋、さらに、二階も含め、それ以外の部屋という部屋を全て探し回ったが、どこからも鞠子さんは発見されなかった。屋敷内にいないということは、外か？　黒川夫人は玄関から靴を履いて、庭園へ出た。そして、しばらく探した末、彼女は木々に囲まれた場所で何ともむごたらしい光景を目にしてしまったのだ……。

黒川夫人が鞠子さんの死体を発見した時、犯人の姿はなかったと証言している。既に逃げ去ったあとだったのだ。今度の殺人は前回のような不可解な密室事件ではなかった。というより、密室には絶対になり得なかった。なぜなら、被害者が倒れていた場所が屋敷の庭だったからだ。しかし、姉崎未亡人の事件との類似点がいくつかあった。それは被害者の鞠子さんの死体が全裸の状態だったこと、死体が血まみれだったこと、被害者の致命傷が「右頸動脈《みぎけいどうみゃく》の切断」によるものだったこと、そして何より不気味なのは、前回の事件の犯行現場で発見されたのと全く同じ模様の「暗号」が死体のそばに落ちていたことだ。しかし、だからと言って、この殺人の犯人が姉崎未亡人を殺した犯人と同一人物であるとは即断出来ない。そう思わせるための偽装の可能性もあるからだ。しかし、よく考えてみると、あの「暗号」は被害者が残したダイイング・メッセージだとは思えない。なぜなら、第一の殺人と第二の殺人では被害者が違うし、姉崎未亡人と黒川鞠子さんという二人の全く違う人間が、偶然にも全く同じ絵柄の「暗号」を残したとは思えないからだ。だとすれば、今度の「暗号」は前回の事件とは違い、被害者のダイイング・メッセージではなく、犯人が何らかの理由で残していったものだろう。姉崎未亡人の殺害事件が新聞に載った時、犯行現場に落ちていた「暗号」も紹介された。だから、犯人はそれを逆手にとって、わざと同じ絵柄を描いた「暗号」を残したとも考えられる。その理由は分からないが……。

いずれにしても、龍ちゃんが降霊会の夜に言った「又一人、美しい人が死ぬ」「むごたらしい殺し方も、そっくりです」という予言が的中してしまったのだ。僕は霊感を信じないと何度も書いたが、ここまでの事実を知らされると、超常的な予知能力の存在を認めざるを得ない。ただし、僕が黒川邸へ着いた時は、既に鞠子さんの遺体は検死に回されていて、庭園には彼女の美しい裸体はなかった。先ほど書いた犯行現場の状況は、関係者から聞いた話だ。

自分の娘がこのようなむごたらしい、というより、辱《はずかし》められた格好で殺された姿を見た両親の気持ちはいかばかりであったろう。そして、自分の親友が殺された龍ちゃんの悲しみとショックもただ事ではないはずだ。

ちなみに、鞠子さんは夜寝る時は、必ず自室のドアに鍵を掛ける。ということは、彼女は自分で部屋から出て、そして恐らく自分で庭へ出たと考えられる。なぜなら、夜は屋敷のドアは全て内側から施錠されるからだ。実際、屋敷のドアで、外部から無理にこじ開けられた形跡のあるものは一つもなかった。黒川夫人は、正気に戻った龍ちゃんに、「鞠子はどうして庭に出たの？」と聞いたが、彼女はただ首を振るばかりだ。当然だが、龍ちゃんが「鞠子さんが危ない!!」と叫んだ時は完全に別人格になっていたため、本人はそんなことを言った記憶すらもなかった。鞠子さんは龍ちゃんと違って、霊感もなく、夢遊病という病《やまい》もない。だとしたら、鞠子さんは何か理由があって、自分の意志で庭に出たはずだ。黒川夫人の証言によると、鞠子さんの死体を発見したのは、午前一時半頃だったという。若い少女が深夜に外へ出る理由として、真っ先に思い浮かぶのは、恋人との逢引きである。あれだけ綺麗な娘なら、恋人の一人や二人はいたっておかしくはないだろう。そして、身分の違いなどにより、親から交際を反対されていた娘が、密かに恋人と密会するという筋書きは容易に思い浮かぶ。確かに、自分の家の庭で逢引きをするというのも変だが、黒川博士邸は敷地が広く、立派な庭園を構えている。屋敷内のどの窓からも死角となっている場所はいくらでもあり、木々に囲まれた優雅な場所もあるのだ。そこで「ひと時」を過ごすつもりだったとも考えられた。まして深夜なら、両親は眠っているし……。そこで、鞠子さんと逢引きしていた男が隙を見て、鞠子さんを殺した可能性もある。ちなみに黒川邸の立派な門には鍵が掛かっているが、その気になれば、男だったら、よじ登ることは出来る。ところで、姉崎未亡人殺害の事件で言及した例のホームレスだが、あの不自由な体では、この立派な門をよじ登ることは不可能だ。もちろん、鞠子さんが事前に門を開けておいた可能性もあるが、そもそも、あのホームレスには鞠子さんを手紙で呼び出すほどの「接点」がない。ここで、「ホームレス＝犯人」説は完全に消えた。

警察は鞠子さんの交友関係を洗おうとしたが、両親とも、「鞠子に男友達がいるという話は聞いたことがない」と話すばかりだ。

そこで僕は、ある考えがチラッと浮かんだ。ひょっとして、先程の黒川夫人の証言は実は狂言ではなかったか、という考えだ。つまり、彼女自身が犯人で、第一発見者のフリをしただけだ。黒川夫人は「寝室で若い女の悲鳴を聞いた」と言っているが、それは彼女一人の証言でしかなく、黒川博士は夫人の隣のベッドでぐっすり眠っていたため、その悲鳴を聞いていない。要するに、黒川夫人は「鞠子さんの悲鳴が聞こえた時、自分は寝室で眠っていた」というアリバイを主張したかっただけなのだ。それに、事件の夜、黒川夫人の隣のベッドで黒川博士がぐっすり眠っていたのなら、夫人が夜中にこっそり寝室を抜け出し、鞠子さんを殺しに行っても、黒川博士は気づかなかっただろう。要するに、黒川夫人の「女の悲鳴が聞こえた時、夫は自分の隣のベッドで眠っていた」という証言は、黒川博士のアリバイを証明したことになるが、黒川夫人の隣で眠っていた夫は、妻のアリバイを証言出来ないのだ。

黒川夫人は、「別棟の一階の書斎で龍ちゃんの『儀式』を目撃し、彼女が『予言』をするのを聞いた」とも言っているが、龍ちゃんは「そんな予言をした覚えはない」と証言している。もっとも、龍ちゃんは別人格として予言しており、正気に戻った時には、自分が何を言ったのかも覚えていないため、この少女の「儀式」や「予言」があったのか、なかったのかは、客観的には立証出来ない。そう言えば、鞠子さんは黒川夫人の実子ではなく、黒川博士の先妻の子供だ。だから、黒川夫人が鞠子さんにそれほど愛情を持っていなかったとしても、不思議ではない。例の「降霊会」の夜、龍ちゃんは「次の殺人の犯人は、この部屋の中にいる」と予言した。そして黒川夫人は間違いなく、あの部屋の中にいたのだ！

しかし、僕の「黒川夫人＝犯人」説は、すぐに崩れ去った。なぜなら、鞠子さんの死体が全裸にされていたことからも推測出来たことだが、この少女はやはり殺される直前に、男と性交していたことが分かったからだ。つまり、犯人は「男」であり、黒川夫人は犯人ではあり得ない。鞠子さんの男との性行為が強制的なものだったのか、同意によるものだったのかは不明。仮に前者なら、よくある強姦《ごうかん》殺人だが、後者なら、恋人同士が外で裸になり、「甘い時間」を過ごしている最中に、相手の男が隙を見て、鞠子さんを殺したことになる。だとすれば、深夜、暗くて広い、誰もいない立派な庭園で、殺人が遂行される直前まで、裸の男女が夜空を見ながら、無限の〝解放感〟を味わっていたのだろうか……。

ちなみに、「第五信」でも書いたように、土蔵で起きた姉崎未亡人の殺害事件の時も、被害者の女が殺される直前に男と性交していたことが分かっている。すると、第一の事件と第二の事件の類似点が、また一つ増えたことになる。

ちなみに、心霊学会の会員達は、鞠子さんという「美しい人」が殺されたので、「龍ちゃんの予言が的中した」と確信し、この霊感少女をさらに崇拝するようになった。言うまでもなく、警察は「予言」なんか全く信じていないが、姉崎未亡人も黒川鞠子さんも、心霊学会の会員たちと関係しているという共通点があったため、警察はこの二つの事件を関連づけて捜査を開始した。もちろん、鞠子さんを殺した犯人は、姉崎未亡人を殺した犯人と同一人物である可能性も視野に入れていたと思う。当然だが、容疑者は男に絞られた。

鞠子さんが自分で屋敷から外へ出て行った可能性が高いことから、やはり親しい人間に逢《あ》うために、自邸の庭園へ出たのだろう。そして、そこで殺されたと仮定すると、逢引きをした男は、その直前に密かに鞠子さんと庭園で会う約束をしていたと思われる。ということは、犯人は鞠子さんの恋人か、あるいは、二人の関係を知っていた別人が、鞠子さんの恋人のフリをして、鞠子さんを呼び出し、庭園で待ち伏せしていた可能性も浮上する。その場合、電話で鞠子さんを誘うと、声でバレるので、ニセの手紙で鞠子さんを誘い出したと考えられる。ニセの恋人が庭園で鞠子さんに逢っても、深夜なら、辺りは暗いので、帽子でもかぶれば、鞠子さんには見破られない。

犯人は鞠子さんの恋人なのか？　恋人のフリをして現れた別人なのか？　いずれにしても、犯人は鞠子さんのことをよく知っている人物であることは間違いないわけで、警察は前回の姉崎未亡人の事件と同様、我々「心霊学会」の男性会員たちに対し、厳しく事情聴取をした。まさか黒川博士が自分の娘にあんな残酷なことをしたとは思えないが、発見された被害者の死体から最も近い位置にいた男性は黒川博士であったため、捜査の段取りとして、警官は博士にも厳しく尋問をしていたようだ。特に僕は、姉崎未亡人事件の第一発見者であり、今度の事件の被害者・鞠子さんとも、同じ心霊学会の会員同士だ。だから、両方の事件に関係しているということで、他の会員以上に、警察から胡散臭《うさんくさ》い目で睨《にら》まれた。だが、探偵小説好きとしては、これは貴重な経験だと思ったよ。君もミステリー好きだから、僕の言っている意味が分かるだろう。しかし、僕も含め、深夜にアリバイのある者なんかいない。熊浦氏のような独身者もいるし。仮に家族がいても、親族の証言はアリバイとして認められない。ちなみに、黒川博士夫妻は、心霊学会の会員達はみんな良い人ばかりで、あんな残酷なことをする人がいるとは思えないと主張した。僕も同意見だ。

ところで、以上のような出来事を見聞きしたあと、僕は急に風邪を引いたようで、体調が悪くなってしまった。

また、何か新しいことが分かったら、伝える。

十二月十三日

僕の良き友人・岩井坦君へ

祖父江進一より

間奏

これまで、N某が私に売りつけた手紙の内容を紹介してきたが、その文面からも分かる通り、祖父江進一の送った手紙に対し、受取人の岩井坦もその度に返信を書いているようだ。しかし、N某が私に売りつけた手紙の束には、差出人の祖父江進一の手紙ばかりで、これまでのところ、岩井坦の返信はなかった。それは、事件の状況を説明するには、実際に犯行現場に立ち会った祖父江進一の手紙だけあれば十分だと判断したためだと思われるし、岩井坦の返信は祖父江進一が代弁している箇所もあるので、重複を避けるという意味もあったのだろう。つまり、小説として発表するに当たり、過不足なくまとまっているわけで、作家の私としては、非常に有難い。私は冒頭で、「この書簡集全体を、私の手で普通の物語体に書き改めることを考えて見たけれど、それは、事件の真実性を薄めるばかりでなく、却って物語の興味をそぐ恐れがあった。それ程、この書簡集は巧みに書かれていた」と書いた。実際、この手紙文に見られる祖父江進一の描写は、事件の状況を的確に伝えているだけでなく、犯行現場に立ち会った人間の視点から見た臨場感にも満ちていた。しかも、執筆者の事件に対する推理も詳しく述べられており、私はこの手紙文を夢中になって読んでしまったのである。だからこそ、私は受け取った手紙の文面をほとんど加筆せず、そのまま発表する決心をしたのだ。

私はこの手紙文を興味深く読み進めていたが、意外にも、前述の「第六信」の手紙まで終わっていた。つまり、事件の経緯は書かれているものの、結局、事件の「真相」が書かれていなかったのである。これでは、N某の「手紙の内容が小説の材料になる」という言葉は偽りであったと言わざるを得ない。なぜなら、事件が起きたのに、それが解決しないまま、話が途切れてしまったら、探偵小説として体《てい》を成さないからだ。それとも、「結末」は自分で考えろ、ということか。私は納得のいかない気分になっていたのだが、数日後に、私宛てに封筒が郵送されて来た。送り主を見ると、何と、あのN某である。しかし、送り手の住所は記載されておらず、相変わらずN某の居所は不明である。私は早速それを開封したが、中身はやはり「手紙」である。ただし、今までの手紙とは筆跡が違う。そして、それを読んでみて、やや意表を突かれた。それは今までのように、祖父江進一から岩井坦に送った手紙ではなく、岩井坦から祖父江進一に送った「返信」だったからだ。筆跡が違っていたのは、そのためだ。しかし、そこで疑問に思う。どうせなら、N某は最初に私の自宅を訪れた時に、全ての手紙をまとめて私に手渡せばよかったはずだ。なぜ最後の手紙だけ、数日置いてから別個に、しかも前回と違い、「郵送」で送って来たのか？　私は不可解に思いながらも、その手紙を読み始めたが、全てを読み終えた時、ようやくその意味が分かったのだ。そして、N某が言った「この手紙の内容が小説の材料になる」という言葉に偽はなかったと確信した。

私は今、N某から受け取った最後の手紙をここに示す。

返信

祖父江進一君、君と手紙のやり取りをしている間、僕はまるで探偵小説の雑誌連載を読んでいるようで、興奮したよ。しかも、小説を読む時と違って、読者が作者に意見を言ったり、反論したり、また、それに対する作者からの反論が来たり、僕は実に貴重な経験をさせてもらった。

この二つの殺人事件は当然新聞にも載ったので、既に知っている情報もあったが、実際に犯行現場に立ち会った君の描写は、新聞記事とは違い、実に臨場感があった。

ところで、第一の事件が起きてから、既に二ヶ月以上経つというのに、警察はいまだに解決に至っていないね。祖父江君、君自身はこの一連の事件にある確信を持っているようだが……。恐らく、君の次の手紙の中で、事件の真相が全て明らかになるのだろう。しかし、君が手紙を出す前に、僕は既に事件を解決してしまったよ。そう、君が犯行現場でいろいろ見聞きした上で推理したのに対し、僕は犯行現場には一度も行かずに、君の手紙を読んだだけで推理を進め、この連続殺人事件の真相に辿り着いてしまったのさ。探偵小説でいうところの「安楽椅子探偵」というやつだね。

まず、第一の殺人。すなわち姉崎未亡人の惨殺事件だが、あの犯行現場の状況は完全に「密室」だった。土蔵の扉には外から錠前が掛かっており、鍵なしでは、開閉ともに出来ない構造だという。しかも、その錠前の「鍵」は土蔵内にある未亡人の死体の下から発見された。そして、それ以外の唯一の出入口である二階の窓は開いていたものの、その窓には鉄棒が何本かはまっており、その狭い隙間からは人間は通過出来ない。つまり、犯人はどこから土蔵内に入り、そして、どこから外に出たのかが全く分からないのだ。そのため、一見不可能なことが起きた、と誰もが思ったことだろう。しかし、これは人間の「思い込み」を利用した単純なトリックさ。錠前というのは、「錠」と「鍵」をセットにしたものだ。そのため、我々は土蔵の扉に取り付けられた「錠」が、土蔵内の死体の下から発見された「鍵」で必ず開く、と勝手に思い込んでしまったんだ。あの密室の謎は、「錠」と「鍵」のうち、どちらか一方がニセモノだったと考えるほかに、解決は不可能だ。「鍵」はいずれ発見され、調べられるので、扉に取り付けられた「錠」がニセモノだったと考えられる。君と一緒に土蔵の前まで行った女中も、君に指摘されるまで土蔵の存在を忘れていたぐらいだから、普段、彼女が土蔵に行くことは滅多になかったと思われる。だから、その女中も扉に掛かっていた「錠」がニセモノだったことに気づかなかった。そして警官たちが土蔵内に突入する時、扉に掛かっていた「錠」を壊してドアを開けただろうから、死体の下から発見された「鍵」では、扉のニセの「錠」が開けられないこともバレなかった。要するに、未亡人の死体の下から発見されたのは、以前取り付けられていた本物の「錠」に合う「鍵」で、土蔵の扉に掛かっていた「錠」は新しく取り替えたものだ。だから、犯人は姉崎未亡人を殺した後、本物の「鍵」を土蔵内の死体の下に残したまま外に出ても、扉についた新しい「錠」を、新しい「鍵」で簡単に掛けることが出来た。これで密室の謎が解明されたと思ったが、僕は大事な点を見落としていたことに気づいた。君の「第一信」を詳しく読むと、警官たちが扉をぶち壊して土蔵内に突入した際、「錠前そのものには触れず、扉にとりつけた金具を撃ち毀すことによって」と書かれている。つまり、「錠」も「鍵」も元の形のまま残っていたわけだ。このままだと、死体の下から発見された「鍵」では、扉に付けられた「錠」が開かないことが警官にバレてしまう。それにもかかわらず、警官がこの点について一切不審に思わなかったとしたら、「錠」も「鍵」も本物だったことになり、先程の僕の説は却下され、振り出しに戻ってしまう。あの土蔵は文字通り、完全に密室だったわけで、僕はお手上げだ。こうなると、残る答えはたった一つ。「君は手紙の中で事実を書かなかった」ということだ。警官たちが土蔵内に突入する際、本当は「錠前」をぶち壊して扉を開け、中に入ったのに、君はある理由から、「警官たちは錠前そのものには手を触れず、扉の金具を壊して土蔵内に突入した」と嘘を書いたのだ。その理由は後述するが、要するに、先程の僕の説が正しいという結論以外に、あの密室トリックの謎は絶対に解けないのだ。そもそも、君の手紙の中で疑問を感じる箇所があった。君が梯子《はしご》で外伝いに土蔵の二階まで登り、窓の外から室内を覗いた時、「姉崎未亡人は息絶えていた」と書いているが、君は土蔵の二階の部屋を「殆《ほとん》ど暗くなっている」とも書いている。夕方だから当然だ。君が室内で横たわっている未亡人を見た時、彼女が全裸であること、そして彼女の体が血まみれになっていることは確認出来たかも知れないが、なぜ暗がりなのに、彼女が完全に死亡していることが分かったんだい？　それに、二階の窓には鉄棒が何本かはまっていて、君は室内に入ることは出来ず、したがって、未亡人の体をじっくり確かめることも出来なかったのだ。つまり、その時点では、未亡人の体がいくら血まみれであっても、彼女はまだ生存している可能性もあったはずだ。だとすれば、君が倒れている未亡人を見て、「絶命していた」と判断したのは早計だった。それに、君の通報を受けてやって来た警官たちも、君の「二階の窓から室内を見た状況」を聞いただけでは、彼女が完全に死亡していると即断することは出来ない。未亡人の体が血まみれの状態なら、まだ息がある可能性もあり、一刻も早く彼女を助けるべきだと警官たちは判断したに違いない。だから、彼らが土蔵の扉をぶち壊す時、「錠前には手を触れないように」などと悠長《ゆうちょう》なことを考えている余裕はなかったと思われる。つまり、一刻も早く土蔵内に入りたかったら、警官たちは「錠前」ごとぶち壊して扉を開け、中に入ったほうが早いのだ。したがって、君が手紙の中で書いた内容には疑問がある。尚、君が手紙に「警官たちは錠前そのものには触れず」と嘘を書いたのは、もし、そういう状況なら、先ほど僕が説明したように、「錠」も「鍵」も元のままの状態で残っていたことになり、両方とも本物だったという印象を与え、その結果、錠前の掛かった扉からは誰も土蔵内に入ることは出来ず、また、そこから誰も外へ出ることが出来ないと僕に思わせるためだったのだ。そうなると、出入口は二階の窓しかない。ただし、その窓は開いていたものの、その窓には鉄棒が何本かはまっていて、その狭い隙間からは人間は通過出来ない。となると、これはまさに君の大好きな探偵小説でいうところの「密室状況」になるからね。

ちなみに、先程の僕の密室トリックの種明かしが正しいとすると、この方法で土蔵内を密室にすることが出来たのは犯人だけだ。被害者には不可能なのだ。したがって、自殺ではない。

尚、あの土蔵内で犯人が姉崎未亡人を殺したとなると、未亡人は殺される直前に男と性交していることから、当然、犯人は男だ。しかも、その犯人は未亡人にとって、親しい人間だったと思われる。なぜなら、見ず知らずの人間が姉崎邸の土蔵のことまで知っているとは思えないし、知っていたとしても、未亡人を無理やり土蔵内へ連れ込むことは困難だと思われるからだ。したがって、未亡人は親しい男性（恐らく恋人）と同意の上で土蔵内へ入ったのだ。だとすれば、彼女が殺される直前に男と性交していたのも、君が推理したように、見知らぬ人間に強姦されたのではなく、恋人との同意の上での「行為」ということになる。そして、その最中に相手の男が隙を見て、姉崎未亡人を殺したと考えられる。

　しかし、君は「第五信」で、「龍ちゃん＝犯人」説を持ち出した。姉崎未亡人が性行為をした男は実は犯人ではなく、ただの恋人であり、その恋人が未亡人と別れ、土蔵から普通に帰ったあとに、龍ちゃんがその土蔵にやって来て、姉崎未亡人を殺した可能性があるということだったね。しかし、僕はそれはないと思う。なぜなら、未亡人は恋人との「営み」を終えたあと、服を着たはずだからだ。発見された彼女の死体が全裸だったということは、その後にやって来た龍ちゃんが姉崎未亡人の服をはぎ取ったことになるが、盲目の少女にそんなことをする理由はない。さらに、目の見えない人間が、目の見える人間を殺すことは不可能に近い。もちろん、盲目の龍ちゃんには土蔵内に密室工作をすることも出来ない。君は「龍ちゃんの別人格『織江』はとてつもない魔力を持った霊だから、不可能を可能にしてしまった！」と書いていたが、これは論理的解決を目的とする探偵小説の精神に反するものであり、推理ファンたる君が、こんな意見を書いたことに僕は失望した。

やはり、犯人は土蔵内で姉崎未亡人と性行為をした男だ。


例の「暗号」の意味については、いくつかの可能性がある。十人いたら、十通り解釈が成り立つだろう。君の示した答えも興味深かった。しかし、僕がまず不審に思ったのは、何だって、犯行現場に暗号なんか残さなければならなかったんだ、ということだ。まず、暗号を残すことによって得られる、一番大きな効果とは何か？　答えは「探偵小説のように盛り上がる」ということだ。いや、怒らないでくれ。これは本当なんだ。実際、僕は君の手紙を読んでいる間、「暗号の謎」に取り憑かれてしまったんだから。これは、暗号を残した人にとって、作戦が大成功したことを意味する。

実はね、あの暗号で一番大事なことは、「暗号を残したのは、被害者なのか、犯人なのか」という点なんだ。これによって、解釈がガラリと変わるからだ。では、暗号を残したのは犯人か？　それとも被害者か？　初めて君の「第一信」を読んだ時、土蔵内で発見された姉崎未亡人の死体が全裸だったと書かれており、僕はびっくりした。しかし、のちに「彼女は殺される直前に、男と性交していたことが分かった」と書かれていたので、死体が全裸だった理由は判明した。先程も書いたように、土蔵内で姉崎未亡人は親しい恋人と同意の上で布団に入った。女が性行為をしている最中は、最も「無防備」な状態なので、犯人は簡単に姉崎未亡人を殺すことが出来た。体中に傷を負わせ、流血させた上で、とどめを刺したのは、激しい怒りの表れだ。そして被害者・姉崎未亡人の死因は、「右頸動脈《みぎけいどうみゃく》の切断」だ。つまり即死だったと思われるので、暗号を書くことなど不可能だ。その直前に体中を切りつけられている時も、その前に性行為をしている最中も、彼女は文字を書くことは出来ない。それ以前は、姉崎未亡人は自分が殺されるとは思っていないので、犯人を示す暗号を書く必然性がない（未亡人が男を土蔵内に入れたということは、彼女は、その男が自分を殺すとは思っていなかったから）。

したがって、暗号を残したのは被害者ではない。犯人だ。しかも、事件が探偵小説らしく盛り上がることを期待した人間の仕業なので、「暗号が記された紙切れ」は犯人が誤って落としていったものではなく、意図的にその場に残したものと言える。犯人が暗号を残したとなると、そこに自分が疑われるようなヒントなど書くはずがない。仮に、犯人が誤って「暗号の紙切れ」を落としていったとしても、そもそも犯人が「自分が犯人だ」という暗号を書く必然性は最初からなかった。

だから、君が指摘したように、あの暗号から「両足と片手のないホームレスなら、二階の窓にはめられた鉄棒の狭い隙間からでも土蔵内に侵入出来る」と連想されることも十分に予見出来たわけで、もしホームレスが犯人なら、そんな自分が捕まるような暗号など残すはずがない。したがって、あの暗号は、被害者が犯人を示したダイイング・メッセージではなく、「犯人は身体障害者のホームレスだ」と思わせるための偽装なのだ。ということは、「犯人はホームレスではなかった」という結論に達する。要するに犯人は、別人を犯人だと思わせるために、暗号を意図的に犯行現場に残したのだ。

　それと、あの暗号の「絵」を見ていると、先ほど僕が言った「錠」と「鍵」のトリックを思い出させる。長い棒が「鍵」で、四角いのが「錠」だ（図を参照）。まるで、「鍵」で「錠」を開けている場面に見えないか？　犯人はあの絵を見せることによって、死体の下から発見された「鍵」で、土蔵の扉の「錠」が開くのだ、と我々の潜在意識に訴えた。まさか、「錠」と「鍵」がバラバラだとは思わせないために。いずれにしても、あの「暗号」は我々を誤った方向に誘導するための道具として使われたのだ。

先程の「密室」の件も同じだ。もしホームレスが犯人なら、あんな手の込んだ密室工作などしたはずがない。なぜなら、あの密室状況から、錠前が掛かった土蔵の扉からは誰も中に入ることが出来ず、犯人は二階の窓からしか土蔵内に入れないと判断される。その結果、君が指摘したように、二階の窓にはめられた鉄棒の狭い隙間を通過して、土蔵内へ侵入出来るのは「両足と片手のないホームレスだけだ」と証明されてしまうからだ。もしホームレスが犯人なら、わざわざ自分が疑われるような「密室状況」を作るわけがないのだ。それに身体障害者のホームレスは、窓にはめられた鉄棒の狭い隙間を通過出来たとしても、それ以前に、あの不自由な体では梯子《はしご》を登って二階に辿り着くことが出来ない。それに対する、君の出した解答は「共犯者がホームレスを担《かつ》いで、梯子《はしご》を登った」というものだったが、これは荒唐無稽《こうとうむけい》で、説得力がない。ホームレスにしても、共犯者にしても、そんな苦労をしてまで「密室状況」を作ったとしても、得るものは何もないのだ。君にしては、ずいぶん稚拙《ちせつ》な推理だね。いずれにしても、あのホームレスはこの事件とは無関係だ。

ところで、君は手紙の中で、犯行現場となった土蔵の状況を、「まさに探偵小説で言うところの『密室』というやつじゃないか！」と強調していたが、通常の犯罪では、あそこまでやる必要はない。もし僕が犯人で、ホームレスに罪を着せようとするなら、誰にも見つからない土蔵内で姉崎未亡人を殺したあと、彼女の死体を外へ出し、庭に横たえる。そして、姉崎邸の門をわざと開けておく。さらに警察に「あのホームレスが姉崎邸の付近でずっと座っていた」と証言するな。そうすれば、あの不自由な体でも、何とか姉崎邸の庭まで辿り着くことが可能だと判断されるだろう。それに、あのホームレスは日常的に姉崎邸の付近の空地で路上生活をしていたようだし、事件の起きた日も、彼はずっと姉崎邸のそばで座っていたことになる。しかも、あれほど独特な風貌のホームレスなら、君以外にも、きっと多くの人々が彼を目撃していたはずだ。ならば、あのホームレスが「誰ソレを目撃した」と警察に証言しても、そのホームレス自身が真っ先に疑われるだろう。いずれにしても、こんな手の込んだ「密室」や「暗号」を拵《こしら》えなくても、もっと簡単な偽装が出来たのだ。

つまり、わざわざ苦労して、不可解な密室状態や暗号を作ったという事実に、僕は「作為」を感じる。それに、仮に犯人をホームレスだと思わせる「密室状況」や「暗号」を作ったとしても、そのメッセージを理解する人が現れるという保証もない。要するに、「密室」にしても、「暗号」にしても、さらに「美女の全裸死体」にしても、どう考えても、愛好家が喜ぶ探偵小説の〝匂い〟を意図的に演出しているように思えてならないのだ。どうやら、この犯人はよほどの探偵小説ファンであり、自分の緻密な犯行を誇示したがっている。しかも、それが小説として発表されることさえ望んでいるようだ。これは、とりも直さず、犯人が自己顕示欲の強い人間である証拠だ。だいたい、犯罪者というのは、そういう人種が多いらしい。自分を認めてもらえなかったから、それに対する復讐として、犯罪に走るというケースも多いのだ。だからこそ、犯行を行う時は「これ見よがし」に大胆なことをする犯人もいる。特に緻密な計画犯罪をする犯人は、自分が頭が良いことを自慢したがる。だから、今回の姉崎未亡人の殺害事件のように、警察が頭をかかえるような「密室」や「暗号」まで作り出し、探偵小説的にしてしまったのだ。

このような虚栄心の強い人間は、自分が信頼していた人間から裏切られた時は、人一倍「怒り」が爆発する。この未亡人殺害事件の動機もそこにあると思う。被害者の姉崎曽恵子は、まだ三十を少し越したばかりの美しい未亡人だ。当然、多くの男たちが狙っている。夫に死に別れた彼女も、別の男を探していた可能性がある。姉崎未亡人に「男関係」があっても、何ら不思議ではない。君は姉崎曽恵子という女性について、「その美貌からは想像も出来ないほど、気性が激しい」と書いていた。そういう女性は恋愛感情も激しい代わりに、移り気も激しい。したがって、ある男性と関係を持っても、その後、さらに魅力的な男性が現れたら、そちらに乗り換えることも十分にあり得る。そして、自分を振った姉崎未亡人に対し、人一倍虚栄心の強い男は、烈火のごとく憎しみが燃え上がり、殺意が生まれた。

尚、「第一信」を読むと、姉崎未亡人の死体発見後、捜査官たちが土蔵内、姉崎邸の室内、庭園を綿密に検証したが、犯人の指紋や足跡、そして凶器は発見されず、犯人の侵入経路、および逃走経路も不明だったと書かれている。

まず、犯人の侵入経路だが、先程も書いたように、犯人は姉崎未亡人と親しい人間だ。未亡人の死亡推定時刻は「その日の午後」という漠然とした事しか分かっていないものの、その日、姉崎家では未亡人と同居していた中学生の一人息子と書生は不在、女中も昼すぎから午後四時半頃までは留守にしていた（「第一信」を参照）。つまり、犯行が行われた日の午後というのは、土蔵内も含め、姉崎邸では未亡人だけしかいなかった時間が長かったことになる。だからこそ、その時間帯を狙って、姉崎未亡人と恋人（犯人）が土蔵内で密会していたと考えられる。したがって、未亡人は親しい犯人を土蔵内へ入れるために、事前に屋敷の門の鍵を開けていたか、あるいは自分で犯人を招き入れたか、いずれにしても、犯人は簡単に姉崎家の敷地内へ入ることが出来たし、土蔵内に入ることも出来た。犯人の逃走経路も、前述のように、その時間帯は、屋敷内に家族の者がいなかったので、犯人は誰にも見つからずに、土蔵から外へ出て、姉崎家の敷地から外へ出ることが出来た。その際、犯人の足跡がどこからも発見されなかったというが、犯人は土蔵内では靴を脱いだと思われるし、犯人が靴を履いて移動したのは屋敷の門から土蔵までの往復だけだ。そこで、たとえ足跡がついたとしても、先程も書いたように、その日の午後、姉崎邸では長い間、未亡人以外は誰もいないことを知っていた犯人は、誰にも見つからずに、足跡を消す時間が十分にあることも知っていた。

犯行現場に犯人の指紋がなかったというが、何度も言っているように、犯行時刻には、姉崎家には未亡人以外は誰もいなかったし、犯人も邪魔者が入らないことを認識していた。したがって、犯人が犯行後に指紋を拭き取ったり、手袋をはめて「密室状態」を作る時間的余裕は十分にあったと思う。凶器の剃刀が発見されなかったということは、犯人が持ち去ったことになる。凶器についた指紋を拭き取れば、別に持ち去る必要はないが、犯人は凶器の剃刀の出所《でどころ》から足が付くことを恐れたのかも知れない。

第二の殺人、すなわち「黒川鞠子さん殺し」の犯人が、第一の事件「姉崎未亡人殺し」の犯人と同一人物であるかどうかは即断出来ない。「二人とも、同じ人の手にかかって死ぬのです」と言ったのは、あくまで龍ちゃんだけで、しかも単なる予言だ。しかし、この二つの事件には、類似点があまりにも多すぎる。被害者が美女だったこと、被害者の死体が全裸だったこと、被害者の死体に男と性交した痕跡があったこと、被害者の死体が血まみれだったこと、被害者の致命傷が「右頸動脈《みぎけいどうみゃく》の切断」だったこと、犯行現場に前回の事件と同じ絵柄の「暗号」が残されていたこと。通常、連続殺人を犯す犯人は、それぞれの犯行状況の類似性から犯人が特定されることを恐れ、わざと違う方法で殺すものだ。逆に、わざと類似点を多く残し、自分が何度も大胆な犯行を成し遂げたことを誇示する虚栄心の強い犯人もいる。前回の「姉崎未亡人殺し」で、犯行現場に探偵小説的な〝演出〟をした犯人がこのタイプだ。したがって、第一の殺人と第二の殺人では、犯人に同じ〝匂い〟を感じる。恐らく、同一人物だろう。

ならば、今度の「鞠子さん殺し」の事件も、「姉崎未亡人殺し」の事件のケースと同様、犯人は自分の犯行を誇示し、探偵小説的になることを望んでいることになる。もしこの事件が小説化されるなら、降霊会の夜、龍ちゃんが「二人とも、同じ人の手にかかって死ぬのです」と予言したため、その予言通り、二つの事件の犯人は同一人物でなければならない。予言が的中したほうが、読者が喜ぶからだ。だから犯人は、黒川鞠子さんを殺す時も、犯行現場に姉崎未亡人を殺した時との類似点を多く残し、世間の人々に、同じ犯人が二人を殺したという印象を与えた。そう考えると、しっくりくる。尚、二つの事件の犯人が同一人物であることが知られてしまうと、警察にとっては、犯人が絞りやすくなる。なぜなら、「二つの事件に共通してアリバイがなかった人物」という観点からも、犯人が特定しやすいからだ。つまり、二つの事件に類似性を示すと、かえって犯人にとっては危険なはずだ。にもかかわらず、犯人が敢えて「類似性」を多く残し、事件のヒントを我々に示したのは、探偵小説では、犯行現場の状況から事件の真相を推理するという筋書きが必要であり、そのような「捜査過程」がなければ、探偵小説として失格だからだ。もちろん犯人自身も、たとえヒントを与えても、自分は捕まらないという確信があったのだろう。この犯人は、相当な自信家なのだ。

尚、黒川鞠子さんが殺される直前に男と性交していることが分かっているが、君は手紙の中で、「その性行為が同意によるものなのか、強制なのかは不明」と書いている。僕はこれを読んだ時、笑ってしまった。もし同意による性行為ならば、前回の姉崎未亡人の殺害方法と同じで、恋人同士が「愛の営み」をしている最中に、男が隙を見て、鞠子さんを殺したことになるが、彼女の死体が発見されたのは、屋敷の庭だぜ。十二月の寒い時期に、男女が外で素っ裸になって性行為をしたというのかい？　男はその気でも、女にそんなことは強要できないだろう。したがって、これは「同意の性行為」ではあり得ない。今度の鞠子さんの事件は、姉崎未亡人の事件とは少し様子が違っていたと思う。

深夜、黒川博士邸にやって来た犯人は、呼び出した鞠子さんと敷地内の庭園で落ち合う。そこで犯行に及ぶのだが、犯人はまず最初に隙を見て、鞠子さんの右頸動脈《みぎけいどうみゃく》を切り、殺害した。その後に彼女を裸にし、体中に傷を負わせた上で、死者を強姦《ごうかん》したはずだ。つまり、前回の事件の時とは「順番」が逆だったと思われる。なぜなら、逢《あ》いに来た男がいきなり自分を裸にしようとしたら、さすがに鞠子さんも不審に思うだろうし、彼女が大声を上げたら、屋敷内にいる家族の者に聞かれてしまうからだ。鞠子さんを殺したあとでなければ、彼女を裸にすることは出来ないし、体に傷を負わせることも出来ないし、性行為に及ぶことも出来ない。

ちなみに、土蔵で起きた「姉崎未亡人殺し」では、未亡人が殺される直前に男と性交したことは分かっているものの、未亡人と性行為をした男は実は犯人ではなく、ただの恋人であり、その恋人が未亡人と別れ、土蔵から普通に帰ったあとに、その土蔵にやって来た別の女が姉崎未亡人を殺した可能性もわずかに残っていた（龍ちゃんには不可能だが）。しかし、今度の「黒川鞠子さん殺し」では、ただの恋人が鞠子さんと同意の上で「外」で性行為をした可能性がないことから、恋人同士の「営み」が終了し、男が庭園から普通に帰ったあとに、別の女が庭園にやって来て、鞠子さんを殺したという説は成り立たない。したがって、「鞠子さんと性行為をした人物＝犯人」であり、「犯人＝男」という結論に達する。しかも、第一の殺人と第二の殺人は同一犯による犯行である可能性が高いことから、「姉崎未亡人殺し」も、やはり「犯人≠女」である。

龍ちゃんが「又一人、美しい人が死ぬ。前と同じく、むごたらしい殺し方で」と予言してしまったもんだから、犯人は「美しい人」を「むごたらしい殺し方」で殺さざるを得なかった。必ず当たる予言者がいたほうが、探偵小説らしく盛り上がるからだ。だから、犯人は十八歳の美少女を殺し、全裸にし、彼女の体を血まみれにし、強姦《ごうかん》したのだ。この犯人は、事件を劇的な状況に盛り上げるためなら、人の命を奪うことも厭《いと》わない異常者なのだ。要するに、犯人にとっては、当初は黒川鞠子さんを殺す動機もなく、殺す計画もなかった。犯人が本当に殺したかったのは、姉崎未亡人だけだったのだ。しかし、探偵小説としての完成度の高さを目指すためには、龍ちゃんの予言は絶対に的中しなければならず、したがって、黒川鞠子さんは必ず殺されなければならなかった。

犯人がどうやって、鞠子さんを深夜に屋敷の庭園に呼び出したのかは分からない。しかし、鞠子さんにとって、その犯人は信頼出来る人だったのだろう。これは僕の想像だが、恐らく、犯人は鞠子さんをこんな言葉で誘ったと思われる。

「次に命を狙われているのは、君だ。なぜなら、『美しい人』という条件に当てはまるからだ。そして、犯人はこの屋敷内にいる。前回の龍ちゃん襲撃事件の時と同じように、犯人は深夜に犯行に及ぶだろう。君は龍ちゃんと違って、夢遊病で外に出ることはない。ということは、犯人は、君がベッドで寝ている時に襲いに来るはずだ。だから、君は夜中に屋敷からこっそり庭園に逃げるんだ。私が外で待っているから。そして、犯人を暴いてあげる」

鞠子さんから見れば、夜は屋敷のドアにも、自室のドアにも鍵が掛かっているが、屋敷の中に犯人がいたのでは、防ぎようがない。家族も女中も、鞠子さんの部屋のドアの鍵を持っているからだ。彼女は、まさか父親である黒川博士が自分を殺すはずがないとは思っていたが、龍ちゃんには霊感があるし、得体の知れない少女だから、不気味さを感じていた可能性はある。黒川夫人とは血がつながっておらず、母子関係も良かったかどうか疑問だ。だから鞠子さんは、黒川夫人も疑っていたかも知れない。女中だって信用出来ない。ましてや鞠子さんからすれば、降霊会の夜、龍ちゃんが自分に近づき、「執念深い魂が、この人を狙っているのです」と予言したものだから、次の犠牲者は自分だと確信していた。龍ちゃんが襲われた時は、龍ちゃんが犠牲者かとも思ったが、「犯人は龍ちゃんの予言を阻止するために彼女を襲っただけ」という可能性もあり、鞠子さんはやはり本当の犠牲者は自分だと確信したに違いない。そして鞠子さんは恐怖のどん底に陥っていたので、余計に犯人の嘘の言葉を信じてしまった。

そして、夜中に黒川博士邸の庭園にやって来た犯人は、鞠子さんに「君を守るために来た」と伝え、彼女を殺した。

ちなみに黒川鞠子さんの事件の犯行現場にも、姉崎未亡人の事件の犯行現場に残されていたのと同じ絵柄の「暗号」が残されていた。「第六信」で、君は「全く違う二人の被害者が、偶然にも全く同じ絵柄の暗号を書くとは思えない。したがって、これは被害者が残したダイイング・メッセージとは思えない」と推理したが、これは鋭い指摘だ。しかし、僕は全く違う理由で、暗号は被害者が残したものではないことが分かった。鞠子さんの死因は「右頸動脈《みぎけいどうみゃく》の切断」だ。つまり、姉崎未亡人のケースと同じであり、黒川鞠子さんもやはり即死であり、暗号を書くことは出来なかったからだ。さらに、それ以前は、彼女は犯人を示す暗号を書く必然性がなかった。なぜなら、(これも姉崎未亡人の事件と重なるが)鞠子さんが犯人の嘘の誘いに応じて、深夜の庭園にのこのこ現れたということは、彼女は自分が殺されるとは思っていなかったからだ。

いずれにしても、今度の暗号も、犯人が意図的に残していったものだ。なぜ暗号を残した? 前回の事件との類似性を演出するという目的もあっただろう。しかし、暗号を残すからには、その暗号に何らかの「意味」がなければ、探偵小説としては失格だ。姉崎未亡人の事件で残された暗号は「犯人はホームレスだ」というダイイング・メッセージ(実際には偽装だが)の意味があったが、今度の暗号には何の意味があったのか? 前にも書いた通り、この「鞠子さん殺し」は当初は犯人の計画にはなかった。あの暗号は姉崎未亡人を殺す時にだけ使うつもりだったはずだ。しかし、龍ちゃんがあんな予言をしてしまったもんだから、犯人がそれに合わせて、鞠子さんを殺さなければならなくなった。先程も言ったように、龍ちゃんが「二人とも、同じ人の手にかかって死ぬのです」と予言したため、二つの殺人事件の犯人は同一人物でなければならず、探偵小説的にするためには、「同じ暗号」という類似点を残さなければならなかったわけだが、あの暗号には、それ以上に大きな理由があった。実は、姉崎未亡人の殺害事件と黒川鞠子さんの殺害事件には、最も注目すべき共通項があった。それは「被害者の女が殺される直前、または直後に男と性交している」という点だ。あの暗号の「絵」を、もう一度よく見てみたまえ。あれは、男が女を強姦《ごうかん》している場面にほかならない。これが、あの「暗号」の本当の意味だったのかも知れない。自分は二人の美女をモノにした、という強い満足感と、それを他人に誇示したいという、まさに自己顕示欲の表れだ。

要するに、「姉崎未亡人殺し」の犯人と「黒川鞠子さん殺し」の犯人は、共に自分の犯行を世間に示し、自己アピールしたい人間であり、したがって、同一人物である可能性が非常に高いのだ。

ここまで考えると、二つの殺人事件の間に起きた「龍ちゃん襲撃事件」の動機が、「犯人を知っている龍ちゃんの口をふさぐために、彼女を殺そうとした」という君の説には賛成出来ない。この事件もやはり、自分の犯行が探偵小説的になり、盛り上がることを望んでいる犯人の仕業だ。したがって、龍ちゃんの「美しい人が死ぬ」という予言に意図的に合わせるために女性を殺そうとしたと見るべきだ。

何度も言っているように、当初の犯人の計画は、姉崎未亡人を殺すことだけだった。しかし、龍ちゃんが「次の犠牲者」を予言したものだから、犯人は降霊会に参加したメンバーの中で、犠牲者の条件に当てはまる三人の女性のうちの誰かを殺さなければならなくなった。一番楽に殺せるのは龍ちゃんだ。なぜなら、彼女は目が見えないし、夢遊病という病があるからだ。だから、犯人は「龍ちゃんが『盲目』であり、なおかつ『夢遊病』であることを知っている人物だ」という君の説には大賛成だ。そうなると、龍ちゃんの家族か、心霊学会の会員たちが怪しい。行《ゆ》きずりの犯人では決してない。

しかし、犯人は龍ちゃんを殺すのに失敗したため、標的を黒川鞠子さんに変えたのだろう。いずれにしても、龍ちゃんを殺そうとした理由は、姉崎未亡人や黒川鞠子さんを殺したのと同じ理由、すなわち「自分の犯行を誇示するため」であり、犯人も同一人物だろう。

この事件で、特に僕の興味を惹いたのは、「龍ちゃん」の存在だ。彼女は、この事件に大きく影響を及ぼしている。彼女が降霊会の夜に、「姉崎未亡人を殺した犯人を知っている」と宣言したものだから、「それを恐れた犯人が龍ちゃんの口をふさぐために、彼女を殺そうとした」などという説が出たり、犯人が龍ちゃんの予言通りの殺人をするという恐ろしい事件にまで発展したからだ。実際、心霊学会の会員たちは龍ちゃんの予言を確信していただろう。その結果、この事件を実際以上に神秘的なものにしてしまったのだ。

ところで、僕は「霊感」というものを信じない。だから、龍ちゃんの「予言」についても、実は疑わしいと思っているんだ。彼女が降霊会の夜に、「また、美しい人が死ぬ」と予言し、実際に美少女の鞠子さんが殺されたが、それが的中したのは、犯人が意図的に「予言」に合わせようとして、あの少女を殺したからに過ぎない。降霊会が始まる直前にも、黒川夫人が「龍ちゃんは姉崎未亡人の死を予言していた」と言ったが、その言葉を詳しく聞くと、夫人は「龍ちゃんが、『誰か女の人がむごたらしい死に方をする』と予言した」と言っているだけで、それが「姉崎未亡人」だとは言っていない。また夫人は「龍ちゃんは、姉崎未亡人の死ぬ日も時間もピッタリ当てた」とも言っているが、その夜は降霊会があり、これから幽冥界《ゆうめいかい》を再現するという〝雰囲気〟があった。だから、夫人は心霊学会の会員たちに対するサービス精神として、多少大げさに言った可能性も否定出来ない。その他、心霊学会の会員の熊浦氏も「龍ちゃんの予言は十中八九、的中する。彼女が出鱈目《でたらめ》を言ったことは一度もない」と言っているが、この熊浦氏というのは心霊学会を創立した人だよね。つまり、霊感というものを最初から盲目的に信じている人間だ。こういう人種は、何かを確かめようとする時、「霊感は必ず存在する」という先入観を持って、物事を観察する。そのため、「結果」を、自分に都合の良いように解釈する傾向がある。第三者による公平な判断とは言えない。

あと、黒川鞠子さんが深夜に庭園で殺される前後にも、龍ちゃんは屋敷内の書斎で、「鞠子さんが危ない!!」と予言し、見事に的中させた。これに関しては、同じ夜に、黒川夫人が寝室で、鞠子さんと思われる女性の叫び声を聞いており、同じ屋敷内にいた龍ちゃんも同じ叫び声を聞いた可能性がある。だから龍ちゃんは本能的に「鞠子さんが危ない」と感じ取ったとも考えられるのだ。さらに、降霊会の時も、その他の時も、龍ちゃんに「織江」という別人の霊が降りて来るというが、多重人格症の人がいることは医学的にも証明されているし、これはあくまで「脳」の問題なのだ。本当に霊が降りて来たとは断定出来ない。ただし、龍ちゃん自身は、自分には霊感があると信じているようだ。この少女には、何らかの治療が必要かも知れない。

僕の手紙もいよいよ大詰めに近づいた。

さっきから、僕は「犯人」という言葉を何度も使っているが、その犯人が誰なのかを明言してこなかった。それは、祖父江君にも見当がついていると思ったからだ。しかし、あえて論理的に犯人を絞っていくことにする。

まず、姉崎未亡人の殺害事件だが、「第一信」を読むと、例のホームレスが警察に、犯人の目撃情報を証言している。先程も書いたように、このホームレスは犯人ではないため、彼の証言は信用出来る。それによると、犯行時刻と思われる午後の時間帯に、姉崎邸の門に入って行った人物が二人いたということだった。そのうちの一人は男で、もう一人は女だ。被害者は女で、彼女は土蔵内で殺される直前に男と性交していたことが分かっているので、犯人は男のほうだ。そのホームレスの話によると、姉崎邸へ入った男は、「黒い洋服に、黒いソフト帽をかぶった中年の紳士」ということが分かっている。この男は一体誰だったのか？

君の手紙に、この事件の際、姉崎家の邸内において、盗難品は一つもなかったと書かれており、「物取り」の線は既に消えている。やはり、「黒いソフト帽の男」は姉崎未亡人の恋人であり、彼は自分を裏切って、別の男と会っていた未亡人に復讐するために、殺したのだ。既に書いたように、姉崎未亡人は家族や女中が留守中の時間帯を狙って、「黒いソフト帽の男（犯人）」と土蔵内で密会したのだ。

ところで、「第二信」を読むと、この事件の四日後に行われた例の「降霊会」の直後、君と心霊学会の男性会員たちは、姉崎未亡人が殺されたと思われる九月二十三日の午後零時半から四時半頃までの自分たちのアリバイについて申し立てている。槌野《つちの》氏、園田氏、熊浦氏、そして祖父江君がそれぞれ自分のアリバイを主張しているが、君以外の三人の証言は「アリバイ」とは言えないほど、危なっかしいものばかりだ。君が主張した「午後からずっと勤め先の新聞社にいた」という証言が唯一、第三者の確認が取れるものに見えた。しかし、その場にいたのは君と君の友人ばかりで、警察官はいない。君の友人は、わざわざ君の務め先の新聞社まで行って、事実を確かめることはしないだろう。それにもかかわらず、君は手紙の中で「一応は皆アリバイが成立した」と書いている。推理好きの君としては、随分ズサンだね。こんな探偵小説が発表されても、読者は納得しないぜ。

今言ったように、君以外の三人、すなわち槌野氏、園田氏、熊浦氏は、「姉崎未亡人殺し」でのアリバイが曖昧だし、三人とも「龍ちゃん襲撃事件」でもアリバイがない。さらに三人とも霊感を信じているので、当初の龍ちゃんを襲った犯人像である「姉崎未亡人を殺した犯人を知っている龍ちゃんの口をふさぐため、彼女を殺そうとした人物」という条件に合致する。しかも、三人とも心霊学会の会員なので、「犯人は龍ちゃんが盲目であることを知っている人物」という条件にも当てはまるし、特に熊浦氏は「龍ちゃんが夢遊病であることを知っていた」という条件も満たしている。もちろん、この三人は全員、黒川邸の書斎で行われた「降霊会」に参加していた。だから、龍ちゃんの「犯人はこの部屋の中にいる」という予言とも一致しているのだ！　しかし、犯人が龍ちゃんの宣告を怖れて彼女を殺そうとしたということは、その犯人は姉崎未亡人を殺した人物でなければならない。先程も言ったが、姉崎未亡人を殺した犯人は、この未亡人と恋愛関係にあり、彼女が土蔵内で二人っきりになることを許すほどの親しい人間だ。前述の三人のうちの誰かが姉崎未亡人と恋愛関係にあったなんて、僕には到底信じられない。なぜなら、園田氏は人前でも服装を全く気にしない、心理学に没頭しているだけの学者くさい男だし、槌野氏は貧乏な独り者で、坊主頭にチョビ髭を生やした身体障害者だし、熊浦氏は、地位も資産もなく、僅かな収入しかなく、性格も陰険で、妻子さえ全くない孤独者だ。彼は「人を訪ねたり、訪ねられたりすることの殆《ほとん》どないような生活をしている」というほどの厭人《えんじん》的な男で、「妖怪」という渾名《あだな》さえついている。姉崎未亡人が、この気味の悪い連中を相手にするとは思えないからだ。それに、「密室」「暗号」といった偽装工作は探偵小説の愛好家が好むものだ。あの三人は探偵小説というよりは、心霊現象に関心のある連中だろう。

彼らが姉崎未亡人を殺していないのなら、龍ちゃんを襲う理由もない。では、彼らは別の動機で龍ちゃんを殺そうとしたのか？　しかし、龍ちゃんと園田氏、槌野氏、熊浦氏はお互い心霊学会の会員同士であり、仲間なのだ。しかも、あの三人は龍ちゃんの霊感を崇拝し、尊敬している。彼らに、龍ちゃんを殺す動機などあるはずがない。唯一の考えられる「龍ちゃん殺し」の動機は、僕が前に推理したように、「龍ちゃんの予言に意図的に合わせ、探偵小説らしく盛り上げるため」というものだ。しかし、そうなると、この三人は自分の犯行をドラマティックにして、他人に誇示したい人物ということになる。これまで、殺人未遂も含めれば、三つの犯罪事件が発生しているが、だいたい、「犯行現場を探偵小説らしく演出する」とか、「予言に意図的に合わせるために、人を殺す」などという異常殺人者が、二人も三人もいるとは思えない。犯人は一人だろう。ならば、姉崎未亡人殺し、龍ちゃん襲撃事件、黒川鞠子さん殺しの三つの事件の犯人は全て同一人物である。もし、園田氏、槌野氏、熊浦氏のうちの誰かが、「予言に意図的に合わせるため」という理由で、龍ちゃんを殺そうとしたのなら、その人物は「姉崎未亡人殺し」の犯人でもあり、犯行現場を探偵小説らしく「密室」にしたり、「暗号」を残した人物でなければならず、なおかつ、その人物は「黒川鞠子さん殺し」の犯人でもあり、犯行現場に意図的に姉崎未亡人の事件との「類似性」を多く残した人物でなければならない。僕には、自分の殻《から》に閉じこもっているだけの、あの孤独で暗い三人と、「自分の犯行を世間にアピールしたい人物」という犯人像が、どうしても結びつかないのだ。先ほど指摘したように、この三人のうちの誰一人として、姉崎未亡人と一緒に土蔵内で「甘い時間」を過ごし、そこで彼女を殺した犯人とは思えないという時点で、その三人は龍ちゃんを襲った犯人でもないし、黒川鞠子さんを殺した犯人でもないことになる。それに黒川鞠子さんの殺害事件でも、この冴えない三人のうちの誰かが、鞠子さんと深夜に庭園で密会するほど、彼女と親密な関係だったはずがない。彼らは、十八歳の鞠子さんとは年齢も離れすぎているし、あくまで心霊学会の会員同士という関係でしかなかっただろう。もちろん、君が「第六信」で指摘したように、犯人が鞠子さんの恋人の名前を騙《かた》って、ニセの手紙で鞠子さんを誘い出した可能性はある。しかし、鞠子さんの両親は「娘に男友達がいるという話は聞いたことがない」と証言していることから、仮に鞠子さんに恋人がいても、彼女は周囲には内緒で、その男と付き合っていたことになる。そもそも深夜に男と密会するという行為自体が、「周囲には内緒で」という意味合いが強い。そして、犯人はニセの手紙で鞠子さんを誘う時、「差出人」の名前を書いたはずだ（相手を安心させるために）。前述の三人が、鞠子さんが秘密にしている恋人の名前を知っているほど、彼女のプライベートに精通していたとは思えない。よって、この三人の中に、鞠子さんを殺した人物がいるとは考えられない。

いずれにしても、「犯人像」「殺人の動機」「殺人の機会」「被害者との接点」など、あらゆる点から考えて、園田氏、槌野氏、熊浦氏の三人がこの一連の事件に関与していなかったことは殆《ほとん》ど決定的だ。

犯人は男と分かっているわけだが、事件関係者の中で男性というと、黒川博士もそうだ。博士は前三者とは正反対で、資産家で、しかも前途の明るい官学の教授で、なおかつ社交家ときている。博士は姉崎未亡人とは同じ心霊学会の会員同士なので、博士が秘かに未亡人と不倫関係にあったとしても不思議ではない。そして黒川博士が、自分を振って、若い男に乗り換えた姉崎未亡人に復讐したという構図も思い浮かぶ。それに、君の手紙には「姉崎未亡人殺し」における黒川博士のアリバイに関する説明がないし、何と言っても、博士のような頭の良い人物なら、土蔵内の不可解な「密室トリック」を考案したり、一部の人にしか解読出来ない難解な「暗号」を生み出すことも可能だ。加えて、黒川博士は学者として高い名声を獲得している。虚栄心とまでは言えないにしても、この博士は多くの人々から脚光を浴び、尊敬されるという優越感を既に知っている。ならば、誰にも見破れない完全犯罪を成し遂げ、それをアピールするために小説化し、（自分の正体は明かされなくても）世間から、「犯人は天才的犯罪者だ」と注目される快感を欲していたとしても不思議ではない。また、「龍ちゃん襲撃事件」に関しても、黒川博士は龍ちゃんが盲目であることも、夢遊病であることも知っており、僕が前に指摘したように、博士が空地で「自作自演」をして龍ちゃんを襲った可能性もあった。それに黒川博士も「降霊会」に参加しており、龍ちゃんの「犯人は、今私の前にいる人です」という予言とも合致する。しかし、前述の三人の男を推理した時にも指摘したように、この三つの事件には全て探偵小説的な〝演出〟が施されているという共通点があることから、犯人は全て同一人物だと思う。ならば、たとえ黒川博士が土蔵内で姉崎未亡人を殺したり、空地で龍ちゃんを襲った犯人だったとしても、最後の事件で引っかかる。なぜなら、黒川鞠子さんが深夜に屋敷の庭園で殺された時、黒川夫人が寝室で娘の悲鳴を聞いており、その時、黒川博士は夫人の隣のベッドでぐっすり眠っていたからだ。博士にはアリバイがあるのだ。もちろん、親族の証言は「アリバイ」としては認められないが、父親が愛娘を殺したとは思えないし、殺す動機もない。ただし、過去に起きた多くの殺人事件では、犯人が被害者の親族だったというケースは珍しくないし、黒川博士が異常殺人者で、単に「予言に意図的に合わせるため」という理由だけで、鞠子さんを殺した可能性がないとは言えない。しかし、もし黒川博士が犯人なら、彼は鞠子さんの恋人の名前を騙《かた》って、ニセの手紙で鞠子さんを深夜の庭園に誘い出したことになる。しかし、黒川博士は警察から鞠子さんの交友関係を訊かれた時、「娘に男友達がいるという話は聞いたことがない」と答えており、博士は鞠子さんの恋人の名前を知らなかったはずだ。「知っているのに、知らないフリをした」という可能性もあるが、もし黒川博士が鞠子さんの恋人の名前を知っていたのなら、なおさら、その男に罪を着せる絶好のチャンスであり、博士はその男の名前を警察に言ったはずだ。その名前を言わなかったのは、本当に知らなかったからだ。また、黒川博士が最初から「父親」として、鞠子さんを庭園に呼び出し、そこで娘を殺したとも考えられない。実の親子が、なぜ深夜にこっそり外で密会しなければならないのか？　そこで、鞠子さんは不審に思うはずだからだ。最後の可能性としては、黒川博士が屋敷内で鞠子さんと二人だけでいる時に、隙を見て彼女を殺したあとに、その死体を庭園に運んだ、という説だ。しかし、これも難しい。仮に、黒川夫人が寝室で聞いた若い女の悲鳴が、実は外から聞こえたものではなく、屋敷内で黒川博士が鞠子さんを殺そうとした時に、彼女が上げた悲鳴だったとしても、夫人はその後、すぐに母屋も別棟も、屋敷中を全て探しているのだ。その間、夫人は黒川博士が鞠子さんの死体を屋敷から外へ運ぶ姿を目撃していない。ただし、夫人の「女の悲鳴が聞こえた時、夫は隣のベッドで眠っていた」の証言と同様、やはり妻の話は親族の証言であり、「アリバイ」とは認められない。そのため、夫人は博士をかばうために、「何も見なかった」と虚偽の証言をした可能性もある。しかし、自分の愛娘を殺すような残忍な男を、黒川夫人がかばうとは思えない。それに、鞠子さんの死体が黒川邸の敷地内の庭園で発見されれば、当然、家族の者に疑惑の目が向けられる。しかも、犯人は男と分かっているため、黒川博士は自分が疑われることを十分に認識していたはずだ。突発的な犯行ならともかく、これまで起きた一連の犯行は全て緻密な計画殺人である。もし父親が娘を殺したのなら、その死体を自邸から遠く離れた場所へ移動させたはずだ。死体を自分の家の庭に放置するなんて、黒川博士のような利口な人間とは思えないほど、拙い犯行だ。どう考えても、鞠子さんを殺したのは博士ではない。

要するに、黒川博士は三つの事件のうち、最初の二件は「動機」「機会」があったことを否定出来ないが、最後の事件では、「動機」があったとしても、「機会」がないし、「矛盾点」も多い。そして、三つの事件の犯人は全て同一人物であるとするならば、黒川博士も容疑者から除外される。

事件関係者の中で、残る男性はただ一人。君の手紙の中で、姉崎未亡人と面識のある人物で、なおかつ、彼女の美しさを強調していた男がいた。君の手紙を読むと、心霊学会の男性会員たちは気味の悪い「変わり者」ばかりのようだが、その男だけは二枚目の部類に入る。僕はその男と会ったことがあるので、知っているのだ。というより、君の手紙の事件に登場する人物の中で、僕が実際に会ったことがあるのは、「その男」だけだ。彼のような魅力的な男なら、姉崎未亡人と恋仲になる可能性は十分にある。この二人は、一定期間交際していたのだろう。しかし、この姉崎曽恵子という女性は、かつて資産家の実業家の夫人だった人だ。それに対し、今付き合っている男は新聞記者で、安月給だ。一時的なロマンスはあったものの、彼以上に「富」も「地位」もある男が現れたら、未亡人は新聞記者なんか捨ててしまうだろう。前にも書いたように、だからこそ、虚栄心の強い「彼」は、〈可愛さ余って憎さ百倍〉とばかりに、あのような残虐な方法で、姉崎未亡人に復讐したのだ。

ねぇ、祖父江君、僕が君の手紙を読んだ時、ちょっと不審に思ったことがあるんだよ。それは、事件発見の日、君が姉崎未亡人の邸宅を訪れ、そこの女中が「夫人の姿が見えず、屋敷中を探しても、見つからない」と話した時、君は「邸内で、まだ女中が探していない場所があることに気づいた。それは土蔵だ」と書いている。君と姉崎未亡人は同じ心霊学会の会員同士だが、学会の例会が行われるのは、いつも黒川博士邸だよね。もちろん、何かを知らせるために、君が姉崎邸を訪れたことはあっただろう。実際、事件の日も、君は黒川博士から依頼され、心霊学会の例会の打ち合わせのために、姉崎邸を訪れたと書いている。しかし、姉崎家の女中でも気づかなかった、敷地内の「土蔵」のことまで知っているなんて、君は随分あの家に詳しいんだね。まるで、それ以前に何度もあの家を訪れ、おまけに土蔵にも行ったことがあるみたいじゃないか。君がいつも土蔵の中で姉崎未亡人と何をしていたのかは知らないが……。つまり、最初から土蔵の存在を知っていた君が一番怪しいのだ。いつも行っている場所なら、土蔵の扉の「錠前」をすり替えることぐらい朝飯前だっただろう。

そもそも、君は「第一信」で、姉崎未亡人の死体発見の様子を伝える前に、「午後五時頃、僕は勤め先のA新聞社からの帰りがけに、姉崎夫人邸に立ち寄った」と書き、あたかも「未亡人殺害の犯行時刻とされる午後零時半から四時半頃まで、自分にはアリバイがあった」という印象を与えようとしているが、君の書いた手紙は、あくまで君の自己申告に過ぎない。

そう言えば、君の手紙の中に注目すべき件《くだり》があった。それは「霊感に興味のない僕が、なぜ心霊学会の会員になったのかというと、同じ心霊学会の会員に姉崎曽恵子という未亡人がいて、僕は彼女の美しさに惹かれたからだ」という箇所だ。君が彼女に好意を寄せていたことは確かであり、しかも、同じ心霊学会の会員同士なら、君と姉崎未亡人がお互い恋に落ちても不思議ではない。前に述べたように、犯人は姉崎未亡人と親しい男であることは容易に分かるし、もし僕に疑われたくなかったら、君が姉崎曽恵子に惚《ほ》れている情報は手紙に書かないほうがよかった。しかし、人というものは、どうしても自分が憧れている人間のことを他人に語ったり、文章に綴《つづ》ったりしたくなるものなんだ。ここに、君の本音が出てしまったのだ。ただし、君たち二人の関係は、他の心霊学会の会員たちには秘密にしていたと思われる。姉崎未亡人は他の男性会員たちの間でもマドンナ的な存在だったというし、君も言いづらかっただろう。それに、姉崎未亡人が殺された事件が起きても、会員の中で誰一人、君と姉崎曽恵子の恋人関係を警察に証言した者がいなかったからだ。

僕が土蔵の密室トリックの種明かしを書いた時にも触れたが、死体の第一発見者である君が、梯子《はしご》で土蔵の二階まで登り、窓の外から暗い室内を覗いた時、倒れている姉崎未亡人が全裸であり、その体が血まみれになっていることを確認したが、彼女はまだ息がある可能性もあった。それにもかかわらず、君は手紙の中で「彼女は息絶えていた」と断言出来たのは、君自身が犯人で、姉崎未亡人が完全に絶命していることを知っていたからだ。君は探偵小説でよく見かける「第一発見者を装った犯人」だったのだ。実際、小説だけでなく、現実の事件でも、警察が第一発見者を警戒することは多々ある。しかし、「第一信」を読むと、姉崎未亡人が殺された事件を捜査している警察官たちが、第一発見者の君に対して、全く疑いの目を向けていない。犯行時刻における、君のアリバイを確認しようともしない。そこが、僕には不思議だった。

いずれにしても、君は姉崎邸で女中と話す数時間前に、既に同じ屋敷に行き、そこの土蔵の中に入っていたのだ。君の手紙に、「その日は未亡人の一人息子も書生も不在で、女中も昼過ぎから午後四時半頃まで留守にしていた」と書かれている。君は姉崎未亡人の恋人だから、当然彼女からその事実を事前に聞いて知っていた。だから君は敢えてその時間帯を狙って、土蔵内で未亡人と密会したのだ。

君は、姉崎未亡人が新しい別の男と会っていることに気づいていたが、敢えて気づいていないフリをして、いつものように、未亡人と二人で土蔵内に入り、そこで「事」に及んでいた。君は「第五信」で、姉崎曽恵子の魅力について、「上品な落ち着きと、攻撃的な情熱の落差が激しい女性だ」と書いていたが、これはひょっとして、君が彼女と体を交えて過ごした瞬間、瞬間に感じた率直な意見だったのではないか……。そして、その最中に、君は秘かに持参した剃刀で全裸の未亡人の体の至る所を切り刻み、流血させ、最後に右頸《みぎけい》動脈《どうみゃく》を切断し、殺した。

ちなみに、数時間後に君が「死体の第一発見者」として、再び姉崎邸を訪れた際、土蔵の扉に掛けられた錠前の状況について、君は手紙にこう書いている。

「僕は錠前の鉄板の表面の埃《ほこり》が、一部分乱れているのを見逃さなかった。それは、ごく最近、誰かが扉を開けて、また閉めたことを示すものではないだろうか」

これは、錠前は事件の日まで、長らく閉めたままの本物だったという印象を僕に与えようとしたのだろう。しかし、君は何度も土蔵内で姉崎未亡人と密会していたと思われるので、錠前には「埃」はついていなかったと思われる。密室トリックの種明かしの時にも指摘したように、警官たちは錠前ごとぶち壊して土蔵内に突入したはずで、したがって彼らは錠前に埃があったのか、なかったのか、確認していないと思う。要するに、「埃」の件は君の自己申告に過ぎず、「錠前」は新しく取り替えた新品のニセモノだったはずだ。

君が姉崎未亡人の死体を発見した時、土蔵の二階の窓が開いていたというのも、最初からおかしいと思っていた。窓が開いていたということは、室内にいる人間が内側から窓を開けたことになる。なぜなら、「第一信」を読むと、そこの女中はあの土蔵について、「扉にはいつも錠前が掛かり、相当長い間、《開かずの間》だった」と認識しており、その言葉から察すると、その間は二階の窓も閉められ、内側からロックされていたと思われるからだ。死体発見時に、二階の窓が開いていたということは、その窓を開けたのは間違いなく、土蔵内で密会していた男女、すなわち、犯人か、被害者だ。そのうちの、どちらが窓を開けたかは重要ではない。どちらが開けたにせよ、「一度開けた窓を閉めずにいた」ということが重要なのだ。被害者は殺され、死んでいるので、生きている犯人が窓を閉めずに、そのまま土蔵から立ち去ったことになる。普通、殺人犯は事件が発覚するのを恐れ、死体を隠したがるものだ。まして、あの土蔵は密閉された空間であり、普段は扉も窓も閉められていた。なのに、二階の窓だけが開いていたら、明らかに家族の者に不審に思われ、土蔵内を調べられ、室内の死体が発見される危険性がある。にもかかわらず、犯人が二階の窓をわざと開けたままにしたのは、犯人の侵入経路が「二階の窓」だと思わせるためだ。両足と片手のないホームレスなら、窓にはめられた鉄棒の狭い隙間からでも室内に入ることが出来ると判断されたとしても、そもそも窓が閉まり、内側からロックされていたら、そのホームレスは窓を通過出来ない。したがって、あのホームレスに罪を着せようと思ったら、二階の窓は絶対に開けておかなくてはならないのだ。その窓のそばに、偶然「梯《はし》子《ご》」があったというのも、都合が良過ぎる。君が二階の窓の外から、室内の姉崎未亡人の死体を発見するという「筋書き」を演じるためには、どうしても建物の外側から二階の窓まで登らなければならない。犯人である体の不自由なホームレスも、共犯者に担いでもらい、二階の窓まで登らなくてはならない。そのためには、絶対に「梯子」が必要なのだ。

あの梯子は、君が意図的にそこに置いたものではないか？　いずれにしても、あの土蔵は、「密室状況」「暗号」「梯子」「開いたままの窓」など、全てが〝作為〟に満ちている。

それと、君の手紙では、姉崎邸に入る直前に路上で見かけた「身体障害者のホームレス」について、やけに長々と描写していたね。君があのホームレスを強調することによって、彼を犯人に見せたがっていたのは、見え透いているぜ。君がわざわざ土蔵内を「密室」にしたり、「暗号」まで拵《こしら》えたのは、自分の犯行を探偵小説として発表したいからだが、これは、「密室」の状況からも、「暗号」の意味からも、犯人は体の不自由なホームレス以外にはあり得ない、と読者に思わせようとしたからだ。それは同時に、君自身は犯人ではない、と思わせるためでもあったのだ。

それと、繰り返すようだが、君が手紙の中で、密室トリックの謎に挑戦した時、「両足と片手のないホームレスなら、身体の体積が小さい分だけ、土蔵の二階の窓にはめられた鉄棒の狭い隙間からでも室内に入ることが出来る」と言っていた。さらに君は「僕は実際にその現場に立ち会い、窓と鉄棒の実物を見たから断言出来る」とも言っていたが、それは君一人の証言であって、僕はその実物を見ていないのだ。そもそも窓に鉄棒がはまっているということは、他人の「侵入防止」のためだと思われる。だとすれば、その鉄棒によって妨げられている窓の隙間は、たとえ身体障害者であっても、人間が通過出来るほどの「ゆとり」のある幅であったとは思えない。

君が姉崎邸へ到着した時、女中が「屋敷中を探しても、夫人が見つからない」と言った上で、「夫人の履き物が一つもなくなっていない」とも証言している。これについては、姉崎未亡人にいつも逢引きしている男がいれば、彼女は女中に見つからないように、秘かに別の靴を隠し持っており、それを履いて土蔵に行った可能性がある。その靴が土蔵内でも発見されなかったようだが、ならば、君が持ち去ったことになる。その理由は、未亡人が屋敷内に一人でいる時、邸内に強引に押し入った見知らぬ犯人が、彼女を裸足のまま連れ去り、土蔵に運んだと思わせるためだ。そうなると、容疑者は「心霊学会」の会員だけではなく、赤の他人にまで広がるという利点も生じる。ちなみに、ホームレスが犯人だった場合は、彼一人では犯行は不可能なので、かつて君が推理したように、ホームレスの共犯者が未亡人を連れ去ったと判断されるだろう。

事件発覚後、通報を受けて、警察や地方裁判所検事の一行が姉崎邸に到着するが、この事件を担当している綿貫《わたぬき》検事が、その日の午後ずっと姉崎邸の付近に座っていたホームレスに、「今日の午後に姉崎邸の門へ入って行った人物はいなかったか？　ここにいる女中さんと、この男の人（祖父江君）の外《ほか》にだよ」と訊いていた。つまり、君は最初から容疑者から除外されているのだ。綿貫氏から、よほど信頼されているんだね。確かに「第一信」に、君は綿貫検事と、以前から面識があった事実が書かれていた。さて、検事の質問に対し、そのホームレスは「姉崎家の門へ入って行った人間が二人いた」と証言している。そのうちの一人は黒い洋服に、黒いソフト帽をかぶった男で、彼は午後一時から一時半までの間に姉崎家へ入ったと思われたが、それは君だね。ホームレスは検事から「祖父江君以外の人物で」と条件づけされていたにもかかわらず、そう答えている。つまり、そのホームレスは「黒いソフト帽の男」を君ではないと思ったことになる。恐らく、君はソフト帽を目深《まぶか》にかぶっていたため、ホームレスは、違う時間帯に姉崎家の門を通過した同じ人間を、別々の人間だと思ったのだろう。「第一信」をもう一度読むと、君が姉崎邸へ入る直前に、その付近に座っていたホームレスを君が長く見つめている様子が描かれているが、これは同時に、そのホームレスも君を長く見つめていたことになる。つまり、君は敢えてホームレスに自分の姿を強く印象付け、それ以前にホームレスが見た人間とは別人だと誤認させたかったのだ。

だから、君が「殺人者」として姉崎邸へ向かう時と、その後に「第一発見者」として姉崎邸へ向かう時は、違う人間に変装しなければならなかった。もっとも、黒い洋服に、黒いソフト帽をかぶっただけでは、変装にはならない。しかし、「第一信」にも書いてあるように、このホームレスは右眼が無く、左眼はあるものの、殆《ほとん》ど見えてないのではないか、という状態だ。あとになって、その左眼は十分に見えることは分かったのだが、この時点では、君はこのホームレスの視力を見くびっていた。だから、君が二回目にホームレスに目撃される時は、単に黒いソフト帽を取り外し、黒以外の洋服に着替えるだけでも、君は十分にこのホームレスを騙《だま》せると踏んだのだ。しかし、万全を期するならば、姉崎邸には正門以外にも門があるので、君は別の門から入れば、あのホームレスには目撃されず、より安全だったはずだ。にもかかわらず、君は敢えて正門から姉崎邸へ入り、ホームレスに自分の姿を目撃させたのは、視力の弱そうに見えたホームレスに「黒い洋服に、黒いソフト帽をかぶった男」を黒川博士だと誤認させようとしたのだ。ちなみに、「第五信」で、君が降霊会の様子を伝えた時、「部屋の中は真っ暗だったので、黒い服を着た黒川博士は暗闇の中に隠れてしまい、彼がどこにいるかも分からなかった」と説明していた。これは、黒川博士が〈黒い服〉を持っているという事実をさりげなく僕に知らせ、彼に疑いの目を向けさせようとしたのだ。と同時に、この事件が将来小説になった場合、読者が黒川博士を疑うように、ミスリードするためでもあったのだ。要するに、君は未亡人と土蔵で密会

郵便はがき

料金受取人払郵便

新宿局承認

7553

差出有効期間
2024年1月
31日まで
（切手不要）

1608791

141

東京都新宿区新宿1－10－1

（株）文芸社

愛読者カード係 行

お名前《ふりがな》			明治 大正 昭和 平成 年生 歳		
ご住所《ふりがな》	□□□-□□□□			性別 男・女	
お電話番号	（書籍ご注文の際に必要です）	ご職業			
E-mail					
ご購読雑誌（複数可）			ご購読新聞 新聞		

最近読んでおもしろかった本や今後、とりあげてほしいテーマをお教えください。

ご自分の研究成果や経験、お考え等を出版してみたいというお気持ちはありますか。

ある　ない　内容・テーマ（　　　）

現在完成した作品をお持ちですか。

ある　ない　ジャンル・原稿量（　　　）

名				
上 店	都道 府県	市区 郡	書店名	書店
			ご購入日	年　月　日

書をどこでお知りになりましたか?
.書店店頭　2.知人にすすめられて　3.インターネット(サイト名　　　　　　　　)
.DMハガキ　5.広告、記事を見て(新聞、雑誌名　　　　　　　　)

の質問に関連して、ご購入の決め手となったのは?
1.タイトル　2.著者　3.内容　4.カバーデザイン　5.帯
その他ご自由にお書きください。
(　　　　　　　　　　　　　　　　　　　　)

書についてのご意見、ご感想をお聞かせください。
)内容について

②カバー、タイトル、帯について

弊社Webサイトからもご意見、ご感想をお寄せいただけます。

ご協力ありがとうございました。
※お寄せいただいたご意見、ご感想は新聞広告等で匿名にて使わせていただくことがあります。
※お客様の個人情報は、小社からの連絡のみに使用します。社外に提供することは一切ありません。

■書籍のご注文は、お近くの書店または、ブックサービス(0120-29-9625)、セブンネットショッピング(http://7net.omni7.jp/)にお申し込み下さい。

するため、過去に何度も姉崎邸を訪れていた。その度に、その付近で路上生活をしているホームレスを目撃しており、この男が強く印象に残っていたのだろう。だから、君はこの視力の弱いホームレスを利用し、自分の偽装に使ったのだ。

ところで、あのホームレスが別人だと思っていた二人の男が、実は同一人物だったということは、目撃者の証言など、当てにならないということだ。現場を何一つ目撃していない僕のほうが、かえって犯人の策略に騙《だま》されなかったというのは、面白い現象だ。

今言ったように、君はその日の夕方五時頃に「第一発見者」として姉崎家へ行く三時間以上も前に、既に同じ姉崎家へ行き、犯行に及んでいたのだ。しかし、もう一人、姉崎家の門へ入った人物がいた。それは紫色の「矢絣《やがすり》」の着物を着ていた女だ。彼女は午後二時から二時半頃までの間に姉崎家へ行ったと思われるが、それについては、熊浦氏が降霊会の直後に「黒川夫人の箪笥《たんす》の中に、紫の矢絣《やがすり》の着物が入っているのを見たことがある」と君に語ったことから、黒川夫人か、娘の黒川鞠子さんの可能性がある。しかし、ホームレス以外の目撃者は、その女を「二十二、三に見えた」と言っている。だとすれば、三十代の黒川夫人とも、十八歳の黒川鞠子さんとも違う。ただし、「矢絣の着物」は既婚者が着るのが普通だし、目撃者はその女について、「厚化粧をして、眼鏡をかけていた」とも証言していたから、三十代の女が厚化粧をして若く見せ、なおかつ眼鏡をかけたとも考えられる。となると、黒川夫人だろう。「眼鏡をかけていた」といっても、必ずしも変装のためとは限らない。男性と会う時は眼鏡をかけない女性でも、プライベートでは眼鏡をかけているケースは多い。黒川夫人は、心霊学会の会員であった姉崎未亡人とも親交があったはずなので、何らかの理由で、彼女が姉崎邸へ行ったとしても、不思議はない。その際、同じ女性同士なので、黒川夫人は眼鏡姿でも構わないと判断したのだ。ただし、被害者の姉崎未亡人が殺される直前に男と性交していたことから、犯人は既に男と決まったわけで、黒川夫人はこの事件とは無関係だ。黒川夫人が姉崎邸に入ったのは、黒いソフト帽をかぶった男（祖父江君）が姉崎邸に入ってから、一時間も経ってからだ。その頃には、姉崎邸では、未亡人は既に土蔵の中で殺害されていたし、彼女と同居していた一人息子と書生は不在で、女中も昼すぎから午後四時半頃までは留守にしていたため、姉崎家の屋敷内は無人だった。だから、黒川夫人がいくら玄関の呼び鈴を押しても、誰も出なかったはずだ。だから、夫人はそのまま自宅に引き返したと思われる。姉崎邸は別の場所にも門があるので、夫人はそちらから出たのだろう。だから、ホームレスにも、黒川夫人が出るところは目撃されなかった。当然、黒いソフト帽の男（君）も、別の門から姉崎邸を辞したと思われる。

ちなみに、熊浦氏が降霊会が始まる直前に、「矢絣の着物を着た女が、夜中に森の中をさまよい歩いていた」と話している。熊浦氏は龍ちゃんが夢遊病であることを知っていたので、ひょっとして彼は、龍ちゃんが森の中をさまよい歩いていたと思ったのかも知れない。それに、黒川夫人の箪笥《たんす》の中に矢絣の着物が入っていたのなら、同じ屋敷に住む龍ちゃんはそれを秘かに持ち出して着ることも出来たのだ。だから、熊浦氏は龍ちゃんが矢絣の着物を着て、姉崎邸へ行き、そこで未亡人を殺したと確信していたのではないか。「第二信」に、この熊浦氏は「妖怪そのものに心酔している中世的神秘家」と紹介されているので、彼は突拍子のないことだって思いつく可能性もあるからだ。しかし、仮に龍ちゃんが矢絣の着物を着て、夜中に夢遊病で森の中をさまよい歩いていたとしても、彼女が姉崎未亡人を殺した犯人ではあり得ないことは、既に僕が証明している。

九月二十九日の深夜、夢遊病で外をさまよい歩いていた龍ちゃんを空地で襲ったのも君だ。

僕は最初、あれは黒川博士が「自作自演」をして龍ちゃんを襲ったのだと君に主張したが、それは僕の本心ではなかった。僕が学生時代に君と探偵談義をした頃のことを思い出し、「もし、これが探偵小説だったら」と仮定し、あらゆる意外な可能性を追求し、僕の奇を衒《てら》った推理を君に披露したかっただけなんだ。しかし、君が主張した、驚くべき「龍ちゃんの自作自演」説も含め、現実の事件では小説の事件のような奇想天外な犯行なんて起きないのさ。あの空地で起きた殺人未遂事件は、龍ちゃんや黒川博士が証言したように、何者かが、歩いている盲目少女を空地に引っ張り込んで、犯行に及んだと考えるのが妥当だ。

先程も言ったように、必ず当たる予言者がいたほうが、探偵小説として盛り上がるので、龍ちゃんが「第二の犠牲者」を予言したからには、君は誰かを殺さなければならなかった。龍ちゃんが降霊会の席で、次の犠牲者は「この部屋にいる人」で「美しい人」と予言した。その二つの条件に当てはまるのは、例の三人の女性だ。その中で、君は龍ちゃんを選んだ。盲目の人間なら、造作なく殺せるからだ。ただし、龍ちゃんは犠牲者を「私の前に腰かけている美しい人」とも言っている。ならば、龍ちゃん以外の人物ということになるが、君も指摘したように、龍ちゃんは「別人格」となって宣告しているので、「別人格」が龍ちゃんを指した可能性もある。したがって、君が次の犠牲者を龍ちゃんに設定しても、合理性は十分にある。しかし、龍ちゃんが「美しい人」という条件に当てはまるかどうかは微妙だ。だから、君は手紙の中で、「美しい人」の定義は人によって違う、と主張し、龍ちゃんの予言を正当化しようとしていたね。

さらに、君は「第三信」で、深夜に龍ちゃんが空地で襲撃された事件を伝えた時、「犯人が龍ちゃんの予言を阻止するために、彼女を殺そうとしたのだ」と推理した上で、「どうだい？　ますます探偵小説らしくなって来たじゃないか」と得意になって説明していた。それと、前にも言ったが、姉崎未亡人が殺された土蔵内の状況も、君は「まさに探偵小説で言うところの『密室』というやつじゃないか！」と強調していた。これらの言葉を聞いただけでも、「この事件を探偵小説にしたい」という君の気持ちが、ひしひしと伝わって来るのだ。そもそも、君が犯罪事件の経緯を何度も手紙に綴って、僕に送って来たという事実だけを取っても、君はこの事件を記録に残し、いずれ探偵小説として発表したがっている様子が感じ取れる。犯人は「自分の犯行を小説化したい人物」という点でも、君が一番当てはまるのだ。

あと、君は龍ちゃんの予言が的中したことを何度も強調し、彼女に「畏《おそ》れ」を感じるとまで書いた。それも、探偵小説で必要な「神秘的要素」を描くためだ。しかし、君は最初から霊感なんか信じていない。新聞記者であるため、「霊感」より「事実」を追い求めている、と言った最初の言葉のほうが本音だろう。君はただ、龍ちゃんの神秘的な予言を、自分の犯罪計画と、本の出版計画に利用しようとしただけだ。

犯人は、深夜に龍ちゃんが夢遊病で外をさまよい歩いている時、この少女を誰にも見つからない空地へ引っ張り込み、彼女の頭を凶器で殴った。犯人は龍ちゃんに夢遊病という病があり、なおかつ彼女が盲目であることを知っている人物だ。君は心霊学会の会員だから、当然、龍ちゃんが盲目なのを知っていた。しかも、君の手紙の中に、「僕は熊浦氏から、龍ちゃんの『夢遊病』のことを聞いていて知っていた」と書かれている。これを、先程の「姉崎邸の土蔵の存在を知っていた」という事実と合わせると、君が犯人だという状況証拠になる。さらに、君が負傷した龍ちゃんのお見舞いをして、自分の顔を彼女の顔に近づけた時、「龍ちゃんが急に笑顔を引っ込めた」という描写がある。これは決定的だ。盲目の人というのは、目が見えない分だけ、他の感覚が異常に発達しているんだ。触覚、嗅覚、聴覚など……。その人の肌触りや、匂い、わずかな呻《うめ》き声、足音を聞いただけでも、その人の正体が分かるそうだ。君が龍ちゃんに顔を近づけた時、彼女は君の体臭を嗅ぎ、あの夜、空地で自分の頭を殴った男だと察知したのだ。だから、龍ちゃんは急に笑顔を引っ込めたのだ。君は迂闊にも、犯行を自白する内容を書いてしまったね。犯人は意外なところでボロを出すものだ。

龍ちゃんの「予言」が必ず的中するという、ドラマティックな筋書きの探偵小説を発表したかった君は、「美しい人が死ぬ」という予言に合わせるために、降霊会に参加した三人の女性のうちの誰かを殺さなければならなかった。しかし、君は龍ちゃんの殺害に失敗し、なおかつ、龍ちゃんは警察から、「決して、一人では外へ出ないように」と忠告されていたから、君は二度と龍ちゃんを襲えなくなった。君自身も龍ちゃんに、「しばらくは、外へ出ないほうがいい」と忠告したのは、自分は犯人ではない、と印象づけるためだ。となると、殺す標的は黒川夫人か、黒川鞠子さんだ。しかし、夫人を騙《だま》して誘い出すのは難しい。黒川博士の目もあるし。だが、世間知らずの無邪気な少女なら楽に殺せると判断し、君は鞠子さんを狙った。さらに、降霊会での龍ちゃんの予言は、「次の犠牲者は鞠子さんだ」と解釈するほうが自然だということにも気付いたからだ（「第二信」を参照）。

心霊学会の会員たちは冴えない男ばかりなのに対して、君だけは「いい男」なのは先程も書いた。君が黒川鞠子さんと「関係」があったかどうかは知らないが、君は信頼出来る人間だという印象を与えるタイプだ。実際、あれだけのトリックを考え出したのだから、頭が良い。彼女もそれを感じ取っていたはずだ。だから、君の言うことは信じただろう。そして、彼女は不幸にも君の嘘の言葉に騙《だま》され、深夜に屋敷の庭園に呼び出され、犠牲者となってしまったのだ。

この殺人において、君は前回に姉崎未亡人を殺した時と同じ「暗号」を犯行現場に残したが、恐らく探偵小説として、さらに高い完成度を目指すため、君は黒川鞠子さんを殺す時も、本当はもう一つの共通点、すなわち、犯行現場を「密室」にするという演出をしたかったはずだ。しかし、鞠子さんの住む黒川博士邸を犯行現場にした密室殺人は難しい。鞠子さんは屋敷で両親と共に暮らしており、おまけに龍ちゃんも同居しているし、女中もいる。この屋敷内で、鞠子さんがたった一人きりになる時間帯を探すのは困難だ。かと言って、君が鞠子さんを自分の家に招き、そこで彼女を殺し、自分の家を密室状況にしたら、自分自身が疑われてしまう。そこで、君はやむを得ず、「密室」を諦めた。しかし、君は姉崎未亡人の事件と同様、被害者の女が「全裸死体」で発見されるという劇的な場面は絶対に演出したかった。探偵小説として、これほど読者を惹きつける要素はないからだ。黒川博士邸は広い庭園を構えており、深夜なら、そこに誰もいないことに君は目をつけ、犯行現場を庭にした。第一の殺人が「室内」で、第二の殺人が「外」という対比も、小説として変化を演出できるし、屋敷の立派な庭園で美少女の全裸死体が発見されるという状況もミステリアスだ。実際、君の手紙を読んでいる間、僕はまるで探偵小説を読んでいるようで、興奮したよ。

僕が前に指摘したように、君が殺したかったのは姉崎未亡人だけであり、黒川鞠子さんには殺意がなかった。君が鞠子さんを殺したのは、龍ちゃんが「次の犠牲者」を予言してしまったので、それに合わせるため、美しい鞠子さんを、姉崎未亡人と同じ「むごたらしい殺し方」で殺したに過ぎない。しかし君は、「予言に意図的に合わせるため」という理由だけでなく、別の理由で鞠子さんにあんな酷《ひど》いことをした可能性もある。君は鞠子さんに対して、心霊学会の例会でいつも見かける美少女なので、いつかは彼女をモノにしたいという気持ちは前々から持っていたのだろう。美少女を全裸にし、強姦《ごうかん》し、殺してしまえば、被害者は犯人を証言出来ず、自分は快感を得ながら、なおかつ捕まらない。しかも、龍ちゃんの予言の「むごたらしい殺し方」とも合致するし、探偵小説としても盛り上がる。

そして、前回の姉崎未亡人の殺害事件の特徴として忘れてはならないのは、美女の全裸死体が「血まみれ」であったということだ。君が姉崎未亡人を殺した時、彼女の体の至る所を刃物で切り刻み、流血させたのは、ただ彼女に対する激しい憎しみからだけだった（その時は、君はまだ龍ちゃんの予言を聞いていなかったから）。しかし、憎しみも殺意もない黒川鞠子さんの死体を刃物で切り刻み、流血させたのはなぜか？　もちろん第一の事件との類似性を示す〝演出〟が必要だったからだが、それ以上に大きな理由があったのではないか？　僕たちが学生時代、「探偵小説の鬼」と呼ばれた、ある巨匠作家について二人で語り合ったことを思い出す。この作家の作風である「サディズム」と「マゾヒズム」について、君は熱く論じていたね。君は「殺人犯はサディストに通じる。なぜなら、殺人とは異常行為であり、異常行為をする者は異常性欲を秘めている可能性があるからだ」と主張したのだ。その是非はともかく、君がこの問題を頻繁に取り上げていたことを考えると、君自身、この性癖があったものと思われる。君は美少女を全裸にして強姦するだけでは満足せず、彼女の体の至る所に傷を負わせ、流血させることに快感を得たのだ。さらに、先ほど僕が推理したように、君は最初に鞠子さんを殺してから、その体を刃物で血染めにし、そのあとに死んだ彼女を強姦したはずだ。血まみれの死者を強姦するというのも、異常性欲および猟奇犯罪の一種だ。そもそも第一の事件で、君が姉崎未亡人を殺す直前に、彼女の体を傷つけたのも、実は憎しみからではなく、あくまでサディズムとしての行為だったのかも知れない。姉崎曽恵子という女にマゾヒズムの性癖がなかったため、君は彼女にソレを強要出来なかった。だから、君は強引に彼女の体を痛めつけ、流血させ、自分の欲望を十分に満たしたあとに殺した、という解釈も成り立つ。「第一信」で、君は土蔵の二階の窓の外から姉崎未亡人の死体を発見した時、「僕は血の美しさというものを、あの時に初めて経験した」と書いている。しかし、「あの時」とは、実は君が死体を発見した時のことではなく、それ以前に君が姉崎未亡人の体を実際に刃物で切り刻み、流血させていた時のことを言っていたんだね。いずれにしても、僕は二人の美女の死体状況を知った時、あの巨匠探偵作家の小説を思い出してしまった。

「鞠子さん殺し」について、客観的な事実を少し確認する。

黒川夫人は事件の夜、屋敷の母屋の一階の寝室で寝ている時に、若い女の悲鳴を聞き、目覚めたと言っている。そして彼女は二階に行き、鞠子さんの部屋、龍ちゃんの部屋、その他の全ての部屋を探したあと、一階に戻り、あらゆる部屋を探し、次に廊下を渡って、屋敷の別棟へ移動する。そして夫人が一階の黒川博士の書斎で龍ちゃんの「儀式」を発見し、この少女に詰問したあと、書斎を出て、応接室、使用人部屋、さらに二階も含め、全ての部屋を探してから、ようやく庭園に出て、鞠子さんの死体を発見している。しかし、黒川夫人はそこに犯人の姿を見ていない。もし、夫人の聞いた悲鳴が、君が庭園で鞠子さんを殺そうとした時に、彼女が上げた悲鳴だとすれば、この期間の時間経過を類推すると、君が鞠子さんを殺し、彼女の服をはぎ取り、自分も裸になり、彼女の体を流血で染め、彼女を強姦し、そして君がまた服を着て、死体のそばに「暗号」を残し、黒川邸の庭園から外に逃げた直後に、黒川夫人は庭園に出て来て、鞠子さんの死体を発見したことになる。要するに、君がスピーディーな犯行を成し遂げたために、間一髪のところで、君は黒川夫人に見つからずに済んだのだ。まさに、綱渡りの犯行だよ。「姉崎未亡人殺し」の時は、屋敷内に家族の者が誰もいない時間帯であり、しかも、誰にも見つからない土蔵内での犯行だったので、君は十分に余裕があった。しかし、今度の「黒川鞠子さん殺し」では、時間的にも、空間的にも、余裕がなかったようだ。そう言えば、君は「第六信」の最後で、「僕は急に風邪を引いたようで、体調が悪くなってしまった」と書いていたね。十二月の寒い時期に、外で裸になったからだろう。自分の達成感を他人に誇示したいという君の執念には恐れ入るよ。

ちなみに、君の手紙を読むと、「第一信」から「第五信」まではコンスタントに書いていたのに、「第五信」を書いてから「第六信」を書くまでの間が一ヶ月以上も空いている。「第五信」は君の事件に対する推理や心霊学会の例会の話題が中心となっているので、いつでも書けるが、次の犯罪はまだ起きておらず、書くことが出来ない。君は「第四信」を書いた頃に、殺す標的を龍ちゃんから黒川鞠子さんに変えたと思われる。恐らく「第四信」を書く前は、君と黒川鞠子さんとは、ただの心霊学会の会員同士という関係でしかなかった。しかし、鞠子さんを殺すためには、君は彼女を深夜に黒川邸の庭園に呼び出さなくてはならない。そのためには、君は彼女と恋人同士のような近い関係になる必要がある。そこで、君が鞠子さんにアプローチし、彼女と「親密」な関係を築くまでに、約一ヶ月を要した。その結果、犯行を成し遂げるまでに一ヶ月以上もかかり、犯行状況を伝える手紙を投函するのも大幅に遅れたのだ。

僕は先程、鞠子さんの両親が「娘に男友達がいるという話は聞いたことがない」と警察に話していることから、仮に鞠子さんに恋人がいたとしても、彼女は両親には内緒でその男と付き合っていたことになる、と指摘した。もし権威ある黒川博士の御令嬢が新聞記者の男と恋愛関係にあったとしたら、鞠子さんから見れば、「身分の違いにより、きっと両親は反対するだろう」と危惧したからに違いない。だから、彼女は両親や心霊学会の会員たちには内緒で、新聞記者の君と付き合っていたのだ。そして君自身も鞠子さんから、自分たちの関係が周囲に秘密にしてあるという事実を聞いて知っていたので、仮に鞠子さんを深夜の庭園に誘い出した恋人がいたと判断されても、警察はそこから自分に辿り着くことはないと、君は安心していたのだ。実際、鞠子さんが殺されたあと、黒川夫妻や心霊学会の会員たちが、「鞠子さんを呼び出した恋人は祖父江君だ」と警察に証言したという事実はなかった。

ところで、「第六信」を読むと、十二月九日の深夜、君が自宅で眠っている時、黒川博士から電話が掛かり、鞠子さんが殺された事実を聞かされたと書かれている。そこで君は博士邸へ向かうが、手紙には「その時には、既に鞠子さんの遺体は検死に回され、庭園には彼女の美しい裸体はなかった」と書かれている。最初読んだ時は気づかなかったが、この文章には違和感がある。「彼女の美しい裸体はなかった」という言い方は、まるで、それ以前に鞠子さんの裸体を見たことのある人の表現だ。君はわずか一時間前に、深夜の庭園で、月明かりに映る少女の美しい裸体を見たばかりで、それが強く印象に残っていたため、思わず、そんな言葉がポロっと出てしまったのだろう。会話だと、相手の言葉を聞き流してしまうことがあるが、手紙だと、「形」として残るので、こういう発見があるのだ。先程の「龍ちゃんが急に笑顔を引っ込めた」の件と同様、君はまたしても、迂闊なことを書いてしまったね。

この一連の事件において、最初の犠牲者・姉崎未亡人、二度目の被害者・龍ちゃん、そして最後の犠牲者・黒川鞠子さんは、共に心霊学会の会員だったという共通点があること、そして全てにおいて龍ちゃんの予言が絡《から》んでいることを考えると、この三つの事件が無関係であるはずがない。そして三つの事件は、全て探偵小説的な〝演出〟が施されている。ならば、全ての事件の犯人は同一人物であろう。なおかつ、犯人は男である。事件関係者の中で、この三つの事件の全てにおいて疑わしい人物は、君だけだ。「機会」「動機」「犯人像」「被害者との接点」「状況証拠」、あらゆる点から考えて、犯人は君以外にはあり得ない。第一、これまで起きた事件は、犯行現場を「密室」にしたり、「暗号」を残したり、予言に意図的に合わせて、人を殺したり、各事件に「類似性」を残したり、血まみれの美女の「全裸死体」を残したり、まさに探偵小説の愛好家が喜びそうな事実ばかりだ。前にも書いたように、この事件の犯人は相当な探偵小説ファンなのだ。そして君こそ、その犯人像に最も当てはまるのだ。君は学生時代から熱狂的な推理愛好家であり、「いつか僕も探偵小説を書いてみたい」と夢を語っていたっけ。しかし、その異常な執着心がエスカレートし、君は犯罪小説を書くだけでは満足せず、その犯罪小説で描かれる事件を、そのまま具現化してしまったのだ。そして、君は推理作家ではなく、本物の「犯人」になってしまったのだ。まさか、僕が本物の「探偵」役をするとは思わなかったよ。

余談だが、君は手紙で「黒川鞠子さんより、龍ちゃんに魅力を感じる」と書いていたが、あれは本心だったのかい？　君は、実は美少女の鞠子さんに魅力を感じていたんじゃないか？　恋愛感情はなくても、「少女」としての性的な魅力を感じていたはずだ。だから、君は彼女を強姦《ごうかん》したのだ。君が「龍ちゃんに魅力を感じる」と書いた時、君は既に鞠子さんを強姦し、殺すことを計画していた。だから、「鞠子さんには興味がない」と僕に思わせたかったんだろう。あと君は「僕が龍ちゃんに魅力を感じていることは、誰にも言っちゃ駄目だぜ」と付け加えていた。その頃、君は鞠子さん殺害計画のため、鞠子さんと恋仲になる必要があった。だから、「龍ちゃんに魅力を感じている」という自分の発言を鞠子さんには知られたくなかったため、無意識のうちに、そんな言葉が出たんだろう。

それと君は、僕にも「龍ちゃんと、黒川鞠子さんでは、どちらが好みか？」と聞いていたね。君は大事なことを忘れている。僕は龍ちゃんも、鞠子さんも、どちらも実物を見たことがないのだよ。だから、答えようがない。だが、君の手紙に書かれた彼女たちの描写から、二人の少女の大体の雰囲気は伝わって来た。僕が好きなのは、龍ちゃんかなぁ……。

先程、僕は「龍ちゃんの予知能力は疑わしい」と言ったが、その舌の根が乾かぬうちに、発言を撤回するようで申し訳ないが、もう一度考え直してみた。

降霊会の夜、龍ちゃんは、「姉崎未亡人も、次の犠牲者も、同じ人の手にかかって死ぬのです」と宣告し、犯人について「今、私の前にいる人です」と断言した。ということは、彼女の予言は、少なくとも「祖父江君が犯人だ」という点については、当たっていたことになる。前述の二つの条件に当てはまる男は、君だけだからだ。

そして、美しい鞠子さんが予言通り殺されたのは、「予言が的中したからではなく、犯人が龍ちゃんの予言に意図的に合わせるために殺したからだ」と僕は言った。しかし、たとえそうだったとしても、龍ちゃんが「美しい人が死ぬ。むごたらしい殺され方で」と予言し、実際に美しい人が、むごたらしい殺され方をした、という事実に変わりはない。すると龍ちゃんは、「犯人が予言に意図的に合わせるために人を殺す」ということも予言していた、とも解釈出来る。

「第二信」をもう一度確認すると、降霊会の夜、電気が消された真っ暗な部屋の中で、白い服が白い服に近づき、「執念深い魂が、この人を狙っているのです」と予言した場面が描かれている。これについて君は、白い服を着た龍ちゃんが、白い服を着た鞠子さんを指して、「この人を狙っているのです」と予言したと言えるため、次の犠牲者は鞠子さんだ、と説明した。しかし、「第五信」では、君は自分の説を覆し、二人の少女以外の人間は白い服を着ていなかったので、真っ暗な部屋の中では、他の人物は暗闇の中に隠れてしまう。だから、白い服を着た龍ちゃんが、白い服を着た鞠子さんのそばに立っていた「もう一人の人物」を指して、「この人を狙っているのです」と意味した可能性もあるため、次の犠牲者は鞠子さんだとは断定出来ない、と君は主張した。さらに、龍ちゃんが部屋を移動したのは、単にトランス状態に陥り、その辺りをさまよっていただけであり、彼女の行き先にたまたま鞠子さんがいただけだ、と君は指摘した。つまり龍ちゃんのいた位置は一切関係なく、龍ちゃんは自分自身を指して「執念深い魂が、この人を狙っているのです」と言った可能性もあると匂わせ、あたかも次の犠牲者は龍ちゃん自身であるかのような印象まで与えた。

しかし、「第二信」をもう一度詳しく読むと、「龍ちゃんと、鞠子さんとの白っぽい洋服が、段々接近して行って、やがてピッタリ一つになったかと思うと、『この人です。執念深い魂が、この人を狙っているのです』という声が聞こえた」と書かれている。この様子から判断すると、もし二人の少女が共に白い服を着ていたのなら、やはり龍ちゃんが鞠子さんにしがみつき、その直後に「この人を狙っているのです」と言ったことになる。これは、龍ちゃんが発した「犯人は鞠子さんを狙っている」という予言だと見るべきだ。にもかかわらず、君は手紙の中で、「次の犠牲者は鞠子さんとは断定出来ない」とか「次の犠牲者は龍ちゃん自身の可能性もある」と書いたのは、恐らくこういう理由だろう。まず、降霊会における龍ちゃんの「また一人、美しい人が死ぬ」という予言を、君は同じ部屋で聞いたため、その後、君は楽に殺せる盲目の龍ちゃんを襲った。しかし、その降霊会の席で、龍ちゃんが「犯人は鞠子さんを狙っている」という意味の予言をしたことを君は思い出した。このままでは「龍ちゃんの予言は外れた」ということになってしまい、探偵小説として盛り上がらない。だから、君はあのような苦し紛れの解釈を示し、この手紙が将来小説化された場合、全ての読者に、「龍ちゃんは鞠子さん以外の人物が殺されることを予言していた。また、龍ちゃん自身が殺されることを予言していた可能性もある」と思わせ、仮に龍ちゃん自身が襲われたとしても、「龍ちゃんの予言は外れていない。むしろ、的中した」という印象を与えたかったのだろう。

いずれにしても、降霊会の夜、龍ちゃんは既に鞠子さんが殺されることを、はっきり予言していたのだ。

僕はさっき、「美しい人が死ぬ」という予言が出た場合、龍ちゃんが「美しい人」かどうかは微妙だ、と言った。しかし、君は器量の悪い龍ちゃんを殺すのに失敗し、最終的に美少女の鞠子さんを殺すことに成功した。これは、龍ちゃんの「美しい人が死ぬ」という予言が的中したことを意味する。ここまで考えると、黒川夫人が、「龍ちゃんが、姉崎未亡人の死ぬ日時もピッタリ当てた」と言った言葉も、必ずしも出鱈目とは言えないかも知れないのだ。君は予言なんか全く信じておらず、ただ龍ちゃんの予言を自分の「犯罪」と「出版」に利用しようとしただけなのかも知れないが、皮肉にも、君の手紙が龍ちゃんの予言の的中率の高さを証明してしまい、なおかつ、その龍ちゃんの予言が三つの事件の犯人が君であることを言い当ててしまったのだ。

だが、手紙を読んだだけでは、僕には龍ちゃんの全貌がまだ完全に掴み切れない。彼女は得体の知れない、神秘的な存在だ。僕はこの少女に是非会ってみたい。

思えば、「第二信」で、降霊会が始まる直前、黒川夫人が、「主人が昨夜遅く、お風呂に入って、ガラスで足の裏を切りましたの」と伝え、「あたし、何だか気味が悪くて、……得体の知れない魂たちが、この家の暗い所にウジャウジャしている様な気がして」と脅えていた。これは、今から考えれば、その直後に、龍ちゃんが不気味な予言をすること、そして、それが的中し、この家で黒川鞠子さんに不幸が起きることを間違いなく暗示していたと思う。第一の被害者である姉崎未亡人も黒川邸を訪問したのがきっかけで、心霊学会に参加するようになり、そこで君に見染められ、不幸な死を遂げる運命となった。この二人の女の死は、共に黒川邸に因縁がある。やはり、黒川家の屋敷には邪悪なものが潜んでいたのだ。

ところで、君はこの事件において、最初は例のホームレスに罪を着せようとしていたが、龍ちゃんの予言と矛盾するとなると、君は途中から「ホームレス＝犯人」説をあっさり取り下げてしまったね。せっかく苦心して、犯人をホームレスだと思わせる「暗号」や「密室」まで作ったのに、もったいないとは思わないか？　恐らく君は、もし、あのホームレスが三つの事件の犯人なら、「龍ちゃんの予言は外れた」ということになってしまい、探偵小説として盛り上がらないと判断したからだろう。しかし、君への容疑を逸《そ》らすために、君にはどうしても「ホームレス」というスケープゴートが必要だったはずだ。にもかかわらず、せっかく考えた「ホームレス＝犯人」説を捨てなければならなかったのは、黒川邸での降霊会の席で龍ちゃんが予言した「犯人はこの部屋の中にいる」という言葉の壁を、君はどうしても壊すことが出来なかったからだ。つまり、君が事実をねじ曲げて書こうとした「嘘の真相」より、龍ちゃんの「予言」のほうが強かったのだ。しかも、君は龍ちゃんの予言に意図的に合わせるために、鞠子さんを殺した。そう、君自身が龍ちゃんの霊感に動かされていたのだ。「まるで探偵小説のような劇的な犯行を成し遂げたい」という君の異常な執着ぶりは、実際、〝何か〟に取り憑かれているようだった。

ほかにも、君の手紙の中で気になる箇所があった。暗号について触れた時、君は「暗号の意味について、僕は別の解釈も持っている。そちらのほうが有力かも知れない。しかし、今はそれは言いたくない」と書いている。また犯人について、君は「僕はある人物を疑っている。というより、確信しているが、それが誰かは今は言いたくない」と書いた。両方とも、君は真相を知っているのに、それを言おうとしない。これは、解決は最後に残しておきたい、という意味にも取れるが、「暗号の意味」や「真犯人」を知っている君は、それを言えなかった。それを言うことは、自白になるからだ。

僕はそもそも、君がなぜ犯罪事件の経過を手紙に綴《つづ》って、僕に送って来たのかが最初分からなかった。その理由は、僕の推理の箇所でも指摘した通り、君は人一倍虚栄心が高く、自己顕示欲が強いため、自分の犯行を手紙に書き、それを僕に読ませたかったからだ。その後、その手紙を、そのまま小説として発表するつもりだった。しかも、単なる小説ではなく、現実の犯罪を記録した探偵小説であり、内容は「美女の全裸死体」が描かれ、不可解な「密室」や「暗号」の謎が登場し、少女の予言が必ず的中するという劇的な要素まで加わる。愛好家にとって、まさに垂涎《すいぜん》の傑作を目指したものだ。さらに作者である君自身も主要人物の一人として登場し、自分が犯行現場に立ち会い、そこで見聞きした内容を臨場感のある一人称で語る。同時に、君自身の推理も大いに披露される。しかも、その小説において、「犯人は作者ではなく、別人だ」と読者を誤った方向へ導くという手の込んだ探偵小説の構想を目論《もくろ》んでいた。恐らく、小説化する場合は、実在する人名を偽名に改めるのだろうが、現実の事件を探偵小説にするというのは前代未聞だ。いかにも推理小説ファンの君らしい発想だ。しかし、それを小説として発表する前に、まず同じ内容を「手紙」に書き、それを、君に劣らぬ探偵小説ファンである僕に読ませ、僕に挑戦したかったのだろう。「第一信」で、君はこの事件に対する僕の推理を聞くつもりだと書いていた。君は僕の推理を、自分の「犯罪」および「小説」の参考にしようとしていたのだ。だから、僕は君の期待に応え、自分の推理をこうして伝えたのだ。しかし、君にとっては不幸なことだが、僕は君の手紙にミスリードされることはなく、事件を客観的に推理し、おそらく真相に到達してしまった。ちなみに、君は「小説」を一人称で書くつもりでいた。だから、同じ一人称で綴る「手紙」は修正する必要がなく、都合が良かった。

ところで、君から送られて来た「第一信」から「第三信」を読むと、手紙を書いた日付が、手紙で描かれている実際の事件の日付より、一ヶ月ほど遅いことに気づく。これは、事件を見聞きした後、直《ただ》ちにそれを手紙に綴ったのではなく、その事件をどのような構成でまとめれば、自分の犯行が露見されないか、あるいは、どのような表現を使えば、小説として臨場感が出るかを、いろいろ熟考した上で手紙に綴ったため、投函が遅れたのだろう。そのあたりに、君の周到な準備が窺《うかが》われる。「第四信」と「第五信」は僕の説に対する君の反論や、君自身の推理が中心になっているが、「第六信」では、事件が起きてからわずか数日で手紙を書き上げている。この時期になると、さすがに君も文章をまとめるのに慣れてきていたらしい。そう言えば、「第四信」の最後で、君は文章を書くことが快感であり、作家に転身したいと僕に伝えていたね。具体的には「過去に取材した犯罪事件を『実録』としてまとめる」という構想まで打ち明けていた。僕はこの時点で、君の目論見《もくろみ》を何となく察知していた。実際、君の一連の手紙を読むと、そのまま探偵小説として発表出来るほど、「内容」も「語り口」も説得力があった。

もちろん、君は自信家だから、その手紙を僕に読ませても、自分の犯行が暴露されるとは思っていないだろう。それに、今まで書いてきた僕の説も、あくまで「推理」であって、君を犯人とする決定的な物的証拠はない。しかし、祖父江進一君、僕は君が真犯人だと確信している。僕は人を殺す人間を絶対に許せない。それは親しい友人であっても、同じだ。君には失望した。しかし、君は本当の悪魔ではないはずだ。人間の心が残っているならば、心から罪を償って欲しい。

この手紙は、君との最後の「文通」になるだろう。

十二月十七日

岩井坦より

我が友人・祖父江進一君へ

発表者の後記

私がN某から受け取った手紙の束に書かれた内容は、以上で全てである。

ここで示された殺人事件は、その残忍さ、密室の状況、暗号の絵柄、各人の職業および人物描写等により、数年前に実際に起きた殺人事件を描いたものであることは間違いないと思われる。ちなみに、現実に起きた事件は未だに解決に至っていない。

私は冒頭で、「事件は数年以前のものであるし、若《も》しこの記録が事の真相であったとしても、迷惑を感じる関係者は多く故人となっているので、発表を憚《はばか》る所は殆《ほとん》どないのである」と書いた。実際、姉崎曽恵子と黒川鞠子は犯人によって惨殺されたし、龍ちゃんは事件の数ヶ月後、原因不明の精神的な発作により急死した。黒川博士も愛娘と不憫《ふびん》な盲目少女の死に大きな悲しみとショックを受け、自殺を遂げた。姉崎邸の付近で路上生活をしていた例のホームレスも空地で死体となって発見された。死因は極度の栄養失調によるものであった。祖父江進一は、自ら務めるA新聞社のビルの前の道路で、頭から血を流して倒れているところを発見された。転落死と断定されたため、警察は彼がビルの屋上から「飛び降り自殺」を図ったと見ている。動機は不明であった。現在、事件関係者で生存しているのは、黒川夫人、岩井坦、それに数名の心霊学会の会員のみである。

先程、私は「間奏」の中で、「これまでのところ、手紙は送り手の祖父江進一のものばかりで、岩井坦の返信はない」と書いたが、よく考えてみれば、これは至極当然なことであった。なぜなら、もしN某が岩井坦であるならば、彼が祖父江進一から受け取った手紙は所有していても、岩井坦が祖父江進一に送った「返信」は向こう側へ渡っているわけで、岩井坦が所持しているはずがないからである。しかし、最後にこうして岩井坦から祖父江進一に送った「返信」が出てきたということは、既に死亡している祖父江進一の遺品の中に、岩井坦から送られて来た手紙が数枚見つかったため、友人である岩井坦がそれを譲り受けたからだと思われる。N某が岩井坦であり、なおかつ、私に手紙の束を小説として発表して欲しいと望んでいるならば、祖父江進一から送られた手紙だけでは不十分である。なぜなら、祖父江進一が書いたのは「第六信」までで、そこには事件の経緯は書かれているものの、事件の「真相」が欠けていたからだ。だからこそ、岩井坦が祖父江進一に送った「返信」、すなわち、事件の真相を伝える手紙が必要だったのだ。そして最後の手紙だけ、なぜ数日経ってから別個に私に寄こしたかについては、最後の「返信」は探偵小説で言うところの「解決編」に当たるわけで、まず事件の経緯を伝え、私に十分に推理する時間を与えてから、「真相」を示したかったと考えられる。では、なぜ最後の手紙だけ、前回と違い、「郵送」で送って来たかについては、私が事件を解決出来ずに悩んでいるところへ、ひょっこり事件の「真相」が書かれた手紙が送られて来たら、さぞかし私が驚くであろうという〝演出〟ではなかったか。探偵小説では「意外性」が全てである。ならば、事件の真相を伝える手紙も、意表を突いた形で伝えたかったのだろう。N某という人物は、私が最初に会った時の印象とは随分違い、遊び心があると同時に、探偵小説の特徴を熟知していたのだ。

考えてみれば、最初にN某が私に売りつけた手紙は、「書き手」が犯人で、「読み手」が探偵だった。そして、郵送で送られた最後の手紙では、「書き手」が探偵で、「読み手」が犯人だった。つまり、私が目にした手紙の文章は、全て推理小説で最も重要な「探偵」と「犯人」によって書かれていたのだ。こんな手紙を受け取ったことは、過去に一度もない。今後もないであろう。

いずれにしても、これでようやく事件の全貌が明らかになり、探偵小説として体《てい》を成したことになる。それどころか、この手紙の内容が数年前に起きた現実の事件の真相であるならば、N某は警察でさえ解明出来なかった難事件を見事に解決したことになる。

私は冒頭で、N某の行方が分からずに困っていると書いたが、本当にこの話を「探偵小説」として発表してよいものか、未だに決断しかねているのだ。仮に、N某が手紙の受取人である岩井坦であるならば、この事件の真犯人・祖父江進一は、そのN某の親しい友人であったと思われるからだ。しかし、N某があそこまで強引に私に「書簡」を売りつけたのは、どうしても、あの事件を小説化して欲しいという強い希望の表れだと思う。手紙のやり取りを読むと、祖父江進一は、岩井坦（恐らくN某）にあの事件の状況を手紙で伝えた後、その手紙と全く同じ内容の文章をそのまま原稿に写し、「犯人は祖父江進一以外の人物だ」という結論の探偵小説を発表しようとしていたようだが、その気持ちとは裏腹に、手紙を受け取った岩井坦が、差出人の祖父江進一の犯行を暴露してしまったのは、誠に皮肉である。いずれにしても、祖父江進一は死去し、もう自分の探偵小説を発表することが出来なくなった。そこで、友人の岩井坦が祖父江進一の「手紙」を引き継ぎ、それに自分の「返信」を加えたものを探偵小説として発表しようとしたのではないか。その岩井坦（N某）が私に「書簡」を売りつけたということは、N某は文才に自信がなかったため、職業作家として名が売れている私に小説化を託《たく》した、ということか。

N某（岩井坦）は手紙の中で、一度は友人の犯行を厳しく責めたが、その友人も罪を認め、反省し、自ら命を絶った。もう十分に罪を償った。だからN某は、今は亡き友人・祖父江進一の犯行を「探偵小説」として発表することにより、友人の「自分の犯行を小説化したい」という夢を実現させてあげようとしたのだろう。友情の証《あか》しとして。

ならば、私はN某の意志を受け継ぎ、彼らの間で取り交わされた「書簡」を小説として発表すべきだと判断した次第である。しかし、冒頭でも書いたように、私は受け取った手紙の束に書かれた文面をほとんど加筆せず、そのまま発表したに過ぎない。それでも、「私の著作」ということになるのか。恐らくN某は、「どんなに優れた探偵小説であっても、無名の作家が書いた作品など、誰も読まない」と判断し、全く同じ小説でも、私のように「探偵小説の鬼」と呼ばれた作家の著作として発表すれば、より多くの読者の目に触れると確信したに違いない。

最後に、「悪霊」というタイトルの由来について触れると、私に書簡集を売りつけたN某が「この手紙に書かれた物語からは、目に見えない〝悪霊〟が感じられる」と小さな声でつぶやいたのが、とても強く印象に残っていた。そして私が実際にその手紙を全て読み終えた時、ようやくその「意味」が分かり、大きな戦慄《せんりつ》を覚えたのだ。そして、これほど事件の真髄を伝える言葉は外《ほか》にはないと判断し、「悪霊」と題したのである。

冒頭の「発表者の附記」でも書いたように、私はこの著作を世に発表し、どうにかして、N某君の目に触れることを祈っている。そして同君の来訪を切に望んでいるのだ。私は同君が譲ってくれたこの興味ある記録を、敢えてそのまま私の著者名で発表したからである。

この一篇の物語において、私は全く労力を費やしていない。したがって、この著述から生じる作者の収入は、全てN某君に贈呈すべきだと思っている。この「発表者の後記」を記した一つの理由は、この探偵小説の優秀性が全てN某君の功績によるものであることを明らかにすると共に、所在不明のN某君に心からの感謝の気持ちを伝えるためであった。

―了―

鈴蘭荘事件

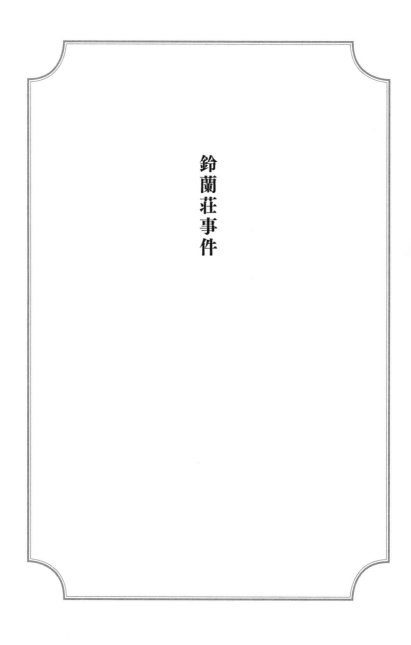

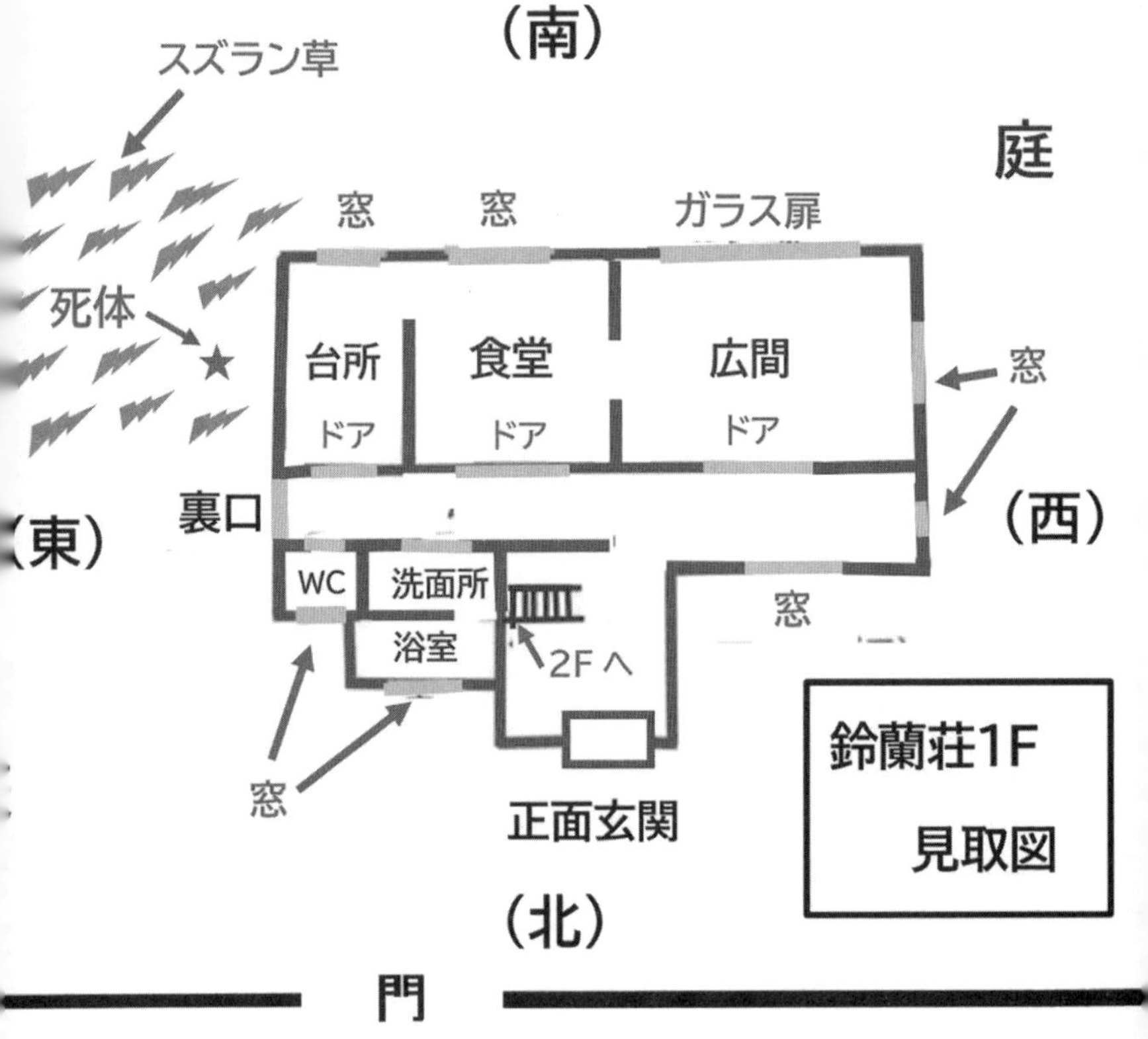
（南）
スズラン草
庭
窓
窓
ガラス扉
死体
台所
食堂
広間
ドア
ドア
ドア
窓
裏口
（東）
（西）
WC
洗面所
浴室
2Fへ
窓
窓
正面玄関
鈴蘭荘1F
見取図
（北）
門

作図：今井K

事実

●佐伯オサムの証言

「私の職業は一応、画家です。今日、ここ『鈴蘭荘《すずらんそう》』に来たのは、当主で、作家の袴田《はかまだ》源一郎氏の還暦を祝うささやかなパーティーに参加するためです。招待客は少数でした。袴田先生は文壇でも大御所の存在で、各方面に友人・知人が多数いらっしゃいますが、あまり大勢の人が集まるのを好まない方なので、今日もごく親しい人間しかお呼びになりませんでした。えっ、私ですか？　もちろん、先生とは昵懇《じっこん》の間柄ですよ。仕事面でも、私的にも。以前、袴田先生の小説本のカバー画を私が描いたことがあり、その時にこの先生と知り合いました。袴田先生の御自宅は東京ですが、毎年、今の夏の時期だけは、先生は御夫婦でこの軽井沢にある別荘『鈴蘭荘』で過ごされることになっているんです。

ここに招かれたのは、私も含め、四人です。つまり、この別荘には、袴田先生と妻の初子夫人を含め、全部で六人いたことになりますね。まさか、ここで人が殺されるなんて……。

私が到着したのは午後五時半頃だったと思います。玄関の呼び鈴を押すと、初子夫人が出迎えてくれました。

一階の広間に通されると、袴田先生と東都出版社の編集長・桜井勉氏がソファに座って、語り合っていました。桜井氏は確か五十代半ばのはずです。私は彼とも仕事でよくお目にかかりますが、親しいというほどではありません。

ほどなくして、呼び鈴が鳴り、新客が到着しました。女流作家の草加瑠璃子《るりこ》さんです。彼女のことは刑事さんも御存知でしょう。まだ二十代の俊英で、人気作家です。

袴田先生は、『これで三人の方が来られましたが、最後に到着される方は皆さんの知らない人だと思いますよ』と我々に告げました。一体どんな人が来るんだろう、と思いました」

●東条明人《あきと》の証言

「職業は弁護士です。袴田先生とは仕事上の付き合いだけで、個人的な交流はありません。だから、今回の還暦祝いのパーティーにも、最初は呼ばれていませんでした。

しかし、私は袴田先生からある内密な相談を受けたんです。それは、数日前に先生のもとに不審な手紙が届き、そこにはタイプライターで『還暦祝いの集まりの席で、あなたの命は奪われる』と書いてあったそうです。先生は、『人に命を狙われる理由は見当たらないし、単なる悪戯の可能性もあるが、油断は出来ない』と言っていました。もし、警察に届け、パーティーを中止すれば、安全かも知れませんが、その代わり、犯人は尻尾を出しません。だから、袴田先生は敢えて警察には届けず、パーティーも強行し、『私の身辺警護をしつつ、招待客の中で怪しい人物を見破って欲しい』と私に言ってきたのです。袴田先生は御自分で事件を解決しようとなさったのです。私は言わば、探偵役を任されたわけです。今回のパーティー参加も『仕事』として引き受け、報酬もいただきました。ちなみに、私は過去に袴田先生の東京の御自宅を訪れたことはありましたが、こちらの軽井沢の別荘を伺うのは初めてでした。

私は、この鈴蘭荘に到着した最後の客だったようです。夫人に案内されて広間に行きましたが、そこには袴田先生のほかに既に三人の先客がいました。中年男性と若い男性、それに若くて美しい御婦人がいました。他の招待客たちには、私が弁護士だとは伝えましたが、ここへ来た本当の目的は伝えず、『私も袴田先生の友人で、パーティーに招待された。』と自己紹介しました。彼らとは初対面でしたが、お互いに先入観がないからこそ、かえって彼らのことを客観的に観察することが出来ました」

●草加瑠璃子《るりこ》の証言

「私は袴田先生のことを深く尊敬していますし、先生も私の著作を高く評価してくださいました。なので、私のような若い者を、先生の還暦祝いの集まりに招待してくださったことを光栄に思い、感謝しております。先生の別荘に伺うのは初めてでしたが、本当に立派なお屋敷ですわね。まさか、ここであんな恐ろしい事件が起きるなんて……。

私が鈴蘭荘に到着したのは、午後六時少し前だったと思います。玄関で出迎えてくださった初子夫人とは初対面でしたが、まだ三十代後半に見えました。袴田先生とは随分年の離れた御夫婦だったんですね。ちなみに御夫婦にはお子さんはいらっしゃらないそうです。

広間に行くと、既に袴田先生と編集長の桜井勉氏、それに存じ上げない若い男性が一人いらっしゃいました。画家の佐伯オサムさんという方です。私のあとに到着された方も、面識のない方でしたが、袴田先生の御友人の一人で弁護士だそうです。四十前後の男性で、お名前は確か東条さんとおっしゃいました。

招待客が全員揃ったので、皆で袴田先生に還暦のお祝いの言葉を述べたあと、食事会になりましたが、部屋にはクラシックのレコードが流れていました。料理やお酒を運んでくださったのは初子夫人です。ちなみに、お酒は葡萄酒《ぶどうしゅ》で、たいへん美味しかったです。食事の間、皆で会話がはずんだのですが、話題はおもに袴田先生の新作についてでした。先生は次回作にかなり自信を持っておられるようでした。初子夫人は常に慎ましやかに控えていて、時々笑みを浮べていました。佐伯オサムさんは飾らない人柄の方で、誰からも好感を持たれるタイプです。私の隣に座っていた編集長の桜井勉さんは明るい方で、一番多くしゃべっておられました。しかし、私の向かい側に座っていた弁護士の東条明人さんだけは口数が少なく、しかも私たち一人一人の行動を監視するようにジロジロ見ていたので、私は不審に思いました。全く面識のない方なので、ちょっと恐かったです」

●東条明人の証言

「えっ、草加瑠璃子さんが、そんな事をおっしゃっていたんですか。私はただ、『袴田先生のグラスに毒でも盛る奴がいないか』と警戒し、一人一人をじっくり監視していただけです。しかし、私の見る限り、特に不審な動きをした者はいませんでした」

●草加瑠璃子の証言

「すると、今まで快活に話していた桜井勉さんが急に黙り、気分の悪そうな顔をして、トイレに立ちました。その時、桜井さんの歩き方がフラフラして危なっかしかったのです。その間、弁護士の東条さんがとても鋭い目をして桜井さんを見ていました。そして彼は桜井さんのもとへ行き、彼に肩を貸していました」

●東条明人の証言

「私は桜井さんの歩き方が心もとない状態で、心配だったので、彼に肩を貸してトイレまで連れて行きました。桜井さんは、『吐き気がする』と言って、そのままトイレに入りましたが、相当気分が悪そうでした。私が食堂に戻り、皆にそのことを伝えましたが、その後十五分以上経っても、桜井さんが戻って来ないので、皆が不審に思い始めました。私はもう一度トイレに行きましたが、そこに桜井さんはいませんでした」

●袴田初子の証言

「東条さんの言葉を聞いて、私も招待客の皆さんも呆然としてしまいました。主人も不審な顔をして、一階の部屋を全て探し、二階にも行きましたが、戻って来ると、やはり『桜井さんはどこにもいない』と申しました。ほかの皆さんも心配そうな表情で、お互いに顔を見合わせていました。まさか、桜井さんが何も告げずに帰ったとも思えませんし……。すると、画家の佐伯オサムさんが『一応、庭も探してみましょう』と言って、正面玄関から外へ出ました。そして、長い間待っていると、我々のいる食堂の窓を外から誰かが叩く音が聞こえました（「見取図」を参照）。私が窓を開けると、そこに佐伯オサムさんが立っていました。彼は真っ蒼な顔で、こう告げたのです。『編集長の桜井勉さんが庭の隅に倒れています。ちょっと見ただけですが、既にこと切れているようです』」

●佐伯オサムの証言

「私は単に、家の中にいないのなら外にいるはずだ、と思っただけです。気分が悪くなって、外の空気でも吸いに行ったのだろうと考えました。私は正面玄関から外へ出ました。

時刻は午後七時ちょっと過ぎでした。出る前に、何気なく食堂の掛け時計を見たので覚えています。この鈴蘭荘は庭が広く、建物の四方を取り囲んでいるんです。しかも、どの場所も木々が多く繁って、夜は非常に暗いのです。なので、人が隠れる場所はいくらでもあります。私は正面玄関を出ると、北側から西側を探し、さらに裏庭に当たる南側まで辿り着き、徹底的に探しましたが、誰もいません。そして、さらに庭を進み、角を左に曲がりました。すると、屋敷の東側の、ちょうどスズラン草が多く生えているあたりに、桜井さんが仰向けに倒れているのを発見しました（「見取図」を参照）。彼の目は閉じていたと思います。暗かった上に、ちょっと見ただけなので、断言は出来ませんが、全く身動きしていなかったので、死んでいると思いました。だって、あんなところに人が倒れていたら、誰だって事件が起きたって思うでしょう。私は恐くて、死体確認など出来ませんでした。とにかく慌てて、そこから一番近い食堂の窓を外側から叩き、室内にいる初子夫人に事件を伝えました。みんな仰天していたのが、窓の外からでも分かりました。袴田先生が初子夫人に、警察と救急車を呼ぶよう指示しているのが聞こえました」

●袴田源一郎の証言

「佐伯オサムさんの話を聞き、みんなびっくりしました。とりあえず、妻の初子に電話で通報させたあと、我々は全員、正面玄関から外へ出て、庭を北側から東側へ回りました。そこには佐伯さんが茫然と立っており、彼のそばに人が仰向けに倒れていました。見ると、それは間違いなく編集長の桜井勉さんでした。私も含め、皆がこんな状況の、こんな場所で人が倒れているのを見るのは初めてだったので、全員が恐ろしい形相をしていました。よく見ると、桜井さんは、外なのに靴を履いていませんでした」

●東条明人の証言

「その時、倒れている桜井さんの体に真っ先にかがみ込んで、観察したのは袴田先生です。私は庭が暗かったので、よく確認出来ませんでしたが、袴田先生は『桜井さんの体は既に冷たくなっている。脈もないし、完全に死んでいる』とおっしゃっていました。電話で通報していた初子夫人が大分遅れて庭にやって来ましたが、桜井さんの死体を見た途端、『キャーッ!!』と大声で叫び、膝をついてしまったのです。今から考えると、同じ女性でも、作家の草加瑠璃子さんはこういう状況でも、気丈でした。死体や周りの様子を冷静に観察していました」

●草加瑠璃子の証言

「桜井さんが一度トイレに行ったあと、なぜ庭に出たのかが分かりません。それに、外なのに、彼が靴を履いていなかったのが不可解です」

●袴田初子の証言

「私は主人に言われた通り、屋敷内の電話で警察と救急車を呼び、そのあと庭に出たのですが、今まであんなに元気だった桜井さんが死体となって発見されたのですから、仰天してしまったのです。一体、何が起きたのか分からなくて……」

●袴田源一郎の証言

「桜井さんの死因は分かりませんが、状況が不可解だし、他殺の可能性もあると思いました。食事中、彼は気分が悪そうだったので、一度トイレに行ったあと、外の空気を吸うため、庭へ出たと考えられます。そして、桜井さんがそこで一人でいる時に、何者かに殴られ、殺されたのだと思いました。暗くて、死体の傷口までは確認出来ませんでしたが。いずれにしても、彼が死んだ時、我々は全員屋敷内にいたので、犯人は外部犯だと思いました。私は東条さんや佐伯さんに、『犯人は、まだ庭のどこかに隠れているかも知れない』と伝え、我々男三人で庭全体を捜しました。しかし、庭のどこにも隠れている不審者は発見出来ませんでした」

●佐伯オサムの証言

「我々三人が庭を捜したあと、袴田先生が、『犯人は桜井さんを殺したあと、庭から外へ逃げたと思われる。だから、まだ屋敷の外の周辺にいるかも知れない』と言って、私と東条さんに『怪しい奴がいないか、外へ出て、この周辺一帯を捜してください。警察が来る前に逃げられたら困る』と指示されました。そして先生ご自身は、『私は桜井さんの死体を見張っている』と言っていました。こんな非常事態なのに、袴田先生はとても冷静な判断と的確な対処をしていました。その場にいた我々全員が袴田先生を尊敬し、信頼していたので、皆が先生の指示に従ったのです。弁護士の東条さんが捜索に行く前に、『初子夫人と草加さんの女性二人は危険ですから、屋敷の中に入っていてください』と指示していました。

それを聞いた袴田先生が女性二人に、

『屋敷に入ったら、全てのドアに鍵を掛けるように』

と付け加えていました」

●東条明人の証言

「私は佐伯さんと二人で鈴蘭荘の敷地から外へ出て、周辺を二十分ぐらい捜索しましたが、不審者は誰一人、見かけませんでした。途中で佐伯さんに会いましたが、彼も同じことを言っていました」

●袴田初子の証言

「こういう時、男性の方々がいると、とても頼もしいです。私は庭に不審者が隠れていやしないかと不安でしたが、誰もいないと聞くと、とりあえず安心しました」

●袴田源一郎の証言

「私は佐伯さんと東条さんが屋敷の周辺に捜索に行っている間、警察の方々が到着するまで、ずっと桜井さんの死体を見張り、それと同時に北側方向にある屋敷の門も警戒していましたが（「見取図」を参照）、ウチの敷地内に入って来たよそ者は一人もいません。それにしても、桜井さんがなぜ靴も履かずに庭へ出たのかが分かりません」

●草加瑠璃子の証言

「実は私は、誰かが庭に隠れているとか、犯人が屋敷の周辺に逃げた、という説には疑問を持っていました。それは直感から来るもので、犯人はもっと身近にいると思ったのです」

●東条明人の証言

「家主の袴田源一郎氏が脅迫されていたため、食事中、私は袴田先生の周辺ばかりを警戒しており、被害者の桜井勉さんには注意を向けなかったんです。だから、犯人にハメられたと思いました。せっかく探偵役を任されていたのに、油断してました。しかし、こんな仮説も考えました。〈ひょっとしたら、桜井勉さんは袴田先生と間違われて殺されたんじゃないか？〉と。なぜなら、あの屋敷の庭はとても暗かったからです」

●袴田源一郎の証言

「パーティーの五日前、この別荘に届いた《脅迫状》というのは、これです。ただし、私は人の恨みを買った覚えはないのですが。ちなみに、この事は妻の初子にも相談しました。こういう時は、本当は警察に届けなければならないのでしょうが、個人的に解決しようとしてしまいました。その点については反省しています。ところで、私は思ったのですが、桜井勉さんは私と間違えて殺されたんじゃないでしょうか。この屋敷の庭は非常に暗い上に、私と桜井さんは背格好が似ているからです。えっ、東条さんも同じことを言っていたのですか？《脅迫状》が私宛てに届いていたので、彼も同じことを考えたのでしょう。実は東条さんは招待客というより、このパーティーで、私の身辺警護と犯人捜しをしてもらうために、お呼びしたのです」

●袴田初子の証言

「最初、この屋敷に《脅迫状》が届いた時、私は主人に、『東条明人さんに相談したらどうか？』と提案しました。主人も、彼のことを有能な弁護士だと認めていましたし、『身辺警護』のような仕事をしてもらうなら、個人的な付き合いのない人のほうが中立な立場にあるので、かえって信頼出来ると判断したからです」

●東条明人の証言

「状況からいって、自殺や事故死ではないはずです。桜井さんは食事中、一番楽しそうだったので、自殺なんて考えられません。それに誰もいない庭で事故死ということもないでしょう。持病によって、突然死したという可能性もありますが、何も言わずに、靴も履かずに外に出て行ったという不可解な状況からいって、事件性があると直感的に察したのです。これは弁護士としての経験から来る勘です。袴田先生に来た《脅迫状》の件もありますし……。私と佐伯さんが周辺の捜索から屋敷に戻って来ると、袴田先生も含め、我々男三人は警察の方々が来られるまで、ずっと庭で桜井さんの死体を見張っていました。もちろん、その間、屋敷の門から敷地内に入って来た者はいません」

●佐伯オサムの証言

「鈴蘭荘のパーティーで、まさかこんな事件が起きるとは思いませんでした。私は袴田先生と桜井勉さん以外は初対面の方ばかりだったので、正直言って、誰も信用出来ない気分でした。ただし、あの若き女流作家だけは例外です。私は彼女に対して、特別な感情を持ってしまったのです」

●袴田初子の証言

「桜井さんの死体発見後、東条さんと佐伯さんが屋敷の周辺に捜索に行くと、私と草加さんの女二人は主人に言われたように、屋敷内へ入り、全てのドアに内側から鍵を掛けました。他殺体を見るのは初めてで、しかもそれがよく知っている方だったので、本当にショックでした。うちの屋敷で人殺しがあったなんて信じられません。しかも、この辺りは淋しい場所で、うちの屋敷以外はほとんど民家がないのです。だから、殺人犯がまだこの辺をウロウロしているかも知れないと聞くと、もう恐くて恐くて震え上がりましたわ。桜井さんの死体が屋敷のすぐ外にあるという現実が、受け入れられませんでした。しかし、女流作家の草加さんは意外に冷静で、私にこんなことを聞いたのです。

『桜井さんのグラスを片付けられたのは奥様ですか？』

私がテーブルの上を見ると、まだ皆さんの料理やお酒が残っていましたが、確かに桜井さんの使っていたグラスだけがなくなっていました。台所に行くと、そのグラスが洗浄された状態で食器棚にしまわれていたのです。何でもないことですが、私はゾッとしました。ちなみに、それが桜井さんの使ったグラスであることは間違いありません。なぜなら、今夜の食事会では六名全員に同じデザインのグラスをお出ししたのですが、この屋敷には同じデザインのグラスは六つしか置いていないからです。いえ、私がグラスを洗ったのではありません。一体いつの間に誰がグラスを洗ったのか、私にも分からないのです。その時、屋敷内には私たち女二人以外は誰もいなかったはずなんです。死体発見の直後だったので、私は得体の知れない不気味さを感じました。草加さんも不思議そうな顔をして、じっと考えていました」

●草加瑠璃子の証言

「その時、私はいろいろな事を考えました。桜井さんの死体は庭の東側の、スズラン草が生えているあたりにありました。ちなみに、その時に私たちがいた広間や食堂の窓は建物の裏手側、つまり南側に面していたので、桜井さんの死体や、それを見張っている袴田先生の姿は見えませんでした（「見取図」を参照）。

ところで刑事さん、あの弁護士の東条さんという人ですが、どこか怪しいと思いますよ。あの人、この屋敷に来た時から自分のことをほとんど話さなかったし、先程も申しましたように、食事中ずっと私たちのことをジロジロと睨んでいたのです。とてもパーティーを楽しんでいるようには見えなかったわ。何か別の目的で来たんじゃないかしら。それに、桜井さんが気分の悪そうな顔でトイレに立った時、東条さんはやはり恐ろしい目つきで桜井さんを見つめていました。それまで桜井さんと一言も口を利かなかった東条さんが、真っ先に桜井さんに肩を貸したり、その桜井さんが長くトイレから戻って来なかった時も、誰よりも先に探しに行ったり……。それまでの冷たい態度とのギャップがあり過ぎます。東条さんの行動は不可解です。弁護士だと言っているけど、あの人は疑わしいですよ。私の勘って、必ず当たるんです。招待客の中では、若手画家の佐伯オサムさんも初めて見る人でしたが、あの人は悪い人には見えなかったわ」

●袴田初子の証言

「とにかく、人が殺された事実といい、グラスが勝手に洗われていた事実といい、目に見えない邪悪がこの屋敷に潜んでいる気配がしました。とても恐かったので、警察の方々が来られるまで、私たち女二人は屋敷から一歩も外へ出ませんでした」

――――*――――*――――

初子夫人の通報を受けて、警察や救急車が鈴蘭荘に到着してからの「てんやわんや」はここに書くまでもない。被害者・桜井勉の死因は毒物によるもの。のちに検死の結果、スズラン草に含まれている毒成分を摂取したことによる心不全だと判明した。彼が倒れていた鈴蘭荘の庭にも、その名の通り、多くのスズラン草が生い茂っている。誰かが食事中に桜井勉のグラスに毒成分を混入し、毒殺したという殺人事件として捜査が開始された。

当然ながら、屋敷にいた者たちは全員、警察から事情聴取を受けたが、彼らの証言は前述の通りである。尚、自殺説も検討されたが、「桜井さんはパーティーの間、一番楽しそうで、自殺するようには見えなかった」という全員の証言により、却下された。被害者が庭で死んでいたこともあり、外部犯の可能性もあるが、ゆきずりの犯人が毒を飲ませたとは考えづらい。見ず知らずの人間に飲み物を渡され、それを飲むとは考えられないからだ。やはり被害者が食事中にテーブル席で飲んだ葡萄酒のグラスに毒が入っていたと見るべきだ。

ただ、被害者の桜井勉が一度トイレに行った後、なぜ庭に出て行ったのかという疑問が残る。さらに、各人の証言にあったように、外で発見された死体が靴を履いていないという不可解な状況も解せない。可能性としては、スズラン草の毒には、吐き気を促す成分が含まれているため、桜井勉は吐き気を感じ、一度トイレに行き、その後、外の空気を吸うため、庭へ出ようとするが、毒で苦しみ、判断能力を失っていたため、無意識のうちに、靴も履かずに、そこから一番近い出口である裏口のドアから外へ出たと解釈するほかなかった。裏口から出て行ったと思われる根拠は、彼が倒れていた庭の場所が裏口のドアのすぐそばだったし（「見取図」を参照）、もし正面玄関から出たのなら、なぜ靴を履かなかったのかという疑問が残るからだ。もちろん裏口から出る場合でも靴を履くべきだし、正面玄関から出る場合でも、意識が朦朧《もうろう》としていれば、靴も履かずに外へ出る可能性もある。しかし、以下の二つの事実が決め手となった。一つ目は、桜井勉がトイレに立った時から、食堂と廊下の間のドアは開けっ放しになっており、食堂にいた人間たちからは廊下が視界に入っていたにもかかわらず、誰一人として、桜井がトイレのある側から廊下を通過して正面玄関に向かったのを見た者がなかったこと（「見取図」を参照）。二つ目は、普段は施錠されている裏口のドアの鍵が掛かっていなかったこと。つまり、物理的に言っても、被害者・桜井勉はトイレを出た後、そのまま靴も履かずに、裏口のドアから鍵を開けて外に出たとしか考えられなかったのだ。ちなみに被害者・桜井勉の靴は正面玄関の三和土《たたき》にちゃんと置かれていた。

警察が到着した時、初子夫人の証言にあったように、被害者・桜井勉の飲み残したグラスだけが洗剤で完全に洗い流されていた。のちに鑑識が検査しても、当然毒物は検出されなかった。

誰がグラスを洗浄したのか？

こんな非常事態の時に、グラスを洗っている場合ではないはずだし、事件が起きた時は

「現場保存」が要求されることは、一般人でも知っているはずだ。桜井勉が使ったグラスだけが洗われ、その桜井が毒死したという事実は、桜井のグラスに毒が混入していたことを物語っている。なぜなら、警察が来る前にグラスが俊敏に洗われていたという事実は、グラスに残っている毒成分を消すという「証拠隠滅」を図った人物がいたことを意味するからだ。

グラスはいつ、誰が洗ったのか？

食器やグラスを洗っていても怪しまれない人物として、普通に思い浮かぶのは初子夫人である。しかし、彼女は何度聞かれても、「私が洗ったのではありません。第一、桜井さんが行方不明になったとはいえ、みんなまだ食事中だったんですよ」と一貫して否定した。

ただし、こんな事実もある。佐伯オサムに事件を知らされ、皆が桜井勉の死体を見に行くため、屋敷から庭に出て行った時、初子夫人だけは電話で警察や救急車に通報するため、一人だけ屋敷内にしばらく残っていたのだ。つまり、彼女なら通報した後に、誰にも見られずに桜井勉のグラスをこっそり洗ってから、外に出ることも可能だったわけだ。しかし、屋敷に居合わせた人たちに聞いても、皆が死体発見で恐怖におののいていたため、夫人がどれくらい遅れて庭にやって来たのか、誰も正確に記憶していなかった。

いずれにしても、テーブルに置かれたグラスに毒を盛るのも、そのグラスを洗い流すのも、外部犯には不可能であり、内部犯であることが決定的となった。警察は、編集長・桜井勉の死因は、彼が食事中に毒成分の混入した葡萄酒を飲んだためであると結論づけた。そうなると、屋敷内にいた全員が容疑者であるが、一番疑われたのはやはり初子夫人である。なぜなら、パーティーに居合わせた全員が次のように証言したからである。

「初子夫人は台所で一人でいる時間が長かった」
「葡萄酒の入ったグラスを台所から持って来て、テーブル席に着いている一人一人の前に置いたのは初子夫人だ」
「食事中、テーブル席に着いている人の中で、桜井さんのグラスに毒を入れるような不審な動きをした者は一人もいなかった」

ちなみに台所は、皆が座っていたテーブル席からは死角となっている奥まった場所にある（「見取図」を参照）。そのため、初子夫人は台所で誰にも見られずに、葡萄酒の入ったグラスの一つに毒を入れることも出来たし、その毒の入ったグラスを自分の意思で桜井勉のテーブルの前に置くことも出来たのだ。ただし、食事中にテーブル席に着いていた何者かが誰にも気づかれずに、つまり手品のような自然な動きの中で、桜井勉のグラスに毒を混入させることも全く不可能ではない、という意見も出た。しかし、状況から言って、一番犯行が確実に可能だったのは初子夫人であり、しかも前述のように、グラスを洗い、証拠隠滅を図った可能性が一番高いのも初子夫人であったので、他の者は容疑をかけるまでには至らなかった。

初子夫人は警察から同行を求められたが、その際、彼女は顔色を変えて「絶対に私ではありません!!」と叫んでいた。夫の袴田源一郎も、「妻がそんなことをするはずがない! 第一、彼女には桜井さんを殺す動機がない」と主張したが、招待客たちの証言によって、初子夫人はかなり不利な立場に立たされた。

警察は作家・袴田源一郎には、また何か聞くこともあるかも知れないし、今後屋敷を調べることもあるので、一応しばらくは別荘「鈴蘭荘」に留まっているよう要請した。画家の佐伯オサム、女流作家の草加瑠璃子、弁護士の東条明人の三人は住所と電話番号を聞かれた上で、帰された。

警察で取り調べを受けた初子夫人は、犯行を否認し続けたが、あの状況を考えた場合、やはり食事中にテーブル席に着いていた者が、誰にも見つからずに他人のグラスに毒を混入させることは至難の業である。そのため、皆のいる食堂から死角となっている台所で一人でグラスに葡萄酒を注ぎ、そのグラスを各人の前に置いた初子夫人が最も疑わしいという結論は揺るがなかった。しかも、前述のように、検死の結果、被害者・桜井勉の体内からスズラン草に含まれる毒成分が検出され、なおかつ鈴蘭荘の庭にも多くのスズラン草が生い茂っていた。そうなると、初子夫人には自分の庭で毒成分を簡単に抽出することが可能だったことになる。

初子夫人は犯行を否認し続けたまま、十三日後に起訴された。夫・袴田源一郎は初子夫人の弁護を東条明人に依頼した。

当時の新聞には次のような記事が載った。

【避暑地・軽井沢に立つ文豪・袴田源一郎氏の別荘「鈴蘭荘」で毒殺事件発生。被害者は東都出版社編集長・桜井勉氏。状況証拠により、食事中に桜井氏の飲んだ葡萄酒のグラスにスズラン草の毒成分を混入することの出来た唯一の人物であった袴田氏の妻・袴田初子が殺人容疑で逮捕された。】

審議

一ヶ月後、開廷された。
初子夫人の弁護を担当した東条弁護士は法廷で次の点を主張した。

①袴田初子被告には被害者・桜井勉氏を殺す動機がない。

②グラスに毒物を混入することの出来た人物は袴田初子被告だけではない。

③被害者・桜井勉氏が食事中に屋敷の裏口から外に出て行った理由が不明。その際、なぜ靴も履かずに出たのかも不明。

④そもそも、袴田源一郎氏に届いた殺害予告とは何だったのか？　袴田氏は殺されず、桜井氏が殺された。桜井氏は袴田氏と間違われて殺された可能性もある。したがって、袴田源一郎氏を殺す動機を持っている者も探すべきだ。

⑤ テーブルに置かれていた桜井勉氏の飲み残したグラスを洗い流し、証拠隠滅を図ることが出来たのは、袴田初子被告だけではない。

⑥ 桜井勉氏は自殺した可能性もある。

東条弁護士は以上の点を列挙し、袴田初子以外の犯人の可能性も十分にあると熱弁した。

まず、初子夫人の殺害動機に関しては、何と言っても彼女と被害者・桜井勉との関係が重要だが、彼女は法廷で、「夫の仕事仲間という認識しかなかった。個人的な交流はない。もちろん、殺す動機もない」と証言している。

初子夫人以外に、食事中にテーブル席に着いていた者の中の誰かが桜井勉のグラスに毒物を混入させた可能性については、警察も当初から検討していたが、結局は「困難」という結論を出した。しかし、東条弁護士はまだこの点にこだわっていた。彼は、「食堂のテーブル席に着いていた全員が、『食事中に、被害者・桜井勉氏のグラスに毒を混入させた者はいなかった』と証言しているが、事件当夜、毒殺事件が起きることは誰も想定しておらず、全員が一人一人を注視していたわけではない。したがって、これらの証言は決定的とは言えない」と断じた。さらに、東条弁護士自身も、袴田源一郎から「身辺警護」を依頼されていたため、「袴田氏の周辺は警戒していたが、被害者・桜井勉氏の周辺はノーマークだったため、誰かが桜井氏のグラスに毒物を入れても、私は気づかなかった」と認めた上で、したがって、食事中に何者かが桜井勉氏のグラスに毒物を混入させた可能性は十分にあると強調した。そして東条は、「食事中、私は被害者・桜井勉氏の向かい側のテーブル席に座っており、私に毒物混入は不可能だった」と付け加えた。

さらに東条弁護士は、テーブル席に着いていた者のうち、被害者・桜井勉の両隣に草加瑠璃子、佐伯オサムの両名が座っていたことを指摘した。この事実は、現場に居合わせた東条明人だからこそ、指摘出来たことだった。彼はこの若い二人も怪しいと訴えたたが、草加瑠璃子も佐伯オサムも毒物混入を否定し、桜井殺しの動機もないと反論した。

被害者・桜井勉が屋敷の庭に出て行った理由として、彼が庭で誰かと会う約束をしていた可能性がある。桜井は仮病で苦しがっている演技をし、トイレに行くフリをして、すぐそばの裏口から外に出た。なぜ仮病を使ったかというと、単にトイレに行っただけなら、直ぐに食堂に戻って来なくてはならない。しかし、「吐き気がする」と苦境を訴えれば、多少の時間は食事の席から外れていても、説明がつく。屋敷に《脅迫状》が届いていたことから、桜井勉とその密会者（Xとする）が共謀して袴田源一郎を殺害しようとしていた可能性も否定出来ない。桜井はXと庭で袴田源一郎殺害計画の打ち合わせをした。そのXは桜井勉には、「君と協力して、袴田源一郎を殺害する」と説明しておきながら、実は最初から桜井勉を殺害する目的だった。袴田源一郎の屋敷で桜井が死ねば、屋敷内の人物に疑いがかかるとXは見込んだのだ。桜井はXを仲間だと思って信用していたため、Xから渡された飲み物を安心して飲んでしまい、絶命した。

桜井勉は庭でXと会うことは誰にも知られたくなかった。もし正面玄関から靴を履いて出て行こうとすると、食堂と廊下の間のドアは東条弁護士が桜井勉をトイレに運んだ時から開いたままになっていたため、トイレから出て、廊下を通過して正面玄関に行く際に食堂にいる人たちに見つかるので（「見取図」を参照）、桜井勉は靴を履かずに裏口からそのまま外へ出たと考えられる。ただし死体発見時、庭には被害者しかおらず、その後も、男性三名が庭全体を捜し、佐伯オサムと東条明人が屋敷の周辺を捜索するが、皆が「誰もいなかった」と証言している。しかし、桜井勉が外に出て行って、すぐに殺されたとしたら、それから十五分以上経ってから皆が庭に駆けつけたので、その時は既に外部犯Xは遠くへ逃げ去ったあとだろう。

仮に桜井勉が庭で毒を盛られた場合、前述のように外部犯の可能性もあるが、その場合、なぜテーブルに置かれた桜井のグラスが洗われていたかが分からない。ちなみに、グラスを洗って証拠隠滅を計ることが出来たのは内部犯だけだ。なぜなら、死体発見後、桜井の死体を見張っていた袴田源一郎が、「屋敷の敷地内に入って来た者は誰もいなかった」と証言しているし、その時に屋敷内に入った女性二人が、全てのドアに内側から鍵を掛けていたからだ。すると、内部犯が外で桜井を毒殺したという仮説も考えられる。死体の第一発見者・佐伯オサムは屋敷を出て、庭に探しに行き、そこで桜井勉が死んでいるのを発見したと証言しているが、彼のほかに証人はなく、佐伯オサムが庭で被害者・桜井勉と密会する約束をしたXである可能性も浮上する。佐伯は食事中、いなくなった桜井勉を探すため、屋敷の正面玄関から外へ出るが、その後、彼が「桜井勉さんが庭で倒れている」と報告するまで、かなり時間がかかったと、全員が認めている。彼は暗い庭で長い間、いったい何をしていたのか？　その間に、佐伯オサムは被害者・桜井勉に毒物の入った飲み物を飲ませることも可能だった。致死量分の毒の入った小さなグラスならポケットに忍ばせることも可能で、口の部分をサランラップで包めば、飲み物はこぼれない。佐伯は、「桜井勉氏とは仕事上の関係だけで、個人的な付き合いはない」と証言しているが、仕事での接点があれば、殺害する動機が生まれることもあり得る。仕事仲間ならば、桜井は佐伯オサムが出した飲み物を安心して飲むだろう。そして桜井勉は絶命する。その場合、死亡推定時刻もわずかの差であり、問題はない。そして、桜井勉を殺した佐伯オサムは外側から食堂の窓を叩き、「桜井さんは既に死んでいた」と虚偽の報告をしたとも考えられる。そして警察が来る前に、皆が混乱しているのに乗じて、佐伯は毒殺に使ったグラスをこっそり処分することも出来た。彼がテーブルにあった桜井勉のグラスを洗ったのは、別の人間を犯人に見せるための偽装の可能性もある。

この点において、佐伯オサムはこう証言した。

「私は屋敷から外へ出て、桜井さんを探しに行きましたが、あそこの庭はとても広く、木々が多く繋っているので、非常に暗かったです。だから、桜井さんを見つけるのに大分時間がかかったのです。と同時に、あの庭のどこかに不審者が隠れていたとしても、私は気づかなかったでしょう。仮に庭で桜井さんに毒を盛った犯人Xがいたとしても、それは私ではありません。ちなみに、私は屋敷の正面玄関を出た後、庭を反時計回り、つまり『北』『西』『南』『東』の順に探したので、私が庭の『西』から『南』に向かっている間に、犯人Xは私に見つからずに、『東』から『北』へ向かい、そのまま門から外へ逃げることも可能だったはずです（「見取図」を参照）。私が庭の東側に辿り着いた時、既に桜井さんが倒れていたのは間違いありません。死んでいたと思います。私は庭で桜井さんと会う約束などしていないし、もちろん彼を殺してもいません」
この説に対し、検察側から、「桜井勉氏が行方不明になった時、佐伯オサムより先に外へ出て、庭を探す人が現れた場合は、この犯行は成立しない。殺人計画としては不完全だ」と指摘された。ちなみに、佐伯オサムには桜井勉を殺す動機が確認出来なかったし、彼を逮捕する決定的な証拠もなかった。

被害者・桜井勉が袴田源一郎と間違われて殺された、という指摘は説得力に欠けた。確かに袴田と桜井は背格好が似ていたし、庭が非常に暗かったのは事実だ。しかし、背後から凶器で殴打されたのならともかく、これは毒殺である。状況としては、親しい人物に飲み物を渡され、安心してそれを飲んでしまったと考えるのが自然だ。その場において、お互いに相手を確認したはずだからだ。

袴田源一郎を殺す動機のある者を探すべき、という指摘に関しても、袴田自身が、《脅迫状》を受け取った時から、「命を狙われる覚えはない」と言っているし、実際、袴田は殺されなかった。犯人の標的が桜井勉と袴田源一郎の両名にあり、桜井を殺した後に、袴田を殺そうとしていたという可能性も低い。なぜなら、桜井が殺されれば、その後警察が来ることは分かっている。その状況では、袴田を殺すことが困難になってしまうからだ。第一、脅迫状とは、犯人が「身代金を渡さなければ、誰ソレを殺す」と脅迫する時に送るものである。何も要求せずに、殺人だけを告知する理由がない。そんな脅迫をすれば、相手に警戒され、警察に通報される恐れがあるからだ。やはり、犯人の標的は桜井勉だけにあり、袴田源一郎への《脅迫状》は警戒の目をそらすための偽装だと見るべきだ。

テーブルに置かれていた桜井勉の飲み残したグラスを洗い流し、「証拠隠滅」を図ることが出来たのは、必ずしも初子夫人だけとは限らない、という指摘についてはこうだ。
まず、警察と救急車が到着し、屋敷内を調べる以前にしかグラスを洗うことは出来ない。さらに初子夫人と草加瑠璃子の証言によって、もっと以前、つまり死体発見直後に女性二人が屋敷に入った時点で、既にグラスが洗われていたことも確認されている。そうなると、グラスを洗った時間帯はかなり縮まる。庭で桜井勉の死体が発見された際、警察に通報するため、一人だけ屋敷内に残っていた初子夫人にグラスを洗うチャンスがあったのは確かだが、それ以前にグラスが洗われた可能性もある。つまり、食事中に桜井勉が苦しい表情でトイレに立ち、その後、彼が行方不明になった際、皆が食堂で驚いているのに乗じて、誰かがテーブルの上の桜井勉のグラスをこっそり台所に持って行き、洗うことも出来た。その場合、食堂にいた誰にでも、その機会があった。しかし、あの時は皆が混乱していたため、桜井勉のグラスを手に取っていた者がいたか、いなかったか、誰も覚えていなかった。

自殺説の根拠は、食事中に桜井勉が自分のグラスに毒物を入れることが可能だったからである。自分自身のグラスにならば、多少不自然な動きをしても怪しまれない。「桜井さんはパーティーの間は一番元気そうで、自殺するようには見えなかった」という当事者たちの証言は主観的な判断に過ぎない。これから死のうとしている人間の心理状態は尋常ではなく、実際に自殺した人が、直前に人と熱心に語り合ったり、明るく振る舞っていたという前例はある。裁判官が、食事会にいた人たちに、「桜井勉氏が自分のグラスに何かを混入するところを見たか？」と質問しても、全員が「分からない」と答えた。

さらに、初子夫人はあの状況では自分にしかグラスに毒物を入れる機会がなかったことを認識していたはずだ。わざわざ自分が疑われるような状況で犯行を犯すはずがない。彼女は罠にかけられた可能性が大いにある。

以上のような攻防があったにせよ、外部犯Xは特定出来ず、捕まらない。佐伯オサム犯人説も今一つ弱い。食事中に草加瑠璃子や佐伯オサムが毒物を混入するのを目撃した者もない。桜井勉の自殺説も苦しかった。自殺するにしても、もっと時と場所を選ぶはずだというのが大方の見方だったし、何よりも桜井の死後にグラスを洗い流し、証拠隠滅を図った人物がいたという事実が、他殺を物語っているからだ。

依然として、初子夫人の立場は不利なままだった。それでも、東条弁護士は袴田源一郎に、「必ず奥様を救ってみせます」と約束した。

間奏

女流作家・草加瑠璃子は若手でありながら、その作品は早くから注目されており、文芸雑誌の書評にも以下のように絶賛された。

【事件解明を扱う草加嬢の著作は、常に鋭い指摘と意外性に満ちており、同時に合理性がある。読者を惹きつける文章の上手さ、描写の臨場感も天性のものだ。彼女は近年稀《まれ》に見る才女と言えよう。】

画家・佐伯オサムも若くしてデビューした鬼才であり、彼の描く絵画は、その斬新な描写により、瞬《また》く間に画壇に新風を吹き込んだ。佐伯画伯の知名度は高く、美術愛好家のみならず、音楽家、小説家にも、彼の支持者は多い。作家・袴田源一郎が自分の小説の表紙絵を佐伯オサムに依頼したのも、そういった経緯があったのだ。

その佐伯オサムは、前々から草加瑠璃子の著作を愛読していたので、一度この才媛の顔を見てみたいと思っていたところへ、彼は偶然にも「鈴蘭荘」でのパーティーで彼女と対面する機会に恵まれたのだ。そこに現れた草加瑠璃子は、夏らしく、白を基調とした上品な服装に身を包まれ、彼女の清楚な美しさは、その場に花を添えた。佐伯は一目見て、彼女に惹かれた。そして会話を交わすと、この人気作家が意外にも驕《おご》り高ぶったところがなく、謙虚な女性だったので、佐伯は驚いた。そして彼女に好感を持った。

草加瑠璃子は、初め佐伯オサムのことを知らなかったが、鈴蘭荘のパーティーで接した面々の中では、この青年画家は年齢が自分と一番近く、打ち解けるのも早かったし、佐伯という男の気さくな人柄に、瑠璃子は何でも本音で語り合える空気を感じていた。そして食事会では、瑠璃子は以前から知っていた袴田源一郎の単行本の装幀画が、実は佐伯オサムの描いた絵であるということを聞かされ、とても驚くと同時に、この画家を尊敬するきっかけになったのだ。そして瑠璃子自身も、自分の小説本の表紙を、佐伯の描く絵で飾って欲しいと思うようになった。

鈴蘭荘事件のあと、この若い二人は共に裁判に出廷したこともあり、話を交わす機会が更に多くなり、徐々にお互いの距離が縮まっていった。そして今や、この二人はかなり親密な仲になっていたのだ。

次の裁判まで、しばらく余裕が出来た時、瑠璃子は佐伯を誘って、東京のカフェでお茶をした。

　まず、瑠璃子がこう切り出した。

「まさか、あたしたち二人が食事中に桜井さんのグラスに毒を入れたなんて疑われるとは思わなかったわ。本当にびっくりした」

「僕も驚いたけど、弁護士というのは被告の無罪を勝ち取るためなら、あらゆる手段を取るからね」

　瑠璃子は佐伯を初めて見た時、〈この人は悪い人ではない〉と直感的に思ったし、佐伯のほうも瑠璃子に好意を持っていたので、二人に毒物混入の疑いがかかった時も、お互いに相手を信じていた。

　瑠璃子は佐伯に、この事件に対する自分の考えを述べた。

「あたしには、初子夫人が犯人とは思えないわ。あんなに優しそうな人が人を殺すなんて。でも、あの状況では、やっぱり彼女が一番疑わしいということになるわね。グラスに毒を入れる機会があったのは彼女だけですもの」

「屋敷の庭で、桜井さんが誰かと会う約束をしていて、その人物が桜井さんを毒殺したという説も出たけど」

「あなた、死体発見後、東条さんと二人で屋敷の周辺を捜したんでしょ。本当に怪しい人物はいなかったの？」

「うん、あの時はまだ桜井さんの死因が毒殺によるものとは知らなかったので、凶器で殴打された可能性もあった。だとすると、桜井さんが外で殺された時、我々は全員屋敷内にいたんだから、外部犯の犯行ということになる。しかし庭全体を捜しても、誰もいなかったので、袴田先生が『犯人は桜井さんを殺したあと、屋敷の周辺に逃げたのかも知れない』と言ったのは正論で、僕も東条さんも先生の指示に従い、屋敷の周辺を捜しに行った。ただし僕も東条さんも鈴蘭荘へは電車とバスを乗り継いで来たので、車はなかった。だから、二人とも走って捜したんだ。東条さんは門を出て、左側へ行き、僕は右側へ行った。あの辺は民家がなく、自然が多い場所だけど、道路で行ける範囲はけっこう遠くまで、あちこち捜したんだ。だが、人っ子一人いなかった。大分経ってから、道で東条さんに会ったけど、彼も同じ事を言っていた。彼はこうも言っていた。

『桜井さんが庭に出て、すぐに殺されたとすると、希望は薄い。だって、彼がトイレに行って十五分ぐらいしてから、やっと我々は庭に出たんだから。その時には犯人は既に遠くへ逃げてしまっていただろう。もし犯人が車を持っていたら、なおさらだ。ただ、この辺は静かな場所なのに、車が走り去る音は聞かなかったけど……。とりあえず、屋敷に戻ろう。袴田先生を一人にしておくのも心配だし』

それで、我々二人は鈴蘭荘に戻ったんだ」

瑠璃子は佐伯にこう聞いた。

「あなたたちが屋敷の周辺を捜していたのは何分ぐらい？」

「そうだね。二十分ぐらいかな。でも、何で？」

「いや、何でもない」

その時、瑠璃子はある可能性を考えていた。しばらくして、彼女はまた口を開いた。

「ところで、あたしには一つ引っかかることがあるの。桜井さんは、なぜ靴も履かずに外に出たのかしら？」

「確かに変だね。やっぱり、体に毒が回って、意識朦朧《もうろう》となり、無意識のうちに靴も履かずに庭に出てしまった、というありきたりの解釈しか僕には出来ないな」

瑠璃子は、また黙ってじっと考えていた。

告白

その三週間後、事件は急転直下を見た。

次の公判の時、裁判所が袴田源一郎に証人として出廷するよう要請したが、彼は裁判に現れなかった。その後、「鈴蘭荘」に電話しても、袴田とは全く連絡が取れない状態が五日間も続いた。そのため、一応警察官が鈴蘭荘を訪れることにした。ところが、呼び鈴を押しても、誰も出ない。ドアには鍵が掛かっておらず、屋敷内に入ると、どの部屋も人のいる気配が全くない。家内を探していると、食堂のテーブルの上に一通の封筒が置かれていた。警察官がその封筒を手に取って見ると、表には「告白文」と書かれており、中を確かめると、まとまった量の便箋が入っていた。そこには次のような手記が書かれていた。

妻の初子と編集長の桜井勉が不倫関係にあったのは、だいぶ前から分かっていた。二人は許せない。

私は疑われずに、初子と桜井勉を葬り去る計画は十分に練っていた。都合のいいことに、私が彼らの不倫に気づいていることに、彼らは気づいていない。

私たち夫婦は、毎年夏の時期は軽井沢の別荘「鈴蘭荘」で過ごすことになっている。そして今年は、鈴蘭荘で私の還暦祝いのパーティーがある。これを利用するのだ。桜井をパーティーに招待し、そこで彼を殺す。殺人を遂行する上で、私のアリバイを証明してくれる目撃者が必要だが、パーティーに来る招待客はうってつけだ。しかし、別荘にはあえて少数の人間しか呼ばなかった。私が大勢の人間と接することが苦手ということもあるが、別の理由もある。あまり多くの人が集まって来ると困るからだ。その理由はのちに分かるだろう。だから、招待客は被害者の桜井勉を含め、四人と決めた。若手画家の佐伯オサムは正直者なので安全だ。女流作家の草加瑠璃子のような頭の切れる女が事件の様子を証言してくれれば、説得力がある。弁護士の東条明人には、自分に《脅迫状》が届いたという「作り話」を伝え、パーティーの席で怪しい人物を見破って欲しい、と頼んだ。その際、私はニセの《脅迫状》を作り、それを東条に見せ、事件発生後には警察にも見せるつもりでいた。私はあくまで狙われている側だと言えば、まさか私が誰かを殺そうとしているなどとは、誰も思わないだろう。

さて、殺害方法について記す。

鈴蘭荘でのパーティーの一週間前、私は編集長の桜井勉にこうもちかけた。

「私はこれまで純文学ばかりを書いてきたが、こんど探偵小説に挑戦しようと思う。そして書くにあたって、事件の臨場感というものを味わってみたいのだ。まるで小説のように、別荘で殺人事件が発生するという寸劇をやってみたい。もちろん、他の招待客をダマすという目的もある。そこで、皆の驚いた顔を見てみたいと思わないか？　是非、この計画に乗って欲しい」

もともと編集者という人種は、様々な企画を立案し、試してみるのが好きな連中だ。桜井勉も、これまで出版界で無謀ともいえる大胆な発想をし、それを実行し、世間をあっと言わせるブームを巻き起こしたことがある男だ。だから、絶対にこの話に乗ってくるに違いないと踏んだ。何よりも、桜井と私は長年の付き合いがあり、彼も私のこういう遊び心のある性格を知っている。友人だったら、きっと協力してくれるはずだ。案の定、彼は嬉しそうな顔で、この寸劇の企画に乗ってきた。

計画は単純だった。

まず、桜井勉が食事中に、気分の悪そうな顔をしてトイレに立つ。その際、今にも倒れそうなフラフラの状態で歩く。いかにも毒を盛られたかのように……。仮に誰かが心配して桜井に肩を貸してトイレに連れて行っても、一度はトイレに入るのだ。そして周りに誰もいなくなったら、こっそりトイレから出て、裏口から庭に出て、スズラン草のそばで倒れ、死んだフリをする。その際、桜井に肩を貸してトイレに連れて行った人間がいた場合、その人物が食堂と廊下の間のドアを開いたままにするか、閉めるかは分からない。もしドアが閉まっていたら、桜井はそのまま正面玄関から靴を履いて庭に出る。もし食堂のドアが開いていたら、トイレから出て、正面玄関から靴を履いて外へ出ようとすると、廊下を通る際、食堂にいる人間たちに見つかってしまう（「見取図」を参照）。その場合は、桜井は正面玄関まで靴を取りに行くことが出来ないので、裸足のまま、トイレから一番近い裏口から出るよう指示した。

尚、暗い庭で死んだフリをする理由は、電灯の点いた明るい部屋の中だと死体役の姿がはっきり見られてしまう。そして、生気に満ちた顔色や体の微妙な動きまでまともに分かってしまい、生きていることがバレてしまうからだ。この屋敷の庭は木々が多く繁っており、夜ともなれば非常に暗いので都合が良い。その庭の中でも、スズラン草のそばで倒れる段取りにしたのは、そこは屋敷の東側に当たり、皆がいる食堂や広間の窓からは見えない位置にあるからだ（「見取図」を参照）。この「暗い庭」と「スズラン草」という二つのキーワードは、寸劇だけでなく、その後に起きる本当の殺人においても、同じ理由で役立つのだが、それは、おいおい話す。

発見される死体が靴を履いていないのが不自然だが、どうせ「寸劇」だし、むしろ不可解な状況が出来上がったほうが、ますますミステリー劇として盛り上がるだろう、と二人で話し合った。桜井勉はトイレから出て、裏口から外へ出る。そして桜井がいつまで経ってもトイレから戻って来ないので、皆が不審に思う。誰かが探しに行っても、当然桜井はトイレにはいない。私も家中を探すフリをして、「見つからない」と皆に言う。そうなれば、必然的に誰かが外へ出て、庭を探すだろう。そこでニセの死体が発見され、皆が大騒ぎする。もちろん、警察に通報すると言いながら、本当は通報しない。そして屋敷内で全員が恐怖におののいている最中に、生きている桜井がひょっこり笑顔で登場し、ネタばらしをする。

ここまでが、桜井に伝えた計画だ。

もちろん、この計画は妻の初子はもちろん、他の招待客にも内緒だ。私と桜井だけが知っている秘密の計画だと、桜井にも伝えた。

しかし、ここから先が私の本当の計画だ。

桜井は私に言われた通り、食事中に気分の悪そうな顔でトイレに立った。その時、桜井に肩を貸し、トイレに連れて行った弁護士の東条が、食堂と廊下の間のドアを開けたままにしていたので、桜井は私の指示通り、トイレから出ると、正面玄関へは向かわず、裏口のドアから靴を履かずに外へ出た（「見取図」を参照）。食堂にいる人間たちは、トイレに行ったはずの桜井が、いつまで経っても戻らないので、不審に思う。そして想定通り、佐伯オサムが外へ出て、庭の東側でニセの死体を発見した。この若手画家は自分のアトリエで絵ばかり描いているためか、臆病な性格だったようだ。倒れている桜井を見ると、脅えてしまい、死体確認どころではなく、すぐに我々に事件発生を伝えてくれた。だから、私は助かった。

桜井に伝えた「寸劇」では、「警察に通報すると言いながら、本当は通報しない」という段取りだったが、本当はニセの死体発見後、すぐに妻の初子に警察と救急車を呼ぶよう指示した。なぜなら、桜井勉はいずれ本当に殺されることになるからだ。尚、妻の初子に通報させた理由は、いずれ分かるだろう。

我々は庭へ出て、桜井のニセの死体が倒れている場所まで行った。前にも言ったように、この屋敷の庭は木々が多く繁っているので、夜は非常に暗い。だから皆が、倒れている桜井を見て、死んでいると錯覚するだろう。桜井だって、絶対に動かないようにしているのだから。しかし、誰かが桜井の脈を取ったり、心臓を触ったりしたら困るので、私は誰よりも先にニセの死体にかがみ込み、死体を調べるフリをして、ほかの者に、生きている桜井の体に触れさせないようにした。そして、私はすかさず、「もう冷たくなっている。脈もない。彼は完全に死んでいる」と伝え、さらに、「犯人が、まだ庭に隠れているかも知れない」と恐怖をあおれば、皆も死体確認どころではなくなるだろう。それに、あの場にいた連中は全員が私を信頼しているので、誰も私の判断に異論を唱えないはずだ。

皆で庭全体を捜し、不審者がいなかったことを確認すると、私は東条と佐伯に「屋敷の周辺を捜し、犯人を見つけてくれ」と指示した。東条が、妻の初子と草加瑠璃子に、「女性たちは危険だから、屋敷の中に入るように」と指示してくれたのも、有難かった。仮に東条が言わなくても、私が女二人にそう指示するつもりだった。私は「死体を見張っている」という名目で庭に留まる。周辺を捜しに行った東条と佐伯は二十分ぐらいは戻って来ないだろう。屋敷内に入った女二人は危険を感じ、絶対に外へは出ないはずだ。この鈴蘭荘は山奥にあるので、警察や救急車が到着するまでに三十分ぐらいかかることは分かっていた。

こうして私は、死んだフリをしている桜井勉と、しばらくの間、二人っきりになることが出来た。冒頭で書いた、招待客を少なくした理由というのはこれだ。あまり大勢が別荘にやって来ると、常に誰かがそばにいて、死体役の桜井と二人っきりになることが出来ないからだ。

私は桜井勉に声をかけた。

「もう大丈夫ですよ。佐伯さんと東条さんは屋敷の周辺へ出て行ったし、女性二人は屋敷内に入りました。今、ここにいるのは、私とあなただけです」

すると、死体は突然起き上がった。そして、体を大きく伸ばして、こう言った。

「いやぁー、ずっと動かずにいるというのも疲れますね。でも、人をダマすのって、けっこう楽しいですな。先生の今度の新作も、こういう設定の話なんですか？」

私は彼に調子を合わせた。

「まあ、そんなところです。それにしても、桜井さんの死体を発見した時の彼らの驚いた顔は傑作でしたよ。あなたに見せたかった、アハハハッ！　今頃、みんな大騒ぎですよ。だけど、全員が広間に戻って来た時にネタばらしをするから、もうしばらく、ここで寝ていて欲しいんです。でも、ずっと死体のフリをしていたから、疲れたでしょう。今、葡萄酒を持って来ますから、一杯飲んでください」

そう言って、私は屋敷の裏口のドアをこっそり開けて、中を覗いた。そして廊下の先まで誰もいないことを確認すると（「見取図」を参照）、そのまま屋敷内に入った。女二人が、ここから一番遠い広間にいることが、彼女たちの話し声で分かった。私は足音を忍ばせて、一番手前の台所のドアを静かに開け、中に入った。台所は、食堂からも広間からも死角になっている（「見取図」を参照）。そして私はグラスに葡萄酒を入れ、そこに、台所に保管していた毒成分（あらかじめ、庭のスズラン草から抽出していたもの）を混入した。そのグラスを持って台所のドアをそっと開け、廊下を覗いた。やはり誰もいないことを確認すると、私はゆっくり廊下に出て、そのまま音を立てずに裏口のドアを開け、庭に出た。

　私は、そこで待っている桜井勉に近づき、笑顔で彼にグラスを渡し、「どうぞ」と言った。彼は何の疑いもなく、そのグラスに入っている葡萄酒を一気に飲みほした。間もなく桜井は苦しみ出し、信じられないという表情で私を睨みつけたが、彼は抵抗することも出来ず、顔は引きつり、グラスを落とした。そして彼は小さい叫び声を上げ、地面に倒れた。先程、彼が自分で倒れた場所とほぼ同じ位置だった。彼の叫び声は屋敷内にいた二人の女には聞こえなかっただろう。私は懐《ふところ》から小型ペンライトを取り出し、桜井の顔に光を当てた。そして彼の片目を手で開け、瞳孔を調べた。今度こそ、彼が本当に死んだことを確認した。死亡推定時刻も、皆が発見した時に既に死んでいようが、たった今死のうが、大して違いはない。

私は桜井が落としたグラスを拾い上げた。そのグラスは食事中に皆が飲んだグラスよりも細めの作りだったので、ポケットに入れることが出来たのだ。もちろん、そのグラスはあとで完全に洗浄するつもりだった。

しばらくして、東条明人と佐伯オサムが戻って来た。彼らは当然、「怪しい人物はいなかった」と報告する。この庭に桜井勉の死体があるという状態は先程と同じで、二人とも怪しまない。女二人は屋敷内にいたままだ。

こうして、私は誰にも見られずに犯行を成し遂げることが出来たのだ。前に書いた、「死体役の桜井勉が暗い庭で倒れている」という段取りが、寸劇だけでなく、私の本当の殺人でも役立つと言ったのは、このことだ。倒れている桜井が「実は生きている」とバレてしまったら、この計画は終わりだ。その時、桜井が「確実に死んでいた」と皆に思わせなければならない。だから、桜井には暗い庭で倒れているよう指示したのだ。庭の中でも、「スズラン草のそばでニセの死体が発見される」という段取りも、寸劇だけでなく、本物の殺人で役立つと言ったのは、次のような理由だ。スズラン草のある場所は、建物の東側に位置している。そこは広間のガラス扉からも、食堂の窓からも、台所の窓からも見えない場所だ。というより、この屋敷には二階も含め、建物の東側の壁には窓が一つもないのだ(「見取図」を参照)。つまり屋敷内のどの窓からも、我々二人のいるスズラン草付近の場所は死角となって見えない。死体発見後、屋敷内に入った初子と草加瑠璃子は危険を感じ、絶対に外へは出ない。しかも、どの窓からもこちら側が見えない。したがって、彼女たちは、死体が生き返る場面も、私が桜井を「本当に」毒殺する場面も目撃出来ない。だから、スズラン草のそばで死体役の桜井が発見されるという計画にしたのだ。

ここまでは万全だ。

その後、警察と救急車が到着する。そして桜井勉の死亡を確認する。警察は我々の証言を聞き、食事中に桜井勉が毒に苦しみ出した後、なぜ外に出て行ったのかという疑問を持つはずだが、「体に毒が回り、気分が悪くなり、外の空気を吸うために庭に出た」と判断されれば良いと思った。実際、警察もそう判断した。

死体が靴を履いていないという状況は、桜井に伝えた「寸劇」では「ミステリー劇を盛り上げるため」で片がつくが、本物の殺人事件では、警察に明らかに不審に思われてしまう。ここが難点だったが、「桜井は毒によって吐き気をもよおし、外の空気を吸うため、庭に出ようとするが、意識朦朧《もうろう》となっていたため、無意識のうちに、トイレから一番近い裏口から、靴も履かずに外に出てしまった」と結論づけられればよいと思った。実際、警察もそれ以上の見解は出せなかったようだ。いずれ検死で、桜井の死因は毒によるものと判明するはずだ。私は隙を見て、洗面所で、桜井を殺す時に使ったグラスを洗剤で完全に洗い流した。

そして、もっと大事なことがある。

私の計画では、「皆が食堂のテーブル席で夕食を楽しんでいる最中に、桜井勉が毒の入った葡萄酒のグラスを飲み、吐き気をもよおし、トイレに行くが、その後、外の空気を吸いに庭に出て、そこで絶命する」というものだった。だから、食堂のテーブルに置かれた、桜井勉が飲み残した葡萄酒のグラスに毒が入っていなかったら、辻褄が合わない。そこで私は、食事中に桜井がトイレに立った後に行方不明になり、皆が慌てているのに乗じて、屋敷内で桜井を探すフリをして、こっそりテーブルに置かれた桜井のグラスを持ち、食堂から廊下に出て、その廊下側からまた台所に入り（「見取図」を参照）、そこでそのグラスを洗い流し、食器棚にしまった。あたかも、「桜井が食事中に飲んだグラスに毒が入っており、犯人が証拠隠滅のためにグラスを洗った」と思わせるためだ。もちろん台所が、皆のいるテーブル席から死角となって見えないことも計算ずくだ（「見取図」を参照）。

テーブルに置かれた桜井勉のグラスに毒が入っていたとなると、私が食事中に彼のグラスに毒を入れることが出来なかったことは、その場にいた全員が証言してくれる。ちなみに他の招待客たちも、食事中に桜井のグラスに毒を混入させることは不可能だった。そうなると、必然的に妻の初子に疑いがかかる。彼女は食事の準備のため、皆からは見えない奥まった台所の中で一人でいることが多く、なおかつ、それぞれのグラスを客たちの前に置いたのも彼女だ。それは、その場にいた全員が認めるだろう。そうなれば、初子は台所で誰にも見られずに、グラスの一つに毒を入れることが出来るし、その毒の入ったグラスを自分の意思で桜井の前に置くことが出来た、と判断される。しかも、毒成分を含んでいるスズラン草は、この屋敷の庭に多く生い茂っているので、初子はそれを簡単に抽出することが出来るのだ。

前に書いた、死体発見後に警察に通報する役目を妻の初子にさせた理由とは、こうだ。佐伯オサムが庭で桜井勉の死体を発見したことを我々に告げ、我々は外へ出て行くが、初子だけは電話で通報するために、一人だけ屋敷内にしばらく残ることになる。そうなれば、「彼女は通報した後に、屋敷内で誰にも見られずに桜井のグラスを洗い流し、証拠隠滅を図ることが出来た」と警察に思わせることが出来るからだ。

そして、妻の初子は最重要容疑者として逮捕される。

以上が、桜井勉と妻の初子を同時に葬り去り、私だけが助かる方法だ。

初子が桜井を殺す動機がないことが難点だが、別にかまわない。同年代の男女のことなら、痴情のもつれだと判断されるだろう。初子の弁護を東条明人に依頼したのは、ただのポーズだ。いくら彼でも、彼女を無罪にすることは出来ないはずだ。むしろ、彼が妻を弁護すればするほど、事件の状況がより浮き彫りにされ、ますます私に桜井を殺すことが不可能だったことが強調されるだけだ。

私の計画は完璧だ。これで、私を裏切った初子と、初子を奪った桜井勉に復讐出来た。私は満足だった。

しかし、事件から二ヶ月が経つと、人の命を奪ってしまったという事実が私の心に重く響いてきた。そして今、妻・初子が無実の罪で裁かれようとしている。私は強い罪悪感に苛《さいな》まれてしまった。私にも人間の心が残っていたのだろう。一時的な感情で、こんな恐ろしいことをしてしまったことを心から後悔し、反省した。この手記を書いたのも、そのためだ。

私は事件の全てを明らかにしたい。一番疑われるだろう妻の初子を無実の罪に陥れたくない。一時的な過ちがあったにせよ、長い間私を愛してくれた女性、そして私が深く愛した女性なのだから。愛する初子よ、君を陥れようとした私を許してくれ。

私の犯した罪は、自分の命をもって償う所存だ。我が鈴蘭荘から、さほど遠くない美影湖は静かな場所で、落ち着くことが出来る。私の最期に相応しい場所だと思う。

袴田源一郎

長野県北部の美影湖から作家・袴田源一郎の遺体が上がったのは、その六時間後の事である。数日前から湖面にボートが漂っていたのを、付近の人が目撃していた。検死の結果、死後約一週間が経過していることが分かった。死因は溺死。付近の駐車場には本人の車が駐車してあった。

「告白文」はタイプライターで書かれていたが、袴田の遺体から採取した指紋と「告白文」の封筒と便箋に確認された指紋が一致し、文面の最後には袴田源一郎の実印が押されていた。

その後、警察に追及された初子夫人が桜井勉との不倫関係を認めたため、袴田の桜井殺しの動機にも信憑性があると判断された。

事件の夜、鈴蘭荘の庭で桜井勉が倒れているのを皆が発見した時、「完全に死んでいる」と言ったのは袴田源一郎だけであった。暗い庭であったにもかかわらず、倒れている人間を迅速に死体だと識別出来たこと、さらに、人が死んでいるという非常事態であるにもかかわらず、彼だけは冷静で的確な対処をしていたことも、今から考えると合点がいく。

その後の裁判でも、庭で死体を見た全員が、次のような証言をした。

「桜井勉さんの体をじっくり確認していた袴田先生が『死んでいる』と言ったので、我々も死んでいると思った。皆が袴田先生を信頼しているので、先生の判断を信じた。しかし、誰も桜井さんの脈を取った者はいないいし、心臓の鼓動も確認していない。あの時は夜で、しかも鈴蘭荘の庭は木々が多く繁って非常に暗かったので、死体をはっきり確認したわけではない。あの時に桜井勉さんが確実に死んでいたとは断言出来ない」

また、佐伯オサムと東条明人がこう証言した。

「庭での死体発見後、不審者を捜すために二十分程屋敷を離れた。そして、それは袴田先生から指示されたことです」

その時に屋敷内に入っていた草加瑠璃子と初子夫人も、こう証言した。

「あの時は危険を感じたので、警察が来るまで、屋敷から一歩も外へ出なかった。私たちのいた食堂や広間の窓からは、袴田先生と桜井さんの死体があった庭の東側は死角となって見えないので、そこで何が行われたか分からない」

その結果、暗い庭で桜井勉の死体と袴田源一郎だけが誰にも見られずに、しばらく一緒にいたことが確認され、なおかつ、そういう状況を袴田が意図的に作りあげたことも認められた。屋敷内のどの窓からも、二人のいたスズラン草の付近が死角となって見えないという事実は、家主の袴田源一郎だからこそ知り得たことだ。そのため、袴田の桜井殺しの可能性が濃厚となった。袴田源一郎に《脅迫状》が届き、本人がそれを弁護士の東条や警察に見せていたが、実際には袴田は殺されず、桜井が殺されたという事実、そして袴田が、「桜井さんは私と間違えられて殺されたのではないか」と警察に主張したという事実を踏まえると、あくまで、「自分は命を狙われている」と周りに印象づけ、容疑から逃れようとしていたと推測出来るし、ニセの《脅迫状》を作り上げたという「告白文」の内容を裏付けている。

鈴蘭荘の庭に多くのスズラン草が生えていたため、初子夫人にはスズラン草の毒成分を抽出することが出来た、と当初は考えられた。しかしこれは、同じ屋敷に住む夫・袴田源一郎にも毒成分を抽出することが可能だったことを意味する。

事件直後、被害者・桜井勉が食事中に飲んだグラスだけが洗われていたため、「初子夫人がグラスに残っていた毒成分を洗い流し、証拠隠滅を図った」と当初は推測された。しかし、「グラスに毒そのものは全く残っていなかった」という事実は明白だったわけで、初子夫人が桜井勉のグラスに毒物を混入したという決定的な物的証拠は最初からなかったのである。

袴田源一郎の「告白文」については、初子夫人が「夫・袴田は手紙も原稿もタイプライターで書いていた」と証言したし、文面の最後に捺印されていたのは、間違いなく袴田本人の実印であった。その実印は鈴蘭荘の袴田の寝室内にある金庫に保管されていたものであることも、初子夫人の証言で明らかとなった。寝室の鍵は本人が持ち歩いていた可能性もあり、第三者が奪うことも不可能ではないが、寝室内の金庫の暗証番号を知っていたのは袴田源一郎と妻の初子夫人の二人だけであり、「告白文」が発見された時、初子夫人は拘置所内にいた。つまり、袴田本人が金庫を開け、実印を取り出し、それを押したことになる。

袴田源一郎の死は覚悟の自殺だと結論づけられ、初子夫人は釈放された。こうして鈴蘭荘事件はついに決着を見たのである。

袴田の死体が発見された翌日の新聞には次のような紙面が載った。

【閑静な自然の中に建つ「鈴蘭荘」で起きた謎の毒殺事件。家主で作家の袴田源一郎が犯行を認める手記を残し、入水自殺。多くの劇的な小説を発表した文壇の巨匠が、最後に描いたのは現実の犯罪。彼のどの作品よりも我々に大きな衝撃を与えた。】

驚愕

草加瑠璃子は新聞で事件の真相を知った時、大きなショックを受けた。

尊敬する袴田先生が殺人犯？　しかも自殺？　信じられない!!　あの状況では、袴田先生は桜井さんのグラスに毒を入れる機会はなかったはずだ。しかし、警察が袴田先生の自殺を、犯行を認めた証拠だと結論づけたからには、何か大きな決め手があったのだろう。彼女は、こんど警察に行って、そのあたりのことを詳しく聞いてみようと思った。自分は事件現場に居合わせた証人の一人だし、裁判にも出廷した。それぐらいのことは教えてくれるだろうと、彼女は思ったのだ。

瑠璃子は再び軽井沢に出向き、地元の警察署へ行った。

そして、事件を担当していた刑事に、「あの状況では、袴田先生に犯行は不可能だった」と力説した。すると刑事は、例の袴田源一郎の「告白文」を瑠璃子に見せ、最後に捺印されていた実印の経緯も説明した。

彼女はそれをじっくりと読み始めた。そして、最後まで読み終えた時、彼女は新聞記事を読んだ時以上に衝撃を受けた。と同時に、こんな巧妙なトリックがあったのかと感心してしまった。しかし、感心ばかりしているわけにはいかない。袴田先生が本当にこんな恐ろしい策略をしたのだろうか？　その場は一応納得して帰ったが、瑠璃子はあの「告白文」に書かれていた内容に何とも言えない違和感を覚えたのだ。家に着いても、その違和感の正体が分からず、ずっとモヤモヤしていた。

その後の裁判で、瑠璃子は前述のように、「庭で倒れている桜井勉さんを見た時、確実に死んでいると確認したわけではない」と証言した。袴田先生の罪を裏書きする証言はしたくはなかったが、事実を述べる義務があると思ったからだ。しかし、やはりあの「告白文」に感じる違和感がまだ引っかかっていた。

ある日、瑠璃子はもう一度あの事件の夜の状況を冷静に思い出してみた。しばらく考えた末、彼女は「違う、違う……」とつぶやき、首を横に振った。あの「告白文」の内容に明らかな矛盾点を発見したからだ。彼女はそれを基《もと》に、さらにじっくりと時間をかけて熟考し、推理を広げていった。そして突然、「あぁ、そうだったのか!!」と叫んでしまった。

この時、女流作家・草加瑠璃子はついに事件の真相に辿り着いたのである。

再現

筆者曰く。

ここから語られるのは、登場人物の「証言」でもなく、裁判で論じられた「仮説」でもなく、個人によって書かれた「手記」でもない。あくまで客観的な事実、すなわち鈴蘭荘事件の真相が示される。

今から読者諸氏には、あの毒殺事件が発生した日へ戻っていただく。

――――*――――*――――

美しい緑の木々の隙間から夕陽が注ぎ込んで来た。あちこちから小鳥のさえずりや虫の音が聞こえて来る。そして、軽井沢の麗しい情景に心が癒される。

弁護士・東条明人は自然に囲まれた小径を歩きながら、鈴蘭荘に向かっていた。といっても、そこで行われるパーティーを楽しむためではない。袴田源一郎から依頼された「先生の身辺警護」と「犯人捜し」のためでもない。全く別の目的のためだった。彼は歩きながら、腕時計を見た。午後六時九分であった。

しばらくすると、ようやく目的地に辿り着いた。東条は、門の外から風格ある佇まいの「鈴蘭荘」を見て、身が引き締まる思いがした。そして、自分の計画が果たして成功するかどうか、期待と不安を同時に味わった。彼は敷地内に入ると、玄関の呼び鈴を押した。すぐに初子夫人が出迎えた。彼女は東条を見ると、無言のまま頷《うなず》いて見せた。今、玄関付近には彼ら二人だけしかいない。しかし、東条は念のため、小声で彼女に話しかけた。

「毒物は用意してあるね」

「ええ、誰にも見つからない場所に隠してあるわ」

そして初子夫人は、何食わぬ顔で東条を広間に案内し、皆に紹介した。

そこには四人の人物がいた。

東条明人にとって、袴田源一郎と桜井勉は面識があったが、佐伯オサムと草加瑠璃子は初対面であった。彼は、自分のアリバイを証言してくれる若い二人をじっくりと観察した。

流行画家は正直者に見えたので、安全だ。女流作家の著作は前に読んだことがあり、頭の良い女だと思っていた。彼女が事件の様子を証言してくれれば、説得力を増すだろう。

東条が到着する前、袴田源一郎は先客たちに、「最後に到着される方は、皆さんの知らない方だと思いますよ」と伝えていたが、彼は別に嘘をついたわけではない。袴田は単に、東条明人と桜井勉の間に面識があったことを知らなかっただけなのだ。では、なぜ東条と桜井が接点を持つようになったのか？　それは、この事件に大きく影響しているので、一応説明しておかなければならない。

東条明人と初子夫人の不倫関係が始まったのは、二ヶ月程前からだった。弁護士として、仕事で袴田源一郎と会う機会が多くなっていた東条は、東京の袴田の自宅を訪れた際、初子夫人の美しさに惹かれた。夫人もちょうど夫との関係がやや冷めていた頃であり、二十歳以上も年上の夫よりも、同年代の男性に心が移っていったのは自然な流れであった。そして、彼らの密会は回数が増えて行った。

東都出版社・編集長の桜井勉は、袴田源一郎とは仕事面だけでなく、個人的にも親しく、初子夫人とも面識があった。その桜井が偶然にも、初子夫人と東条の密会現場を目撃してしまったのだ。桜井は東条に、「二人の関係をバラされたくなかったら、金をよこせ」とゆすって来た。東条としては、別に二人の関係が暴露されても、初子夫人が袴田と離婚し、自分と結婚してくれればよいのだが、妻の不貞が原因の離婚では慰謝料が取れない。それに、東条は前々から袴田の莫大な資産を狙っていたのだ。袴田を殺し、全財産が初子夫人に渡る。その彼女と自分が結婚する。それが東条明人の目論見《もくろみ》であった。しかし、袴田源一郎が不審死を遂げれば、東条と初子夫人の不倫関係を知っている桜井勉が、「二人が疑わしい」と警察に訴えるだろう。だから東条は、桜井勉を殺し、その罪を袴田源一郎に着せるのが一番都合が良く、一石二鳥だと踏んだのだ。東条は初子夫人と二人で、この殺人計画を練った。そして、鈴蘭荘で行われるパーティーで決行すると決めた。

袴田夫婦は、毎年夏の時期だけは軽井沢の別荘で過ごすことになっている。そして今年の夏、作家・袴田源一郎は六十歳になる。初子夫人は夫に、「この夏、鈴蘭荘であなたの還暦祝いのパーティーを開いたらどう?」と持ち掛けた。彼女は、夫があまり多くの人と接するのが苦手なことは分かっていたので、招待客は少数になると踏んだ。しかし、被害者となる肝心の桜井勉が呼ばれなかったら、話にならない。だから夫人は袴田に、「桜井勉さんは、あなたの親友なんだから、絶対に呼ぶべきよ」とつけ加えた。そして、初子夫人はパーティーの数日前、夫・袴田源一郎宛てに、タイプライターで「命を狙う」という文面の《脅迫状》を送った。袴田が非常にショックを受けたのは言うまでもない。そして彼は、パーティーの招待客の中に犯人がいるのではないかと疑った。しかし、警察を呼んだり、パーティーを中止したりはしなかった。それは夫人にも分かっていた。夫の勝気な性格からいって、そのままパーティーを強行し、自分で犯人を捕らえようとするだろうと、初子夫人は予想していたのだ。長年、夫婦生活をしていると、夫のことが何もかも分かるのだ。さらに初子夫人は袴田に、「東条弁護士に相談したらどうか？」と提案する（「事実」の章の彼女の証言を参照）。袴田も自分一人だけでは不安なので、妻の言う通り、信頼している東条弁護士を呼んだ。そして袴田は、まさか妻が書いたものだとも知らずに、その《脅迫状》を東条に見せ、この件について相談した。それを聞いた東条は、「それは大変なことになりましたね。では、私が招待客の一人として、パーティーに潜入し、先生の身辺警護をしつつ、犯人を捕らえてやります」と約束した。袴田も大変心強かった。

桜井に金をゆすられていた東条は、「私もパーティーに招待されたので、その時に金を渡す」と桜井に伝えていた。

こうして、東条明人は鈴蘭荘のパーティーに現れることになったのだ。

さて、広間に案内された東条明人は他の招待客たちには、自分が弁護士だとは伝えたが、自分がここへ来た〈本当の目的〉は伝えず、「私も袴田先生の友人の一人で、パーティーに招待された」と自己紹介した。東条は自分の殺人計画に自信を持っていたが、やはり初めて行う犯罪なので、不安も感じた。鈴蘭荘に到着した時から、緊張のため、ろくに招待客たちと会話も出来ず、彼らのことを警戒するだけだった。食事中も同じだった。東条は警察には、「食事の間、誰かが袴田先生のグラスに毒でも入れやしないかと警戒して、ほかの招待客を監視していた」と証言していたが、本当は自分や共犯者の行動が怪しまれないか心配で、ほかの連中をジロジロ見ていたのだ。しかし、彼の不審な目つきには、草加瑠璃子が気づいていた（「事実」の章の彼女の証言を参照）。

この屋敷の庭には、多くのスズラン草が生い茂っている。そして、スズラン草には毒成分が含まれていることは前にも書いた。この屋敷の名前が「鈴蘭荘」であったことは、何と象徴的であったか！　初子夫人は、自分の庭で簡単にスズラン草の毒成分を抽出することが出来た。彼女は東条に言われたように、その毒成分を密かに台所の隅っこの抽斗《ひきだし》に保管していた。彼女の夫・袴田は台所など殆《ほとん》ど来ないので、見つかる心配はなかった。東条は弁護士という職業柄、かつて関わった毒殺事件の時に、毒草についてかなり詳しく調べたことがある。そのため、スズラン草についての毒知識もあったのだ。

いよいよ食事会が始まる。

皆が食事をしている食堂のテーブル席からは、初子夫人が料理を作っている台所は死角となって見えない。このことは何度も伝えた。夫人は全員がテーブル席に着いたのを確認すると、台所で誰にも見られずに、葡萄酒の入った六つのグラスのうちの一つにスズラン草の毒成分を入れた。そして、皆にそれらのグラスを配る際、毒の入ったグラスを桜井勉の前に置いた。食事中にテーブル席で、誰かが桜井のグラスに毒を入れることは不可能である。状況から言って、初子夫人が犯人なのは火を見るよりも明らかだった。しかし、もし彼女が犯人なら、確実に自分が疑われる状況で犯行を犯すはずがない。もしや彼女は、誰かにハメられたのではないか、と海千山千の警察や裁判官は勘繰るだろう。東条はそこまで予想していた。弁護士としての長年の経験からくる発想だ。いずれにしても、最初の段階で初子夫人が逮捕されるのも想定内だったのだ。そこへ東条が書いたニセの「告白文」が現れ、桜井勉は庭で袴田源一郎に毒を盛られたとなれば、テーブルに出された桜井のグラスには毒は入っていなかったことになる。そして、(本当は毒が入っていた)テーブルの上のグラスはのちに初子夫人が完全に洗い流すので、毒成分は残らない。証拠隠滅を図ったという状況証拠は残るが、毒そのものは残っていないので、物的証拠はなくなるのだ。実際、桜井勉がテーブル席で飲んだグラスから毒成分が全く検出されなかったという事実が、のちの裁判でも、「初子夫人が桜井勉のグラスに毒物を混入させた決定的な物的証拠がない」という結論に至ったのだ。

食事中、毒の入った葡萄酒を飲んだ桜井が、気分の悪い顔をして席を立つと、東条はじっくりと彼を観察した(この時の彼の鋭い目つきについて、「事実」の章で草加瑠璃子が証言している)。桜井は既に顔色が悪く、今にも倒れそうな歩き方だった。東条は真っ先に桜井のもとへ行き、肩を貸した。誰かに先を越されては困るからだ。彼はそのまま桜井をトイレ付近まで連れて行くが、その時、桜井は完全に意識朦朧《もうろう》としていて、自分がどこに連れて行かれるかも分からない状態だったろう。しかし、東条は桜井をトイレには入れず、その先の裏口から庭へ運ぼうとした(「見取図」を参照)。これは、桜井の死体を庭で発見させることにより、ニセの「告白文」の内容を成立させ、袴田源一郎に罪を着せるためだ。そして、桜井勉を裏口から庭へ運ぶ際、東条はあるミスをする(それが何かは、いずれ分かるだろう)。桜井をようやく外の庭へ運ぶと、東条は瀕死の桜井をスズラン草が生い茂っているあたりに横たえた。これには理由がある。その場所は、屋敷内のどの窓からも死角となって見えないため、その後の計画において都合が良いからだ。もう一つの理由は、いずれ桜井の死因がスズラン草の毒成分によるものだと判明するはずだが、庭で発見された死体のすぐそばに、これ見よがしにスズラン草が生い茂っていれば、「屋敷内に住む袴田源一郎は、自分の庭で簡単にスズラン草の毒成分を抽出できる」と警察に判断されるからだ。もちろん、そうなると、同じ屋敷内に住む妻の初子夫人も、同じ理由で疑われてしまうが、これも想定内であった。すべては、ニセの「告白文」で解決するからだ。

庭のスズラン草付近に横たえられた桜井勉は、ほどなくして死んだ。

東条は、また裏口から屋敷内に入り、皆のいる食堂まで戻り、「桜井さんはトイレに入り、吐き気をもよおしていました」と報告する。その後、いつまで経っても桜井がトイレから戻って来ないので、皆が不審に思う。東条は桜井を探すフリをして、またトイレに行き、すぐに戻って来ると、「桜井さんはトイレにはいません」と報告する。袴田源一郎が屋敷中を探すが、当然桜井は見つからない。誰かが庭を探すことは想定内だった。画家の佐伯オサムが庭に出て行き、桜井の死体を発見した。そして、皆にそれを伝えた。そして、皆が桜井の死体を確認するため、庭に出る。その際、警察や救急車に通報するため、初子夫人だけは一人で屋敷内に残ることになる。したがって、彼女は電話で通報した後に、誰にも見られずに、テーブルに置かれた桜井勉のグラスを台所へ持って行き、そこで毒成分を洗い流し、証拠隠滅を図ることが出来たのだ。しかも、屋敷の東側には窓が一つもないため、庭で皆が桜井勉の死体を発見して驚いている間、彼らのいる側からは、初子夫人がグラスを洗っている台所は死角となって見えない（「見取図」を参照）。そのことも計算ずくだった。尚、初子夫人がグラスを洗うのには、証拠隠滅のほかに、もう一つの意味があった。あのニセの「告白文」にあったように、「袴田源一郎が初子夫人に罪を着せるためにグラスを洗った」と思わせるためだ。だから、彼女はその後、警察に何度聞かれても、「私はグラスは洗っていない」と答えたのだ。しかし、運よく初子夫人に屋敷内の電話で警察に通報する役目が与えられるだろうか？　もし別人が先に電話で通報してしまったら、夫人は屋敷内に留まる理由はなくなるわけで、彼女にグラスを洗うチャンスはなくなってしまう。しかし東条は、最初から袴田源一郎が初子夫人に通報させると確信していた。なぜなら、警察や救急車を呼ぶ役目を主人の妻がするのは、いたって自然だし、実際、袴田は妻に通報させた。だから、初子夫人が意図的に屋敷内に残ったという印象はなくなり、犯人たちにとっては都合が良かったのだ。

さて、グラスに残っていた毒成分を完全に洗い流した初子夫人は、大分遅れて庭に出て来て、皆と合流する。彼女が桜井勉の死体を見て、「キャーッ!!」と大声で叫び、膝をついてしまう演技をしたが、東条以外の人間は全員騙《だま》されただろう。袴田源一郎はさすがに名作家だけあって、頭が良く、鋭い観察力がある。彼が倒れている桜井勉を見て、「完全に死んでいる」と判断したのは正しかったのだ。彼が真っ先に桜井の体にかがみ込んだのも、ニセの死体を隠すためではなく、本当に桜井の死体の様子をじっくりと観察していたのだ。そして彼のこの行動が、犯人たちの計画を成功させるのを助けてしまったのである。

袴田源一郎に罪を着せるためには、彼が桜井勉の本物の死体と一定期間一緒にいてもらわなくてはならない。だから東条は、初子夫人と草加瑠璃子に、「女性たちは、危険だから屋敷内に入っていてください」と指示した。袴田源一郎が、東条と佐伯に、「犯人を捕まえるために、屋敷の周辺を捜してくださいと指示してくれたのは、東条にとって有難かった。仮に袴田が指示しなくても、東条は自分から「袴田先生は一番高齢だから、ここに残っていてください。私と佐伯さんで屋敷の周辺を捜します」と言うつもりだったのだ。男二人は屋敷の周辺に出て行き、女二人は屋敷内に入る。周辺に何もない場所なので、屋敷に警察や救急車が到着するまでに、三十分はかかることも、東条は初子夫人から確認していた。こうして、しばらくの間、暗い庭には桜井勉の本物の死体と袴田源一郎だけが残ることになった。その結果、あのニセの「告白文」のように、「袴田源一郎には、（実は生きていた）死体役の桜井勉を本当に殺すことが出来た」という状況が作られたのだ。

ちなみに、生きている人間が死体のフリをするのは決して簡単ではない。顔の皮膚一つ動かさず、体の筋肉一つ動かさず、一定期間横たわっているのは至難の業だ。それに呼吸だってしなければならないし、顔の血色の良さでバレることもある。ニセの「告白文」では、犯人・袴田源一郎が、死体役の桜井勉が発見される場所を暗い庭に設定した理由として、「明るい場所だと、桜井が実は生きていることがバレてしまうから」という説明になっていた。これは東条の殺人計画でもそっくり当てはまる。ただし東条の場合は、全く逆の理由で、暗い庭でなければならなかった。もし明るい場所で桜井の本物の死体が発見されたら、そこには生気のない死んだ表情と、石のように固まった肉体が横たわっているわけで、それを見た目撃者たちに、「実は生きているのではないか？」と思わせることが出来ないからだ。暗い場所にある死体だからこそ、皆にそのような不審を抱かせることが出来る。だから、桜井の本物の死体は絶対に暗い場所で発見されなければならなかった。この鈴蘭荘の庭は木々がうっそうと繋っているので、夜は不気味なほど暗い。まさにうってつけの場所だ。

もう一つ。ニセの「告白文」では、その庭の中でも、スズラン草のそばでニセの死体が発見される段取りにした理由として、犯人・袴田源一郎が、「その場所なら室内のどの窓からも見えない位置であり、屋敷内に入った女二人に、死体役の桜井が起き上がったり、私がその桜井を『本当に』毒殺する場面を目撃されないから」と説明している。これも東条の殺人計画にそっくり当てはまる。ただし、全く逆の理由で。庭の東側にあるスズラン草のそばで、袴田源一郎と桜井の本物の死体が一緒にいれば、そこは広間のガラス扉を始め、屋敷のどの窓からも死角となって見えない位置にある。だから、初子夫人と一緒に屋敷内に入った草加瑠璃子に、「死体役の桜井勉が起き上がり、袴田源一郎がその桜井を本当に毒殺した可能性がある」と思わすことが出来るのだ。同じ庭でも、もし建物の南側、つまり食堂や広間の窓からまともに見える位置に袴田源一郎と桜井の本物の死体があったら、それを草加瑠璃子に目撃される可能性がある（「見取図」を参照）。その場合、彼女が

「死体はそのまま動かず、袴田先生はずっと死体を見張っていた」と証言してしまう。それでは、東条の計画は台無しだ。だから、桜井の本物の死体は絶対にスズラン草付近に置かなければならなかったのだ。東条は過去に鈴蘭荘を訪れたことはなかったが、初子夫人から、この屋敷の構造を「見取図」に書いて送ってもらい、なおかつ広くて木々の多い庭の様子を聞き、この計画を思いついた。

東条は、以上のような状況が生まれれば、いずれ発見されるニセの「告白文」の内容にも信憑性が増すと確信していたのだ。その上、袴田源一郎に届いた《脅迫状》もあり、彼はそれを警察に見せるはずだ。脅迫されたはずの袴田が殺されず、別人が殺されたという事実だけをとっても、袴田がよくある「被害者を装う犯人」ではないか、と疑われるだろう。尚、裁判で袴田源一郎が初子夫人の弁護を、最も信頼している東条明人に依頼することも、東条は予期していた。

事件から二ヶ月後。

東条明人の袴田源一郎殺しは困難ではなかった。東条は袴田に、「今度の裁判のことで、お話があります」と言って、鈴蘭荘を訪れた。もちろん、行くのは夜だ。袴田は東条を信頼していたため、東条が隙を見て袴田の飲み物に睡眠薬を入れたのにも全く気づかなかった。袴田が完全に眠ってしまうと、東条は自分が作ったニセの「告白文」を一番目につく食堂のテーブルの上に置いた。袴田はいつも手紙や原稿をタイプライターで書いていたと初子夫人から聞いていたので、手記が活字であっても怪しまれない。東条は、便箋用紙にも封筒にも袴田の指紋をつけ、最後の署名の欄に袴田の実印を捺印し、説得力を加えた。実印が保管されている金庫がある寝室の鍵のありかも初子夫人から聞いていた。東条は寝室に入ると、初子夫人から聞いていた暗証番号で金庫を開け、実印を取り出して押したのだ。もちろん、その間、東条は手袋をはめていたので、書面にも金庫にも実印にも彼の指紋はつかない。そして、その実印は袴田の手に握らせて押した。東条が、袴田のグラスに入っていた睡眠薬を洗い流し、自分に出されたグラスを洗い流す時に、手袋をしていたのは言うまでもない。「告白」の章で書いたように、金庫の暗証番号を知っているのは、袴田と妻だけであり、「告白文」が発見された時、初子夫人は拘置所の中なので、夫・袴田にしか金庫は開けられなかったと判断された。したがって、実印を押したのも袴田本人だと認定された。初子夫人が誰かに金庫の暗証番号を教えた可能性があるとすれば、それは不倫関係にあったとされる桜井勉ぐらいだが、桜井は既に死んでいる。

東条は鈴蘭荘へは電車とバスで向かったので、そこに彼の車はない。彼は袴田源一郎の車のキーのあり場所も初子夫人に聞いておいたので、すぐに分かった。東条は、薬で眠らされている袴田を車のトランクに乗せ、夜の軽井沢を走行した。辿り着いた美影湖は、夜ともなれば、人は全くいない。車のトランクから出した袴田源一郎の体をボートに乗せ、かなり進んだ所で、その体を沈めた。そして、また岸に戻ったあと、東条はそのまま乗って来たボートを湖面に流した。袴田がボートから自分で飛び降りた、と思わせるためだ。その後、湖で発見された袴田の遺体からは睡眠薬が検出されたが、自殺をするために自分で摂取したと見なされた。事件の状況から、「告白文」の内容に信憑性があると判断されたからだ。

東条は、その後すぐに裁判があり、袴田源一郎が出廷を求められることも分かっていた。袴田が裁判には来ず、その後もずっと裁判所が袴田と連絡が取れない状態が続けば、早晩警察が不審に思い、鈴蘭荘を訪ねて来るだろう。そこで「告白文」が発見されるのだ。初子夫人が「桜井勉と不倫関係にあった」という作り話をしたのも、東条の指示だ。袴田に、桜井殺しの動機があったと思わせるためだ。

この事件で、初子夫人には桜井勉や夫・袴田源一郎を殺す動機はない。あのニセの「告白文」では、彼女が不倫関係にあったのは桜井勉だということになっている。初子夫人が愛する桜井を殺すはずがないし、愛する桜井が死んでしまったら、夫を殺す動機もなくなる。第一、夫が死んだ時、妻は拘置所内にいたのだ。鈴蘭荘のパーティーで桜井勉が死んだ時、東条にはアリバイがあった。袴田源一郎が湖で死んだ時は、初子夫人にアリバイがあった。そして桜井勉が死んでしまった今、東条と初子夫人の恋愛関係を知る者は誰もおらず、したがって二人の殺人動機を知る者もない。同時に、二人の共謀説を疑う者もない。

その後の裁判で、袴田源一郎の死が、自らの犯行を認めた上での覚悟の自殺だと結論づけられると、初子夫人は無罪となり、釈放された。そして彼女は、夫・袴田の莫大な遺産を相続したのだ。


——＊——＊——


以上が、この事件における真実である。

しかし、読者諸氏が真相を知っても、登場人物がそれを知らなければ、事件は解決されない。このままでは、無実の人間が犯人にされたままで終わってしまう。それで良いのか？

かの女流作家は、いかにして犯人のトリックを見破ったのか。

対話

ここは、軽井沢某所の目立たない場所にひっそりと建つ上品な小ホテル。茶色い外壁と西洋館風のデザインは、ホテルというより華族の屋敷のようだ。今は夜。三階の客室の窓から、男女が自然に囲まれたのどかな夜景を眺めながら、語り合っていた。彼らの声には聞き覚えがある。

「君が釈放されて、とりあえず、ホッとした」

「あたしは、パーティーの間、自分の行動が怪しまれないか、ずっと心配だったのよ。一度は捕まるけど、きっと助かると言ったあなたの言葉を信じていたけどね。それにしても、まさか、あなたがあたしの弁護をしてくれるとは思わなかったわ」

「あの状況じゃ、いくら僕でも君を無罪にするのは難しかった。しかし、僕は必死に裁判を戦った。佐伯オサムと草加瑠璃子にグラスに毒を混入するチャンスがあったなんて、最初から説得出来るとは思わなかった。自殺説も、容疑者・X説も、桜井が袴田先生と間違われて殺されたという説も、全ては決め手にはならない。それでも僕は、それらを列挙した。あくまで僕は事件には絡《から》んでおらず、第三者として被告の容疑を晴らそうとしている弁護士だと印象づけるためだ。それにしても、法廷で犯人が共犯を弁護するという絵柄は滑稽《こっけい》だったね」

「あたしも裁判の間、おかしくて吹き出しそうになっちゃったわ」

「それも計画のうちだよ」

「それにしても、これだけ手の込んだ計画を立てるなんて、あなた、頭がいいわね。さすが、弁護士だわ。でも、ちょっと思ったんだけど、事件の夜、佐伯オサムという人が庭で桜井さんの死体を発見したわよね。彼が食堂の窓の外から、死体発見を告げた時、本当に顔が真っ蒼で脅えていて、死体確認どころじゃなかったみたいよ。だから、あたしたちは助かったけど、彼がもっと冷静で、死体をじっくり確認していたら、危なかったわね。いくら、こっちが『桜井さんは実は生きていた』と思わせる偽装をしても、佐伯さんが裁判で、『あの時、桜井さんの体は冷たくなっていたので、死んでいたはずだ』と証言してしまったら、終わりだったわ」

「確かに、今から考えると、綱渡りの犯行だった。僕のような弁護士は犯罪事件や人間同士の利害関係に携わることが多いが、芸術家というのは自分の世界を描いているだけの人種だ。だから、いざという時は、面食らって何の対処も出来ないんだろう。いずれにしても、運も我々に味方したのさ」

「だけど、草加瑠璃子という女は、食事中、あなたの警戒するような目つきに気づいていたようだわ。死体発見後、テーブルに置かれた桜井さんのグラスが、いつの間にか片づけられているのを最初に発見したのも彼女よ。あの女は油断出来ないと思ったわ」

「確かに、彼女は頭が良い。だが、今のところは、何も掴んでいないだろう。いずれにしても、この計画が成功したのは、君の協力のおかげだ。感謝してるよ」

「あなたって、悪い人ね。ウフフ……」

「君には夫の莫大な遺産が入ったし、いずれ、ほとぼりが冷めた頃に僕と一緒になろう」

そして、二人は熱い接吻を交わした。

推理

その数日後。

午後の心地よい日差しが、鈴蘭荘一階のガラス扉から広間に注ぎ込んで来た。そこでは、初子夫人が一人優雅にソファに座り、読書をしていた。彼女は自分たちの計画が成功したことに安堵している。その時、玄関の呼び鈴が鳴った。夫人が玄関に行き、ドアを開けると、そこに草加瑠璃子が立っていた。夫人はやや意外だったが、「あら、草加さん、どうされましたか？」と聞いた。

瑠璃子は、「実は奥様とお話ししたいことがあります。少々、お邪魔してもよろしゅうございますか？」と言ってきた。

初子夫人は戸惑いながらも、「ええ、どうぞ」と女流作家を室内に入れた。

夫人は瑠璃子を広間に案内すると、彼女にお茶を出した。そして、テーブルを挟んで、二人の女は向かい合う形で、座った。

早速、瑠璃子が切り出した。

「今日、こちらに伺ったのは、あの事件のことです」

「というと？」

「奥様は、袴田先生の『告白文』をお読みになって、どう思われましたか？」

「それは……、最初は信じられなかったわ」

「でも、今は信じているのですか？」

「………」

「奥様は御主人を愛していらっしゃったのですか？」

「愛していたからこそ、ショックだったのよ。もちろん、私にも落ち度がありましたが……」

「あの『告白文』は、ただの文字の羅列です。しかも、ご主人は他界されて、ご本人は証言することも出来ないのです」

「あなたは何がおっしゃりたいのです？」

「もし、私の夫が死体となって発見され、その夫が私に罪を着せようとしたという内容の手記を残したとしても、私はにわかには信じられません。夫を愛しているからこそ、その手記は偽物ではないかと疑い、文面の中のどこかに矛盾する箇所はないかと必死に探します。もし、奥様が袴田先生を愛していらしたのなら、やはり同じようにしたはずです。私が不審に思ったのは、奥様があの『告白文』を読んでも、その内容に全く疑いを持たなかったからです」

「私には何のことを言っているのか……」

「あの事件の夜のことを一緒に思い出してみましょう。この鈴蘭荘の庭で桜井勉さんの死体が発見された後、佐伯さんと東条さんは犯人を捜しに屋敷の周辺まで出て行き、私と奥様は屋敷内に入りました。そして、袴田先生と桜井さんの死体だけが庭に残りました。あの時、私と奥様は危険を感じ、屋敷から一歩も外へ出ませんでした。今、我々二人がここにいる状況と全く同じですね」

「………」

「しかも、あの夜、私たちがいた食堂や広間の窓からは、袴田先生と桜井さんの死体があった庭の東側、つまりスズラン草の付近は死角となって見えません。だから、あの『告白文』に書かれていたように、暗い庭であのような巧妙な殺人が行われた可能性も否定出来ません。しかし、よく考えてみると変です。あの手記には、桜井さんは実は生きていて、庭にいた袴田先生は裏口から屋敷内に入り、台所に行き、葡萄酒のグラスに毒を入れ、それを持ってまた裏口から外へ出て、そこで桜井さんに葡萄酒を飲ませ、毒殺した、と書かれています。しかしあの時、屋敷のドアは裏口も含め、全て内側から鍵を掛けておいたのです。袴田先生から、危険だから、そうするように言われていたからです。しかも実際に施錠したのは奥様ではなく、私だったので間違いありません。つまりあの時、庭にいた袴田先生は、どのドアからも屋敷内に入ることは出来なかったはずなのです。これはどういうことでしょう？　あの『告白文』の内容は矛盾しています。私は奥様にも、ドアを全て内側からロックしたことを告げました。それにもかかわらず、奥様はあの『告白文』を読んでも、不審を抱きませんでした」

「私は……、ただ気が付かなかっただけです」

「まだ、あります。あの『告白文』には、パーティーの時、食事中に桜井さんがトイレに立ったあと、行方不明になり、皆が慌てているのに乗じて、袴田先生がテーブルに置かれた桜井さんのグラスを台所に持って行って洗った、と書かれています。私自身も裁判では、『あの時、桜井さんのグラスを手に取った者がいたかどうか覚えていない』と証言してしまいました。しかし、よく考えてみると、あの騒ぎの時、私はずっと桜井さんの隣の席に座っていましたが、桜井さんのグラスに手を触れた者が一人もいなかったことを、今ははっきりと思い出したのです。いくら混乱している状況でも、そんな不自然な行動をした者がいたら、さすがに私は気づくはずです。袴田先生が桜井さんの行方を探しに、食堂から廊下に出て行った時も、グラスを持ったまま出て行くような不自然な行動はしていません。やはり、あの『告白文』の内容はどこかおかしいです。あれは本当に袴田先生が書いたものでしょうか？　別の人間、恐らく犯人によって、でっち上げられた偽りの手記ではないでしょうか？　だとしたら、袴田先生は犯人ではなく、真犯人は別にいることになります。そして、袴田先生もその真犯人に殺され、罪を着せられた可能性が高いのです」

「まさか……」

「あそこに書かれていた袴田先生と桜井さんの『自作自演』がウソだとすると、我々が庭に駆けつけた時、倒れていた桜井さんは本当に死んでいたことになります。あの場所は非常に暗く、私は死体をじっくり観察出来なかったので、『死んだフリをしていた』という手記を読んだ時も、思わず納得してしまい、裁判でも、私は『桜井さんが確実に死んでいたとは断言出来ない』と証言してしまいました。しかし、生きていたとも断言出来ないのです。犯人は袴田先生に罪を着せるために、暗い庭に桜井さんの本物の死体と袴田先生の二人だけを残す必要があります。だから私たち女二人に、屋敷内に入るように指示したのです。そこまではよかったのですが、袴田先生が私たちに、『屋敷に入ったら、全てのドアに鍵を掛けるように』と指示したのが、犯人にとって誤算でした。もし袴田先生が真犯人で、本当にあのような殺人計画を立てていたのなら、私たちに屋敷のドアに鍵を掛けるように指示するはずがないのです。事件は振り出しに戻ってしまいました」

そこで、瑠璃子は一息ついた。

初子夫人は不安そうな表情で訊いた。

「では、やはり外部犯が庭で桜井さんを毒殺したのでしょうか？」

「警察も指摘したように、ゆきずりの犯人が庭で桜井さんを毒殺したとは思えません。内部犯であることは間違いないと思います。それに、犯人はニセの『告白文』を鈴蘭荘の食堂のテーブルに置いています。つまり、袴田先生が屋敷に招き入れた人物なので、赤の他人ではないでしょう。あの手記が捏造なら、桜井勉さんは庭で袴田先生に毒を盛られたのではなく、最初の説に戻って、やはり皆が屋敷内にいる間に、食事中にテーブル席で桜井さんが飲んだ葡萄酒のグラスに毒が入っていたことになります。彼が気分の悪そうな顔をしてトイレに立ったのも、演技ではなく、本当に毒に苦しんでいたのです。すると、桜井さんはトイレに入ったあと、なぜ庭に出て行ったのかという最初の疑問が復活します。当初、警察が見立てた通り、彼は毒に苦しんでトイレに立つが、その後、外の空気を吸うために庭に出て行ったのでしょうか？　どうも、しっくりきません。もし本当に毒に苦しんでいたのなら、皆のいる食堂まで戻り、自分の苦境を訴えたはずです。それに、桜井さんが靴を履かずに外へ出て行ったことがやはり引っかかります」

「確かに……」

「桜井勉さんはなぜ靴も履かずに外へ出たのでしょう？　それは私が庭で桜井さんの死体

を初めて見た時から、ずっと疑問に思っていたことなのです。桜井さんが自分で外へ出たのなら、靴を履くはずです。死体が靴を履いていなかったのは、別人が桜井さんを外に運んだからではないか？　その際、運んだ人物は桜井さんの靴を知らなかったのではないでしょうか？　人は親しい人間であっても、その人の靴までは普通チェックしません。特に男性はそうです！　玄関に多くの靴が並んでいたら、どれが誰の靴だか分からないでしょう。

そうです。桜井さんを外へ運んだ人物は、桜井さんの靴を知らなかったのです。だから、靴を履かせることが出来なかった。こう考えれば、辻褄が合います。この事実は、別人が桜井さんを外へ運んだという状況証拠になります。桜井さんを庭に移動させなければならなかった理由は、あの『告白文』の内容を成立させ、袴田先生に罪を着せるためです。したがって、桜井さんを庭に運んだ人物が犯人ということになります。だとしたら、犯人は誰でしょう？　誰が桜井さんを外へ運んだのか？」

瑠璃子の話を聞いている間、初子夫人は無表情ではあったが、彼女の目には明らかに動揺の影がさしていた。

瑠璃子は続けた。

「食事中に桜井さんが気分の悪そうな顔でトイレに立ったあと、ずっとテーブル席に着いていた私と奥様は除きます。被害者の桜井勉さんも当然除きます。袴田先生も罪を着せられた被害者なので除きます。消去法でいくと、残るのは佐伯オサムさんと東条明人さんだけです。まず、佐伯さんは桜井さんを探すため、庭に出て行き、しばらく我々の目から離れていたのが怪しいですが、彼がいったん正面玄関から外へ出たあと、また裏口から屋敷内に入り、トイレ内で意識朦朧《もうろう》としていた桜井さんを引っ張り出して、裏口から外へ連れ出したとは考えにくいです。その時、裏口は内側から鍵が掛かっていたと思われるからです。仮に、前もって裏口の鍵をこっそり開けておいたとしても、気分の悪くなった桜井さんが自分でトイレの中に入り、そのまま内側から鍵を掛け、その鍵の掛かったトイレ内で彼が死んでしまったら、元も子もありません。こんな不確実な計画を立てるわけがありません。第一、佐伯オサムさんが庭に探しに行く前に、既に屋敷内のどこにも桜井さんがいなかったことが袴田先生によって確認されているのです（「事実」の章の袴田源一郎の証言を参照）。袴田先生は犯人ではないので、その証言は信用出来ます。したがって、佐伯オサムさんは犯人ではありません。すると、残るのは東条明人さんだけです」

これまでの草加瑠璃子の推理は、内容が理路整然としており、論理的に一切の隙がない。それは、まるで彼女自身の探偵小説を読んでいるようだ。しかも、活字を読む時と違い、彼女のすき通るような、そして知的な声で直接語られると、何とも言えない説得力がある。初子夫人は自分や共犯者の形勢が不利になるのを感じながらも、この女流作家の推理力の高さを認めざるを得なかった。

瑠璃子はかまわず先を続けた。

「食事中に、桜井さんが気分の悪そうな顔をしてトイレに立った時、その桜井さんを見ていた東条さんの鋭い目つきは、今でも私の印象に残っています。東条さんは私の向かい側の席に座っていたので、私には彼の顔がよく見えたのです（「事実」の章の草加瑠璃子の証言を参照）。東条さんは最初から、毒でフラフラになった桜井さんをトイレに連れて行くと見せかけ、その先の裏口のドアから外へ運ぶ計画をしていました。だから、桜井さんをトイレに運ぶ役目を他人に奪われては困るのです。だからこそ、東条さんは鋭い目つきで桜井さんを睨み、真っ先に彼に肩を貸したのです。そう言えば、東条さんは鈴蘭荘のパーティーに到着した最後の招待客でした（「事実」の章を参照）。つまり、彼が到着した時、玄関には既に男性全員の靴が置かれており、どれが桜井さんの靴だか東条さんには分からなかったはずです。犯人は『桜井さんの靴を知らなかった人物』という点でも、東条さんが一番当てはまります。タテから見ても、ヨコから見ても、桜井さんを裏口から外へ運んだのは、東条明人さん以外にはあり得ません。

考えてみれば、私がこの鈴蘭荘に到着して、最初に不審を抱いたのは弁護士の東条明人さんです。現れた時から自分のことをほとんど語らなかったし、食事中もずっと私たちのことをジロジロと監視しているように見えました。とてもパーティーを楽しんでいるようには見えなかったわ。彼の不可解な態度や行動を見ると、〈別の目的〉でこの屋敷に来たのではないかと最初から感じていました。そのことは警察にも証言しましたが、今から考えると、私の直感は当たっていたのです」

初子夫人は共犯者の立場が危なくなって来たものの、自分だけは助かる方法はないかと思案した。そして、あたかも驚いたような演技で、こう言った。

「まさか、あの弁護士の東条さんが犯人だったなんて、信じられないわ！」

瑠璃子は、彼女の不自然な態度は無視して、自分の推理を披露した。

「靴の件ですが、東条さんが桜井さんに肩を貸しながら、食堂のドアを開けて廊下に出る時、その食堂のドアは閉めづらいです。無理にドアを閉めたとしても、不自然な行動という印象を与え、怪しまれます。確かに、東条さんが食堂に戻った後に、廊下との間のドアを閉めれば、不自然ではありません（実際には、彼が食堂に戻った後も、ドアは開いていましたが）。いずれにしても、東条さんが桜井さんを廊下に移動させた時点では、食堂と廊下の間のドアは、まだ開いていました。そして、東条さんが桜井さんを裏口のドアから外へ運ぶ際、東条さんは正面玄関まで桜井さんの靴を取りに行くことが出来ません。皆のいる食堂から見ると、トイレは向かって右側の方向です。しかし、正面玄関へ行こうとしたら、食堂を出て、向かって左側へ行かなくてはならないからです（「見取図」を参照）。何度も言っているように、食堂のドアは開いており、そこにいた人間たちからは廊下が真面《まとも》に見えていたため、東条さんが一旦、逆方向の正面玄関まで行き、桜井さんの靴を持って、また戻って来るという不自然な行動は絶対に出来ません。かと言って、東条さんが桜井さんを裏口のドアから外へ運んだ後、また裏口から中に入り、そのまま正面玄関まで桜井さんの靴を取りに行こうとしても、その時はまだ食堂と廊下の間のドアが開いていたので、廊下を通過する際、東条さんは食堂にいる人たちに見つかってしまいます。恐らく、当初の犯罪計画では、東条さんが、毒により意識朦朧《もうろう》となった桜井さんを裸足のままかついで、裏口から彼を外へ運び、その体を庭に置いたまま、東条さんは庭を『東側』から『北側』へ回り、正面玄関のドアから中へ入り、そこに置かれた桜井さんの靴を持って、また庭へ出て、桜井さんにその靴を履かせる、というものだったと思います。正面玄関の付近は、食堂にいる人間たちからは死角となっていて見えないからです（「見取図」を参照）。そのため、共犯者が前もって、正面玄関の鍵を開けておいたはずです。そして東条さんは庭から正面玄関まで辿り着いたのですが、先程も言ったように、彼は桜井勉さんの靴を知らなかったので、靴を選ぶことが出来なかった。あそこまで緻密な計画を立てたのに、こんなことを忘れるなんて迂闊ですね。どんな天才的な犯罪者でも、時として、子供のような単純なミスをするものなのです。私が東条さんの立場だったら、事前に初子夫人に、桜井さんの靴を確認しておくよう指示しておきますよ」

瑠璃子はそこで初めて、初子夫人が犯人の一人であることを宣告した。一瞬、その場に凍ったような緊張感が生まれた。そして、しばらく沈黙が続いた。

しかし、この未亡人は挑戦的に言った。

「何ですって！　私が犯罪に協力したというんですか？」

「この犯行は一人では不可能です。袴田先生が庭で桜井さんを毒殺したという『告白文』が偽装なら、やはり桜井さんは屋敷内で食事中に毒を盛られたのです。しかし、食堂で衆人の目に晒《さら》されていた東条さんには桜井さんのグラスに毒を入れることは不可能です。それは警察が早い段階から結論を出しています。やはり、毒物混入の下手人は、奥まった台所に一人で長くいた初子夫人をおいて、外《ほか》にはいません。事件は極めて単純でした。のちに毒の入ったグラスを台所で洗い流すのも、死体発見時、一人だけ屋敷内に残っていた奥様以外に誰が出来たでしょうか？　毒を盛ったのも、証拠隠滅を図ったのも、当初警察の見立てた人物でした。現実の事件は、探偵小説のような意外な展開ではなかったんですね」

初子夫人にとって、それは図星だった。

……事件の夜、暗い庭で皆が桜井勉の死体を取り囲み、衝撃を受けていた時のこと。

東条明人と初子夫人は横に並び、共に死体を見ていたが、彼らは周囲に感づかれないように、お互いに目を合わせず、小声で語り合っていた。

「君がグラスに毒を入れるところは誰にも見られていない」

「それは、よかったわ」

「グラスに残っている毒成分は完全に洗い流しただろうね」

「もちろんよ。ところで、あたし達が親しいこともバレてないわね」

「ああ、今のところは」

「でも、何で桜井さんの死体が靴を履いていないの？　あたしは、あなたに言われた通り、正面玄関の鍵を開けておいたのよ」

「そこまではよかったんだが……、実は大事なことを忘れていた。僕は桜井の靴を知らなかったんだ」

「えっ⁉」

初子夫人は思わず東条を見て、大声を上げそうになったが、何とか堪《こら》えた。その時の東条の表情は、知的な弁護士とは思えないほど、うろたえていた。

会話は続く。

「でも、外で発見された死体が靴を履いていない状況に、誰かが不審に思わないかしら?」

「それは、いずれ何とか対処する」

もちろん、彼らが小声で会話していた事実は、誰も知らなかった。庭が非常に暗かった上に、その場にいた、二人以外の全員が、人が殺されたという非常事態に恐怖を感じていたからだ……。


草加瑠璃子の話は続く。

「いずれにしても、東条さんは桜井さんに靴を履かせることが出来ないため、仕方がないので、のちの裁判の『弁護』で別の可能性を匂わせたり、ニセの『告白文』でうまくごまかしておいたようですね。さらに、東条さんが桜井さんを裏口から外へ運び、また食堂に戻って来た時、廊下との間のドアを閉めませんでした。これは東条さんのミスでしょう。奥様も、そのミスに気づかず、そのままにしていました。そのため、食堂からは廊下が丸見えになってしまいました。しかし、このミスがかえって犯人たちを助けてしまったのです。なぜなら、食堂にいた人間たちからは廊下が視界に入っていたにもかかわらず、その後、誰一人として、桜井さんがトイレのある側から廊下を通過して、正面玄関に行く姿を目撃した者がいなかったからです(「見取図」を参照)。その結果、桜井さんはトイレを出て、そこから一番近い裏口のドアから靴を履かずに外に出た、と結論づけられ、外で発見された死体が靴を履いていない状況でも、辻褄が合ってしまったのです。もし、外で発見された死体が靴を履いていたら、物理的にあり得ない状況になっていました。そこから、何らかの『策略』を疑われていた可能性もあります。しかし、犯人の『死体に靴を履かせなかった』という落ち度と、『食堂のドアを閉め忘れた』という落ち度の、二つのミスが重なったため、かえって矛盾点が消え、説明がついてしまいました。マイナスとマイナスが重なり、逆にプラスになるとは、このことですね。警察も『靴』の点は深く追求しなかったようで、犯人にとっても幸運でした。しかし、外で発見された死体が靴を履いていないという状況が、物理的に成立しても、論理的に説明がついても、私には『不自然さ』という印象が強く残り、そこに『何かある』と直感し、この事件に不審を抱くきっかけになったのです」

「…………」

「要するに、この犯行は奥様と東条さんの共謀です。そう考えると、その後の東条さんの袴田先生殺害も可能となります。東条さんは、鈴蘭荘内の様々な事情を奥様から聞いて知ることが出来たからです。殺人の動機は分かりませんが、お二人が共犯だったのなら、奥様は東条さんと、きっと親密な関係だったのでしょう。そういえば、袴田先生と奥様は随分年の離れた御夫婦でしたが、奥様と東条さんは同年代に見えます。でも、お二人はパーティーの間、ほとんど口を利いていなかったので、我々はその接点に全く気付かなかったのです。まさか、奥様があの弁護士と……」

そこで瑠璃子は、やや意地の悪い目つきでニヤッと笑った。

初子夫人はしばらく黙っていたが、敢えて反論した。

「事件の夜、桜井さんの死体が発見され、私と草加さんが屋敷内に入ったあと、草加さんが全てのドアに内側から鍵を掛けたというのは、あなた一人の証言です。私はその事実を知りません」

「あの夜のことを思い出してください。皆が屋敷から庭へ出て行き、桜井さんの死体を発見しました。その後、男性二人が屋敷の周辺に犯人の捜索に行く前に、東条明人さんが『女性二人は危険だから、屋敷内に入っていてください』と指示しましたね。その直後、袴田先生が私たちに、『屋敷に入ったら、全てのドアに鍵を掛けるように』と付け加えたのを、佐伯オサムさんも聞いており、彼はそれを警察にも証言しています」

それでも初子夫人は強気に答えた。

「それは、あなた方二人が私たちに罪を着せるために狂言をしたと、私も東条さんも法廷で証言します」

するど、草加瑠璃子は相手をじっと見据えて言い放った。

「では、具体的な事実を示しましょう。もし、あの『告白文』の内容が真実で、袴田源一郎氏がこの事件の犯人なら、この屋敷には絶対になくてはならないものがあるはずです。そして、絶対にあってはならないものがあるのです。つまり、有るべきものが存在せず、逆に、無いはずのものが存在したら、それは物的証拠になります」

「というと？」

「事件の夜、桜井勉さんが『自作自演』をして、トイレに行くフリをして、その先の裏口のドアを開けて自分で外に出たのなら、裏口のドアのノブに桜井さんの指紋がまだ付いているはずです。この事件は、外部犯が屋敷内に押し入った事実もなく、あくまで内部犯による毒殺事件であったため、警察は桜井さんの飲み残したグラスは徹底的に検査しましたが、裏口のドアは調べませんでした。もし、東条さんが気分の悪くなった桜井さんに肩を貸して、トイレに連れて行くと見せかけ、その先の裏口のドアから桜井さんを外へ運んだのなら、その時の桜井さんは既に体に毒が回り、意識朦朧《もうろう》となっていたため、自分ではドアを開けることが出来ません。したがって、東条さんが裏口のドアを開けたはずです」

「…………」

「もう、お分かりですね。もし、そういう状況なら、裏口のドアのノブには桜井さんの指紋は付きません。代わりに、東条さんの指紋がそこに付きます」

「しかし、その時以外にも、ドアのノブに人の指紋が付くこともあるのでは？」

「東条さんは、あの事件の日まで、一度も鈴蘭荘を訪れたことがないと警察に証言しています（「事実」の章の彼の証言を参照）。そしてパーティーの最中、東条さんが裏口のドアから外へ出たことは一度もありません。桜井さんの死体を見に行くため、皆が庭に出て行った時も、それぞれ自分の靴を履かなければならないため、東条さんも含め、全員が正面玄関から靴を履いて外へ出ました。それは私が証言出来ます。その時、既に庭で我々を待っていた佐伯オサムさんも、『全員が正面玄関の方角から庭に出て来た』と証言してくれるはずです。もし、東条さんの指紋が裏口のドアのノブに付いていたのなら、それは彼が桜井さんをトイレに運ぶと見せかけ、その先の裏口のドアから桜井さんを外へ運んだ時につけたとしか考えられません。仮に事件後に、東条さんが何かの用件で袴田先生に会うために、鈴蘭荘を訪れたとしても、訪問客が他人の家の裏口から外へ出るというケースは考えにくいです」

その時、初子夫人はハッとして、裏口のドアの方角を見た。

瑠璃子は余裕を持って言った。

「今から、指紋を拭き取ろうとしても無駄ですよ。私が警察にあの『告白文』の矛盾点と指紋の件を指摘すると、彼らは早速動いてくれました。既に東条明人さんは容疑者として逮捕されています。そして間もなく、警察はこの鈴蘭荘へも到着するはずです」

初子夫人は瑠璃子の鋭い視線に抑えられ、その場から動くことが出来なかった。

その時、玄関の呼び鈴が鳴った。初子夫人は険しい目でじっと瑠璃子を睨《にら》んでいたが、やがて凛《りん》とした姿勢で玄関まで行き、ドアを内側から開けた。そこには私服刑事が二人立っていた。そのうちの一人が捜査令状を片手に、初子夫人に事情を説明した。彼女は何もすることが出来ず、刑事たちはそのまま屋敷内に入り、裏口のドアの指紋検証を行った。そして、ドアのノブからは桜井勉の指紋は採取されず、屋敷の住人である袴田源一郎と初子夫人の指紋と重なり合うようにして残っていた、別人の指紋が採取された。それは、既に身柄を拘束されている東条明人の指紋と一致した。こうして、「有るべきものが存在せず、無いはずのものが存在した」という事実が立証されたのだ。

余韻

一ヶ月後、草加瑠璃子と佐伯オサムは再び鈴蘭荘を訪れた。

門の外から屋敷を眺めると、彼らは感慨深い思いがした。この建物は今は無人なのだろう。初めてここに来た時は、のどかな避暑地に立つ優雅な別荘に見えたが、殺人事件のあった場所だと思って見ると、随分印象が違って不気味に見える。

門には鍵は掛かっていなかったので、二人は敷地内に入った。建物の右横から庭を回り、ゆっくり歩き、屋敷の南側の広い裏庭に辿り着いた。そこは相変わらず、木々がうっそうと生い茂っている。あの事件の夜と違って、今は昼間なので、いくらかホッとするが、やはりここは寂しい。その場所から、二人は屋敷の裏手側に位置する広間のガラス扉を見た。カーテンが掛かっていなかったので、ガラス越しに、あの夜、皆でパーティーを楽しんだ広間の全体像が見える。あの時、あの場所にいた人たちは皆、死んだか、もしくは捕まっている。まともに生き残っているのはこの二人だけだ。

彼らはさらに裏庭を奥に進み、左に曲がると、屋敷の東側に辿り着いた。瑠璃子は、「ちょうど、このあたりに桜井勉さんが倒れていたのね」とつぶやいた。そして彼女は目を閉じ、両手を合わせ、桜井勉と袴田源一郎の冥福を祈った。佐伯もそうした。

しばらくして目を開けると、瑠璃子の目から涙がこぼれた。

彼女はおもむろに言った。

「まさか袴田先生の還暦を祝うパーティーで、あんな恐ろしい事件が起きるなんて。二人の死は悲しいけれど、先生の無実の罪を晴らすことが出来てよかったと思う」

「それに真犯人が捕まってよかった。それも、君が偽の『告白文』の矛盾点とドアの指紋の件に気がついたおかげだよ」

「私は最初から、袴田先生があんな卑劣な犯行をするはずがないと確信していたわ」

「この屋敷で、まさか犯罪に巻き込まれるとは思わなかったよ。僕は正直言って、あの状況では、君以外は誰も信用出来なかったんだ。これは悲しい事件だったが、僕はここで君と出会えることが出来た」

佐伯オサムはそう言って、微笑んだ。草加瑠璃子も頷《うなず》いた。二人は帰ろうとしたが、瑠璃子がふと傍《かたわ》らを見ると、多くのスズラン草が弱り切ったようにしおれていた。それは、あたかも被害者となった二人の死を悲しんでいるかのように見えた。


―了―

あとがき

まず自作の「鈴蘭荘事件」ですが、これは本格推理小説を目指して書いたものです。そのため、謎を解くための手掛かりは全て「本文」と「見取図」の中に示し、フェアプレイに徹しました。

時代設定は昭和前期です。江戸川乱歩の作品と組み合わせるため、この作家に敬意を表したのです。しかし、この時代の物語にしたのには、別の理由もあります。もし携帯電話のある現代だったら、冒頭、庭で死体が発見された直後、警察へ通報するために、「ある人物が屋敷内に残る必要はなかった」ということになってしまうからです。食事会のシーンでレコードを登場させ、時代感を匂わせました。事件以外の要素（社会批判など）を一切書かなかったのも、昨今のミステリーからの隔離であり、古典作家への傾倒です。

避暑地・軽井沢を舞台にしたのは、裕福な方々の別荘地というイメージを持っていたからです。ただし、後半に出てくる「美影湖」は架空の名称です。様々な配慮から、そうしました。

屋敷に名前が付いているケースが日本にどれ程あるのか分かりませんが、国内外の古典ミステリの時代から受け継がれてきた伝統であり、私もそれを踏襲しました。

今年（二〇二三年）は、江戸川乱歩が小説「悪霊」の雑誌連載を開始してから、ちょうど九十年目に当たります。

乱歩の書こうとしていた「悪霊」とは、どのような小説だったのでしょう？　仕上がった部分だけを読むと、その内容、文体、テンポ、構成から、それが〈中編小説〉ほどの長さを想定していたことが窺《うかが》われます。美女の全裸死体、不可解な密室、謎の暗号、怪しげな人々、そして神秘的な降霊会が描かれ、まさに探偵小説趣味を満喫させる予感を漂わせますが、「いよいよ、これから」という時に中断されてしまいます。そのため、「その先が知りたい」と思った読者も多いでしょう。私がこの物語の補完を試みたのも、そのためです。基本的には、「もし江戸川乱歩が生きていたら、どのような話を書いたであろう？」という考えに基《もと》づいて書きました。

補完するに当たり、乱歩の原文の価値を損なわず、それが自然に後半につながるように配慮しました。乱歩の作風や文体も尊重しました。もちろん探偵小説である以上、乱歩の描いた前半部分が、後半になって、「伏線」となって生きるよう心掛けたことは言うまでもありません。

冒頭でN某が小説家の「私」に手紙の束を売りつけ、「この犯罪記録が小説の材料になる」と訴えた場面を読んだ時、《このセリフが実は重要な意味を秘めていた》という展開を私は予想しました。そのため、私の補完作では、「冒頭のN某の『手紙の売り込み』の動機が、最後になって判明する」というプロットにしたのです。そして、この事実が全体の土台であり、物語の精神です。

「悪霊」の原文には、江戸川乱歩から読者への挑戦と思われる三つの謎が示されています。

一つ目の謎は、“Who?”です。すなわち「犯人は誰か?」という本格推理における大本命の問いです。乱歩の原文の中に、犯人を指し示す描写が少なくとも二つ書かれています。したがって私の補完作でも、「その人物」が犯人であるという結論にしました。そして私も乱歩と同様、犯人を示すヒントをいくつか残しました。

二つ目の謎は“What?”です。すなわち「暗号の意味とは何か?」という問いです。暗号の解読も探偵作家が好んで用いる材料ですが、原文にあれほど具体的な絵柄が描かれていた以上、あれは乱歩自身のメッセージだったはずです。にもかかわらず、その意味が一切明かされなかったのは誠に残念。私の補完作では、この暗号をめぐって様々な解釈が披露されます。

三つ目の謎は"How?"です。すなわち「犯人は被害者を殺した後、鍵の掛かった室内から、いかにして外へ出ることが出来たのか?」という問いです。いわゆる密室トリックの解明ですが、これが最も難敵でした。前二者の謎は、私が独自に自由な解釈を書くことが出来ますが、密室問題に限っては、「犯人はこの方法を使って、鍵の掛かった室内から外へ出ることが出来た」と具体的に証明しなければならないからです。さらに室内を密室にした理由も必要です。乱歩の原文を読む限りでは、犯人がなぜ犯行現場を密室にする必要があったのかが不明。もちろん、あの状況では被害者自身が密室状態を作ることも無理。そうなると、密室にした理由も、その密室トリックの「種明かし」も、あれ以外の解釈は不可能でした。

このように、課題を処理しながら小説を書くという作業は初めてであり、困難さもありましたが、同時に闘志も湧いてきました。

江戸川乱歩が現役作家だった時代は、探偵小説を読む人は今よりも少なく、ごく一部の愛好家のみでした。そのため乱歩の「悪霊」も、読者は全て推理マニアばかりであるという前提で書かれています。先程の三つの謎も、まさに本格推理小説を専門としている読者を対象としています。乱歩の「第一信」に、手紙のやり取りをしている二人の男性が共に探偵小説の愛好家であると紹介されていますが、これも読者のそうした好みを熟知している乱歩ならではのサービス精神と言えます。なので、私もその方向性を引き継ぎ、この二人が手紙で推理合戦を繰り広げる展開にしました。

その手紙で描かれる事件の登場人物を見ると、権威ある博士や資産家の未亡人のような富裕層と、社会の底辺にいる不幸な人間を極端に対比させるあたり、いかにも乱歩らしいです。しかし、予知能力のある少女が登場するのは乱歩作品としては珍しい。作風の転換を試みた感があります。乱歩は彼女を、事件のカギを握る重要人物と考えていたと思われます。なぜなら、タイトルの「悪霊」が龍ちゃんの霊感を連想させるからです。したがって私の補完作でも、この少女の存在が事件に大きく影響を及ぼす物語に仕上げました。そして彼女こそ、この事件の核心だと私は見ています。

私の補完作で言及した「身分の違い」という考えは、近年ではほとんど聞かれない言葉ですが、乱歩の「悪霊」が書かれた戦前という時代背景を尊重し、敢えて描きました。

「時代の違い」は言葉そのものにも影響を及ぼします。周知のように、乱歩の原文には今《こん》日《にち》では問題視される用語が含まれています。本当は全体の統一感を出したかったのですが、現在の社会基準を考慮し、私の補完作ではそれを別の言葉に変更しました。その結果、同じものを伝えているのに、前半と後半で表現が違っているという不自然さが生まれ、なおかつ乱歩作品が持っている不気味さも半減したかも知れませんが、そのあたりは御了承ください。「未亡人」に関しては、それに代わる言葉がないこともないですが、当時の時代性や作風を考えると、その女性の境遇を最も端的に示しているため、私も敢えて同じ言葉を使いました。御理解ください。

お気づきでしょうが、私は「メートル」という表現を使いました。乱歩の他の著作を読むと、長さの単位は「〜間《けん》」「〜尺」「〜寸」と表記されることが多く、私もそれに合わせ、時代感を出すべきか迷いましたが、ここでは分かりやすい表現を優先しました。

未完の探偵小説を補完する場合、「未解決の事件を解決する」という義務が作者に課されます。そのため、自作を書く時と違い、既に古典作品の中で描かれている事件を私が読んで、推理しなければならず、これまでとは全く違う経験をしました。言わば、「読者」と「作者」を同時に経験した気分です。登場人物は江戸川乱歩が創り出した人たちです。そこに、新たな人物は加えませんでした。「第一信」「第二信」で、乱歩の描こうとした人物は全て出揃ったと判断したからです。したがって、彼らの個性を引き継ぐことに専念しました。既に事件が起きているところから書き始めるので、人物も含め、まるで現実に起きた事件を私が推理しているようで、スリルと臨場感も味わいました。作家として、あまり前例のない貴重な体験をさせてもらったと思っています。

「悪霊〈完結版〉」は合作ではありません。二次創作に分類されるのでしょうが、補完部分は私自身の創作です。こういうタイプの小説は過去にあまり例がないかも知れません。この変則的とも言える小説を私が書いたきっかけは、「あの事件の真相をどうしても知りたい」という強い好奇心からです。もちろん、乱歩が想定していた筋書きや結論は、ここで示されたものとは違っていたかも知れません。私が描いたのは、あくまで「一解釈」に過ぎません。それを重々承知の上で、敢えて〈完結版〉と銘打って、発表させて頂きました。九十年間も未完のままだった乱歩の「悪霊」に、一応の決着をつけたことに、私なりの満足感を持っているからです。

本書において、前半に乱歩の未完の原文を置き、後半に私の補完作を載せるという構成は私自身の希望でした。それを叶えて下さった関係者の方々には深く感謝申し上げます。

私の「悪霊〈完結版〉」は、亡き江戸川乱歩に捧げると共に、乱歩を愛する全ての読者の皆様に捧げます。

作者

著者プロフィール

今井 K（いまい けい）

推理作家。

昭和 42 年、東京生まれ。

会社員として個人出版したのち、令和５年、文芸社より本作で作家デビュー。作風は本格推理小説が主流。

既刊書に『影の犯人』（令和３年）、『そっくり館の殺人』（令和３年）、『サーカス』（令和４年）（すべて私家版）等がある。

ペンネームの「K」とは、“Key”（＝鍵）の頭文字。

江戸川乱歩『悪霊』〈完結版〉

2023年４月15日　初版第１刷発行

著　者　今井 K
発行者　瓜谷 綱延
発行所　株式会社文芸社
〒160-0022 東京都新宿区新宿１－10－１
電話 03-5369-3060（代表）
03-5369-2299（販売）

印刷所　図書印刷株式会社

ISBN978-4-286-30038-2